Grazia Deledda

~

Schilfrohr im Winde

„Deledda erhielt für dieses Werk zu recht den Nobelpreis für Literatur – liebevoll und mit tiefer Einsicht porträtiert sie die Menschen Sardiniens zwischen Schicksal und Liebe, Religiosität und Sinnlichkeit. Sie zeigt einer Weltöffentlichkeit damit erstmals die poetische Schönheit ihrer Heimat und ihres Volkes" *Redaktion Gröls-Verlag* (Edition I Werke der Weltliteratur)

Redaktionelle Hinweise und Impressum

Das vorliegende Werk wurde zugunsten der Authentizität sehr zurückhaltend bearbeitet. So wurden etwa ursprüngliche Rechtschreibfehler regelmäßig *nicht* behoben, denn kleine Unvollkommenheiten machen das Buch – wie im Übrigen den Menschen – erst authentisch. Mitunter wurden jedoch zum Beispiel Absätze behutsam neu getrennt, um den Lesefluss zu erleichtern.

Wir sind bemüht, ein ansprechendes Produkt zu gestalten, welches angemessenen Ansprüchen an das Preis/Leistungsverhältnis und vernünftigen Qualitätserwartungen gerecht wird. Um die Texte zu rekonstruieren, werden antiquarische Bücher von leistungsfähigen Lesegeräten gescannt und dann durch eine Software lesbar gemacht. Der so entstandene Text wird von Menschen gegen eine Aufwandsentschädigung gegengelesen und korrigiert – Hierbei können gelegentlich Fehler auftreten. Wenn Sie ebenfalls antiquarische Texte einreichen möchten, wenden Sie sich für weitere Informationen gerne an

www.groels.de

Informieren Sie sich dort auch gerne über die anderen Werke aus unserer

Edition | Bedeutende Werke der Weltliteratur

Sie werden es mit 98,018 %iger Wahrscheinlichkeit nicht bereuen.

Die Deutsche Nationalbibliothek verzeichnet dieses Werk in der Deutschen Nationalbibliografie.

Verleger: Marcel Hermann-Josef Gröls, Poelchaukamp 20, 22301 Hamburg.
Externer Dienstleister für Distribution und Herstellung: BoD, In de Tarpen 42, 22848 Norderstedt

Inhaltsverzeichnis

I. 2
II. 12
III. 30
IV. 41
V. 56
VI. 68
VII. 82
VIII. 92
IX. 98
X. 108
XI. 118
XII. 127
XIII. 141
XIV. 156
XV. 166
XVI. 182
XVII. 192

I.

Den ganzen Tag hatte Efix, der Knecht der Damen Pintor, an der Verstärkung des dürftigen Dammes gearbeitet, den er selbst im Wandel arbeitsamer Jahre, am Rande des kleinen Bauerngutes, längs des Flusses aufgeschüttet hatte; und nun, bei Einbruch der Dunkelheit, betrachtete er sein Tagewerk aus der Höhe, vor seiner Hütte sitzend, im Schutze des blaugrünen Schilfrohrs, das sich am weißen Hang des Taubenhügels emporzog.

Still und friedlich, da und dort von einem schimmernden Wässerchen geädert, ruht das Gut im Dämmerschein zu seinen Füßen – dieses Gut, das Efix mehr als sein Eigentum betrachtet denn als Eigentum seiner Herrinnen. Dreißig Jahre harter Arbeit ließen ihn eng damit verwachsen, und die beiden Feigenhecken, die es zu beiden Seiten einfrieden wie zwei graue, sich allmählich über den Hang zum Fluß hinabschlängelnde Mauern, erscheinen ihm wie die Grenzen der Welt.

Absichtlich blickte der Knecht nicht über sie hinaus, da das Land daneben einst auch seinen Herrinnen gehört hatte. Warum in die Vergangenheit zurückschweifen? Sinnlose Trauer ... Nein, lieber an die Zukunft denken und auf des Himmels Hilfe hoffen.

Und der Himmel verhieß heuer eine gute Ernte, ließ die Mandelbäume und Pfirsichsträucher im Talgrund in üppiger Blüte prangen; und dieser, eingesäumt von zwei weißen Hügelketten, mit den blaudunstigen Bergen fern im Westen und dem schimmernden Meer im Osten, war wie eingebettet in grüne und blaue Schleier, darunter der Fluß seine einschläfernde Weise murmelte.

Aber die Tage waren schon recht heiß – fast zu heiß, und Efix dachte besorgt an die Gewitterregen, die den nicht eingedämmten Fluß anschwellen und aus den Ufern treten und alles ringsum verheeren lassen. Hoffen, ja – aber nicht vertrauen! Vor allem aber auf der Hut sein wie das Schilfrohr am Hang, durch das schon beim leisesten Windhauch ein banges Flüstern und Raunen geht, wie zur Warnung vor der drohenden Gefahr ...

Deshalb hatte er ja auch den ganzen Tag gearbeitet und betete nun, während er der Nacht entgegenharrte und eine Binsenmatte flocht, zu Gott, damit er sein Werk segnen möge. Was nützt ein kleiner Damm, wenn der Herr ihn nicht mit seinem Willen unerschütterlich macht wie einen Felsen?

Sieben Binsen also durch eine Weidenrute und sieben Gebete zum Herrgott und zu Unserer Lieben Frau dort in dem kleinen Kirchlein in der Ferne, das ins tiefe Blau der Dämmerung taucht, umringt von friedlichen Hütten, von einem uralten, wie seit Jahrhunderten verlassenen Dorf. In dieser Stunde, wenn der Mond wie eine große Rose zwischen den Sträuchern am Hügel erblühte und die Wolfsmilch berauschend am Fluß unten duftete, sprachen auch Efix' Herrinnen den Abendsegen. Fräulein Esther, die älteste, schloß sicherlich auch ihn, den armen Sünder, ein in ihr Gebet; und das genügte, um ihn froh zu stimmen und zu belohnen für all seine Mühe.

Da ließ ein Schritt in der Ferne ihn plötzlich aufblicken. Er glaubte ihn zu erkennen; es war ein rascher, leichtbeschwingter Schritt, als eilte ein Engel durch das Land, um freudige und traurige Mären zu verkünden. Der Wille des Herrn geschehe immerdar; er ist es, der gute und schlechte Botschaft schickt! Aber sein Herz begann laut zu pochen, und auch die Binsen, die silbern wie Wasserstrahlen im Mondlicht glitzerten, zitterten in seinen schwarzen, rissigen Fingern.

Nun war der Schritt nicht mehr zu hören. Dennoch blieb Efix regungslos sitzen und wartete.

Höher und höher stieg der Mond, und die Stimmen des Abends verkündeten dem Alten, daß sein Tagewerk zu Ende war: der gedämpfte Ruf des Kuckucks, das Zirpen der jungen Grillen, ein klagender Vogelschrei; das Seufzen des Schilfrohrs und das immer heller tönende Lied des Flusses; ein geheimnisvolles Wispern und Atmen, das aus der Erde selbst zu kommen schien. Ja, des Menschen Tagewerk war nun zu Ende; dafür erwachten nun die Gnome, die Elfen und die ruhelosen Seelen der Gestorbenen zu gespenstischem Leben. Die Geister der alten Ritter kamen aus der Schloßruine über dem Dorf Galte links im Tal herab und jagten an den Ufern des

Flusses nach Ebern und nach Füchsen; ihre Waffen blitzten durch das niedrige Erlengestrüpp, und das heisere Hundegebell in der Ferne zeigte an, daß sie vorübertrabten.

Zumal in hellen Mondnächten treibt dieser Geisterspuk auf den Hügeln und in den Tälern sein geheimnisvolles Wesen, und dann soll der Mensch ihn nicht stören durch seine Gegenwart, da ja auch die Geister ihn untertags unbehelligt ließen. Ja, dann wird es Zeit, sich zurückzuziehen und einzuschlummern unter den Fittichen der Schutzengel.

Efix bekreuzte sich und stand auf. Aber noch immer erwartete er irgend jemand. Trotzdem schob er das Brett vor, das als Tür diente, und lehnte ein großes Kreuz aus Schilfrohr dagegen, das den bösen Geistern und den Anfechtungen des Teufels das Eindringen in die Hütte verwehren sollte.

Das Mondlicht fiel durch die Ritzen in den engen, niedrigen Raum, der freilich groß genug schien für ihn, der klein und mager war wie ein junger Bursche. Von dem kegelförmigen Schilf- und Binsendach, das die rohgemauerten Wände deckte und in der Mitte ein Loch zum Abziehen des Rauches hatte, hingen an Schnüren aufgereihte Zwiebeln und getrocknete Kräuterbüschel herab, geweihte Palm- und Ölzweige, ein bunter Wachsstock, eine Sichel zum Schutze gegen den Werwolf und ein Säckchen Gerste zum Schutze gegen die *panas*, die irrenden Seelen der im Wochenbett verstorbenen Frauen. Bei jedem Luftzug gerieten all diese Dinge in Bewegung, und die Spinnweben glitzerten im Mondschein. Am Boden lag der Tonkrug mit den großen Henkeln, und daneben ruhte der umgestürzte Wasserkessel.

Efix schüttelte den Strohsack auf, legte sich aber nicht hin. Immer wieder glaubte er den leichtbeschwingten Schritt zu hören. Sicher nahte dort irgend jemand, und wirklich schlugen plötzlich die Hunde auf den Nachbargütern an, und das ganze Land, das erst vor kurzem unter dem Raunen der nächtlichen Stimmen sanft entschlummert zu sein schien, hallte wider von dumpfen Lauten, erwachte gleichsam wieder.

Efix öffnete die Tür wieder. Eine dunkle Gestalt stieg den Hügelhang empor, auf dem die Zwergbohnen silbern im Mondschein wogten, und der

Knecht, dem nachts auch die menschlichen Gestalten nicht geheuer erschienen, schlug wieder ein Kreuz. Da rief ihn auf einmal eine wohlbekannte Stimme an. Es war die muntere, aber leicht keuchende Stimme eines jungen Burschen, der neben dem Haus der Damen Pintor wohnte.

"Gevatter Efix, Gevatter Efix!"

"Was gibt's, Zuannantò? Sind meine Damen wohlauf?"

"Ich glaube – ja. Sie lassen Ihnen nur sagen, Sie möchten morgen frühzeitig ins Dorf zurückkehren – sie müßten Sie sprechen. Es ist wohl wegen eines gelben Briefs, den ich in Fräulein Noemis Hand sah. Fräulein Noemi las ihn leise vor, und Fräulein Ruth, die wie eine Nonne aussah mit ihrem weißen Kopftuch, fegte gerade den Hof, stützte sich aber müßig auf den Besenstiel und hörte zu."

"Ein Brief? Weißt du nicht, von wem er ist?"

"Nein, ich nicht; ich kann doch nicht lesen. Aber meine Großmutter meint, er sei vielleicht vom jungen Herrn Giacinto, dem Neffen Ihrer Herrinnen."

Ja, das fühlte Efix; sicher war es so; trotzdem kratzte er sich sinnend, mit gesenktem Kopf an der Wange und hoffte und fürchtete, sich zu täuschen.

Der junge Bursche hatte sich müde auf den Felsblock vor der Hütte gesetzt, schnürte langsam seine Nagelschuhe auf und fragte, ob nichts zum Essen da sei.

"Ich bin gerannt wie ein junger Hirsch, ich hatte Angst vor den bösen Geistern ..."

Efix hob das wettergebräunte, harte Gesicht und starrte den Burschen mit hellblauen, tiefliegenden, von vielen Fältchen umgebenen Augen an, und aus diesen lebhaft blitzenden Augen sprach eine fast kindliche Angst.

"Haben sie dir gesagt, ob ich erst morgen früh oder noch heute nacht zurückkehren soll?"

"Ich sage Ihnen doch, morgen früh. Und inzwischen, während Sie im Dorf sind, soll ich hier auf dem Gut nach dem Rechten sehen."

Der Knecht war gewohnt, seinen Herrinnen zu gehorchen, und stellte keine weiteren Fragen. Er nahm eine Zwiebel von der Schnur, ein Stück Brot aus dem Beutel, und während der junge Bursche, halb lachend, halb weinend infolge des beißenden Geruchs der Zwiebel, sein karges Mahl verzehrte, fuhren sie fort, zu plaudern. Die wichtigsten Persönlichkeiten im Dorfe gingen durch ihr Gespräch: zunächst kam der Herr Pfarrer, dann die Schwester des Pfarrers, dann Milese, der eine Tochter der letzteren geheiratet hatte und aus einem Apfelsinen- und Tonwarenhändler zum reichsten Kaufmann im Dorf geworden war. Es folgte Don Predu, der Amtmann und Vetter von Efix' Herrinnen. Auch Don Predu war wohlhabend, aber nicht ganz so reich wie Milese. Und zuletzt kam noch die Wucherin Kallina, auch eine reiche, märchenhaft reiche Frau.

"Neulich versuchten Diebe bei ihr einzubrechen. Umsonst – sie ist gefeit! Und am nächsten Morgen kicherte sie in ihrem Hof und sagte: ›Sollen sie ruhig einbrechen, sie werden nichts als Asche und ein paar alte Nägel finden, ich bin arm – arm wie eine Kirchenmaus.‹ Aber meine Großmutter meint, die Muhme Kallina halte einen Beutel Gold in der Wand versteckt."

Aber Efix kümmerte sich im Grunde wenig um dieses Geschwätz. Die eine Hand unter der Achsel, die andere unter der Wange, lag er auf seinem Strohsack und hörte sein Herz klopfen, und das Rauschen des Schilfrohrs draußen am Hang tönte wie das Seufzen eines bösen Geistes an sein Ohr.

Dieser gelbe Brief! Gelb, eine schlechte Farbe. Wer weiß, was alles seinen Herrinnen noch zustoßen würde? Zwanzig Jahre ging das nun schon so: wenn wirklich einmal ein Ereignis das eintönige Leben im Hause Pintor unterbrach, war es unweigerlich ein Unglück.

Auch der junge Bursche hatte sich hingelegt, hatte aber noch keine Lust zum Schlafen.

"Gevatter Efix, auch heute erzählte meine Großmutter wieder, daß Ihre Herrinnen einmal so reich gewesen seien wie Don Predu. Stimmt's oder stimmt's nicht?"

"Ja, es stimmt", seufzte der Knecht. "Aber es ist jetzt nicht Zeit, diese alten Geschichten aufzurühren. Schlaf du lieber!"

Der junge Bursche gähnte.

"Aber meine Großmutter meint, daß seit dem Tode Frau Marias, Ihrer alten Herrin selig, ein Fluch auf eurem Hause ruhe. Stimmt's oder stimmt's nicht?"

"Du sollst doch schlafen, es ist jetzt nicht Zeit ..."

"Lassen Sie mich doch reden! Und warum ist Fräulein Lia, Ihre kleine Herrin, entflohen? Meine Großmutter meint, Sie wüßten es. Sie hätten Fräulein Lia zur Flucht verholfen, hätten sie bis zur Brücke gebracht, wo sie sich versteckt hätte, bis ein Fuhrwerk vorbeikam, mit dem sie bis ans Meer fuhr. Dort – dort hätte sie sich dann eingeschifft. Und Don Zame, ihr Vater und Ihr Herr, suchte und suchte sie, bis er eines schrecklichen Todes starb. Dort – bei der Brücke, nicht wahr? Wer hat ihn wohl ermordet? Meine Großmutter meint, Sie wüßten es ..."

"Deine Großmutter ist eine alte Hexe. Laßt die Toten gefälligst ruhen, ihr beiden!" schrie Efix; aber seine Stimme klang heiser, und der junge Bursche lachte dreist.

"Keine Aufregung, das könnte Ihnen schaden, Gevatter Efix. Meine Großmutter meint, der Nöck habe Don Zame umgebracht. Stimmt's oder stimmt's nicht?"

Efix gab keine Antwort. Er schloß die Augen, hielt sich das Ohr zu, aber die Stimme des Jungen dröhnte dumpf durchs Dunkel, und ihm war, als spräche die Vergangenheit aus ihr.

Wie die Strahlen des Mondes stehlen sie sich, einer nach dem anderen, durch die Ritzen und scharen sich alle um ihn: Frau Maria Christina, schön und sanft wie eine Heilige; Don Zame, krebsrot und wild wie der Teufel; die vier Töchter, über deren bleichen Gesichtern ein heiterer Schimmer liegt wie über dem der Mutter, und in deren Augen eine düstere Leidenschaft flammt wie in denen des Vaters; die Knechte und die Mägde, die Verwandten und die Freunde, sie alle, die aus und ein gehen in dem reichen Hause, bei den Nachkommen der alten Burgherren aus der Gegend. Aber da bricht auf einmal das Unglück über sie herein, und alle stieben auseinander wie Wolken am Himmel, wenn der Föhnsturm pfeifend zwischen sie fegt.

Frau Christina ist nun tot; die bleichen Gesichter der Töchter verlieren mehr und mehr an Heiterkeit, und die düstere Glut in ihren Augen wächst. Wächst in dem Maße, wie Don Zame nach dem Tode seiner Gattin immer mehr das herrische Wesen seiner Ahnherren annimmt und die vier Mädchen wie Mägde gefangenhält im Hause und auf Freier wartet, die ihrer würdig sind. Und wie Mägde müssen diese arbeiten, Brot backen, Flachs spinnen, nähen und kochen und ihre Sachen in Ordnung halten; vor allem aber dürfen sie nie den Blick zu einem Manne erheben oder an jemand denken, der ihnen nicht zum Bräutigam bestimmt ist. Aber die Jahre verstreichen, und kein Freier stellt sich ein. Und je älter seine Töchter werden, desto unerbittlicher sieht Don Zame darauf, daß sie streng im Geist der Väter leben. Wehe, wenn er sie am Fenster stehen und auf das Gäßchen hinter dem Hause blicken sieht, oder wenn sie ohne seine Erlaubnis fortgehen! Dann schlägt er sie, überhäuft sie mit Schmähungen und bedroht die jungen Burschen mit dem Tode, die zweimal hintereinander durch das Gäßchen gehen.

Er selbst treibt sich den ganzen Tag im Dorf herum oder sitzt auf der Steinbank vor dem Krämerladen, der der Schwester des Pfarrers gehört. Und wenn die Leute ihn dort sitzen sehen, machen sie einen großen Bogen, so sehr fürchten sie seine böse Zunge. Er sucht Händel mit aller Welt und ist so neidisch auf die Habe der anderen, daß er jedesmal, wenn er einen reichen Gutshof betritt, hämisch sagt: "Die Herren Advokaten werden dich schon noch darum bringen." Aber statt dessen bringen die Prozesse schließlich ihn um Haus und Hof, und eines Tages trifft ihn ein schweres Unglück wie zur Strafe für seinen Hochmut und seine Vorurteile. Fräulein Lia, die drittälteste seiner Töchter, verschwindet eines Nachts aus dem Vaterhaus, und lange Zeit hört man nichts mehr von ihr. Ein düsterer Schatten lastet auf dem Haus; noch nie ist eine solche Schande im Dorfe vorgekommen; noch nie ist ein ehrbares und züchtiges Mädchen wie Fräulein Lia einfach von Zuhause fortgelaufen. Don Zame scheint den Verstand zu verlieren; rastlos irrt er durch das ganze Land, sucht verzweifelt die Umgebung und die Küste nach seinem Kinde ab; doch niemand vermag ihm Nachricht von Lia zu geben. Schließlich schreibt sie an ihre Schwestern, teilt ihnen mit, daß sie gut aufgehoben sei und glücklich, ihre Fesseln abgestreift zu haben. Aber die Schwestern verzeihen ihr nicht, würdigen sie keiner Antwort. Don Zame hält sie nun noch strenger als zuvor. Er verkauft den Rest seiner Habe, mißhandelt den Knecht, behelligt alle Leute mit seiner Streitsucht und reist noch immer durch das Land, in der Hoffnung, seine Tochter wieder einzufangen und nach Hause zu schleppen. Und dann findet man ihn eines Morgens tot auf der Landstraße, auf der Brücke hinter dem Dorf. Scheinbar ist er an einem Herzschlag gestorben, denn keine Spur einer Gewalttat ist an ihm zu sehen, nur ein kleiner grüner Fleck am Halse, unterm Nacken.

Im Dorfe heißt es zunächst, Don Zame hätte wie so oft Streit gesucht mit einem anderen und sei mit einem Knüppel erschlagen worden; aber mit der Zeit verstummt dieses Gerücht und weicht der Gewißheit, daß er an gebrochenem Herzen, wegen der Flucht seiner Tochter verschieden ist.

Und indes die durch Lias Flucht entehrten Schwestern keinen Gatten finden, zeigt sie ihnen eines Tages in einem Briefe ihre Heirat an. Ihr Mann sei ein Viehhändler, den sie zufällig auf ihrer Flucht kennengelernt hätte. Sie lebten in Civitavecchia, in ziemlich guten Verhältnissen, und sollten demnächst ein Kind bekommen.

Auch diese neue Verirrung, diese Heirat mit einem Emporkömmling, den sie unter so traurigen Umständen kennengelernt hat, verzeihen ihr die Schwestern nicht, und sie würdigen sie wieder keiner Antwort.

Bald darauf teilt ihnen Lia die Geburt Giacintos mit. Sie schicken dem Neffen ein Taufgeschenk, schreiben aber kein Wort an die Mutter.

Und so vergehen die Jahre. Giacinto wächst heran, schreibt jedes Jahr zu Ostern und zu Weihnachten an die Tanten, und die Tanten schicken ihm ein Geschenk. Bald schreibt er, daß er studiert, bald, daß er zur See gehen wolle; und dann wieder, daß er eine Stellung gefunden hätte; dann zeigt er ihnen den Tod seines Vaters an und dann den seiner Mutter; und schließlich verleiht er dem Wunsche Ausdruck, sie zu besuchen und ständig bei ihnen zu bleiben, wenn er im Dorfe Arbeit fände. Sein kleiner Posten bei der Zollbehörde behage ihm nicht; er sei erniedrigend und beschwerlich, verdürbe ihm seine Jugend. Und er sehne sich nach einem arbeitsamen Leben, ja – aber nach einem schlichten Leben unter freiem Himmel. Alle Leute rieten ihm, nach der Insel seiner Mutter zu fahren und dort in ehrlicher Arbeit sein Glück zu versuchen.

Die Tanten beginnen hin und her zu überlegen; und je länger sie überlegen, desto weniger vermögen sie sich zu einigen.

"Arbeiten will er?" sagt Fräulein Ruth, die besonnenste. "Wo das Dörfchen nicht einmal die Einheimischen ernährt?"

Fräulein Esther dagegen begünstigt die Pläne des Neffen, während Fräulein Noemi, die jüngste, nur kalt und spöttisch lächelt.

"Vielleicht gedenkt er hier den feinen Herrn zu spielen. Mag er ruhig kommen! Dann kann er ja an den Fluß gehen und Fische angeln ..."

"Aber Noemi, liebe Schwester, er schreibt doch selbst, er möchte arbeiten. Und er wird gewiß auch arbeiten, wird einen kleinen Handel anfangen wie sein Vater."

"Da hätte er etwas früher anfangen müssen. Und unsere Ahnen haben nie mit Vieh gehandelt."

"Andere Zeiten, liebe Noemi, übrigens sind heutzutage die Händler die wahren Herren. Sieh dir doch den Milese an! Der sagt: Der Herr von Galte bin jetzt ich!"

Noemi lacht, in ihren dunklen Augen blitzt es boshaft, und ihr Lachen entmutigt Esther noch mehr als alle Einwände der anderen Schwester.

Jeden Tag ist es das gleiche Lied. Giacintos Name hallt durchs ganze Haus; auch wenn die Schwestern schweigen, weilt er unter ihnen, wie schon seit der Stunde seiner Geburt, und seine fremde Gestalt erfüllt das zerfallene Haus mit jungem Leben.

Efix erinnerte sich nicht, je unmittelbar an den Gesprächen seiner Herrinnen teilgenommen zu haben. Er wagte es nicht, vor allem wohl, weil sie ihn nicht zu Rate zogen, aber auch weil er sein Gewissen nicht belasten wollte; doch er wünschte, der junge Herr möchte kommen.

Er liebte ihn, hatte ihn schon immer geliebt, fast wie einen Sohn.

Nach Don Zames Tod war er bei den drei Damen geblieben, um ihnen zu helfen beim Ordnen der verworrenen Vermögensverhältnisse. Die Verwandten kümmerten sich nicht um sie, verachteten und mieden sie eher; sie wußten nur im Haushalt Bescheid und kannten nicht einmal das kleine Gut, das letzte Überbleibsel von dem Erbe ihrer Väter.

Ich werde noch ein Jahr in ihrem Dienste bleiben, hatte sich Efix gesagt, mitleidig gestimmt durch ihre Hilflosigkeit. Und aus dem einen Jahr waren zwanzig geworden.

Die drei Frauen lebten von dem Ertrag des Gutes, das er bewirtschaftete. Fiel die Ernte schlecht aus, so sagte Fräulein Esther, wenn die Zeit herankam, wo sie ihm seinen Lohn – dreißig Silbergulden und ein Paar Stiefel – geben sollte, zu dem Knecht:

"Gedulde dich in Gottes Namen noch ein Weilchen; du sollst nicht um das Deinige kommen."

Und er geduldete sich, und sein Guthaben wuchs von Jahr zu Jahr, so daß Fräulein Esther halb im Scherz, halb im Ernst versprach, ihn als Alleinerben des Gutes und Hauses einzusetzen, obgleich er viel älter war als sie alle.

Gewiß, er war alt und gebrechlich, aber immerhin ein Mann, und sein Schatten lieh den drei Frauen noch genügenden Schutz.

Und jetzt träumte er von einer glücklicheren Zukunft für die drei. Träumte zum mindesten davon, daß Noemi einen Gatten fände. Wenn der gelbe Brief nun eine gute Nachricht enthielte? Wenn er eine Erbschaft ankündigte? Oder wenn es gar ein Heiratsantrag für Fräulein Noemi wäre?

Die Damen Pintor hatten ja noch reiche Verwandte in Sassari und Nuoro. Weshalb sollte nicht einer von ihnen Noemi heiraten? Sogar Don Predu konnte den gelben Brief geschrieben haben.

Und mit einemmal wechseln im müden Geist des Knechtes die Dinge das Gesicht; alles ist nun in ein helles, sanftes Licht getaucht; seine adligen Herrinnen werden noch einmal jung; ihr sterbendes Geschlecht erstarkt zu neuem Leben, und alles ringsum sprießt und blüht wie das Tal im Frühling.

Und ihm, dem armen Knecht, bleibt nun nichts anderes übrig, als sich auf seine alten Tage auf das kleine Gut zurückzuziehen, seinen Strohsack auszubreiten und im Herrn zu entschlafen, während im Schweigen der Nacht das Schilfrohr mit eintönigem Rauschen das Land in den Schlummer wiegt.

II.

Im Morgengrauen machte er sich auf den Weg und ließ den jungen Burschen zur Bewachung des Gutes zurück.

Die Straße führte bis zum Dorf ständig bergauf, und er wanderte langsam auf ihr dahin, weil er im vorigen Jahr das Sumpffieber gehabt und eine große Schwäche in den Beinen zurückbehalten hatte. Hin und wieder blieb er stehen und blickte auf das Gut zurück, das leuchtendgrün zwischen den beiden Feigenhecken ruhte; und die Hütte dort oben, die schwarz zwischen dem Blaugrün des Schilfrohrs und dem Weiß des Felsgesteins nistete, erschien ihm wie ein Nest – ein wirkliches Vogelnest. Jedesmal, wenn er fortging, betrachtete er sie so, halb zärtlich und halb traurig, ganz wie ein Vogel, der in die Ferne zieht. Ihm war fast, als ließe er dort sein besseres Ich zurück, die Kraft, welche die Einsamkeit, die Abgeschiedenheit von der Welt verleiht; und während er die Straße emporstieg, durch die blühende Heide, vorbei an den Binsen und dem niedrigen Erlengestrüpp am Fluß, kam er sich wie ein Pilger vor, der mit einem kleinen härenen Sacke auf der Schulter und einem Holunderstabe in der Hand auf einen Ort der Buße zustrebt: die Welt.

Doch des Herrn Wille geschehe immerdar! Und plötzlich öffnete sich das Tal vor seinen Blicken, und wie auf einem gewaltigen Schutthaufen taucht auf der Kuppe eines Hügels die alte Schloßruine auf. Aus einem schwarzen Gemäuer blickt ein blaues, leeres Fenster wie das Auge der Vergangenheit auf die schwermütige, rötlich im Schein der aufgehenden Sonne erglühende Landschaft herab, auf die sanft gewellte, grau und gelb gefleckte Ebene, auf das silbergrüne Band des Flusses, auf die weißen Dörfchen, die langgeschwungenen Höhen und die blaugoldene Wolke der Nuoreser Berge in der Ferne.

Klein und schwarz schreitet Efix in die strahlende Helle hinein. Die schrägen Sonnenstrahlen fluten leuchtend über das Land; jede Binse trägt ein Silbergespinst, aus jedem Wolfsmilchgebüsch steigt ein Vogelruf; und dort winkt auch schon der grün und weiß gescheckte, von Schatten und Sonnenstreifen durchfurchte Kegel des Galteberges, und an seinem Fuße ruht das kleine Dorf, das nur aus Schutt und Trümmern zu bestehen scheint: aus den Resten der alten Römerstadt.

Lange geborstene Mauern, eingestürzte Häuser ohne Dach, zerfallene Höfe und verwilderte Gärten, noch ziemlich gut erhaltene Hütten, die aber fast noch trauriger anmuten als all die Trümmer, säumen die steilen, in der Mitte mit mächtigen Sandsteinquadern gepflasterten Straßen ein; Lavabrocken liegen umher und erwecken den Anschein, daß ein Erdbeben die alte Stadt zerstört und die Bewohner in alle Winde zerstreut habe; da und dort taucht auch ein neues Haus fast schüchtern in der trostlosen Öde auf, und Granatapfel- und Johannisbrotbäume, etliche Feigensträucher und Palmen verleihen der traurigen Stätte ein freundlicheres Gepräge.

Aber je höher Efix stieg, desto öder und verlassener wurde es um ihn her, und zu allem Überfluß ragten dort am Straßenrand, im Schatten des Berges, zwischen dichtem Brombeer- und Wolfsmilchgestrüpp, auch noch die Überreste eines alten Kirchhofs und die zerfallene Basilika düster in den Himmel. Die Straßen waren wie ausgestorben, und die Felsen auf der Bergkuppe schimmerten wie Leichensteine ins Land.

Efix machte vor einem großen, an den alten Friedhof grenzenden Tor halt. Die beiden Tore waren fast gleich; drei verwitterte, grasüberwucherte

Stufen führten zu ihnen empor. Aber während das Tor des alten Kirchhofs nur von wurmstichigem Gebälk überdacht war, wölbte sich über dem der Damen Pintor ein steinerner Rundbogen, und auf dem Pfeiler war ein verblaßtes Wappen angedeutet: ein Ritterkopf mit einem Helm und ein mit einem Schwert gewappneter Arm. Darunter stand als Wahlspruch: Quis resistit hujas?

Efix schritt durch den weiten, viereckigen Hof, durch den sich ein breiter, wie das Straßenpflaster aus Sandsteinquadern zusammengefügter Rinnstein zog, nahm den Sack von den Schultern und blickte um sich, ob nicht eine seiner Herrinnen zu sehen sei. Das einstöckige Haus erhob sich am Ende des Hofes, im Schutz des Berges, der wie eine riesige, weiß und grün gescheckte Haube auf ihm zu ruhen schien.

Drei kleine Türen gähnten unter einer Holzveranda, die um das ganze Haus lief und zu der außen eine morsche Stiege emporführte. Ein schwärzliches Seil, das um die in der untersten und obersten Stufe eingerammten Nägel geknotet war, ersetzte das abgebrochene Geländer. Die Türen, die Stützen und das Geländer der Veranda waren zierlich geschnitzt, aber alles drohte einzustürzen, und es sah aus, als wenn das schwarzverwitterte, wurmstichige Holz beim geringsten Lufthauch zu Staub zerfallen müßte.

Eine kleine, beleibte, schwarzgekleidete Frau, die ein weißes Tuch um das dunkle, eckige Gesicht trug, trat auf die Veranda; sie beugte sich über das Geländer, erblickte den Knecht, und ihre schwarzen, mandelförmigen Augen leuchteten freudig auf.

"Ah – Fräulein Ruth! Guten Morgen, Herrin!"

Hurtig kam Fräulein Ruth die Treppe herab, mit dicken Beinen, die in dunkelblauen Strümpfen steckten. Sie lächelte ihn freundlich an und ließ die schneeweißen Zähne unter der von einem zarten Flaum beschatteten Lippe sehen.

"Und Fräulein Esther? Und Fräulein Noemi?"

"Esther ist zur Messe gegangen, Noemi steht eben auf. Herrliches Wetter, Efix! And wie steht es mit dem Gut?"

"Gut, gut – Gott sei Dank, sehr gut."

Auch die Küche hatte einen mittelalterlichen Einschlag: groß, niedrig, mit einer rußgeschwärzten Balkendecke. Zu beiden Seiten des gewaltigen Herdes lief eine geschnitzte Holzbank an der Wand entlang; durch das Gitter des Fensters sah die grüne Berglehne herein. An den kahlen, rötlichgrauen Wänden waren noch die Spuren der nach und nach verschwundenen Kupferpfannen zu bemerken; und die verrosteten Nägel, an denen einst die Sättel, Harnische und Waffen hingen, waren wie zur Erinnerung dort geblieben.

"Nun, Fräulein Ruth?" fragte Efix, während die Herrin einen kleinen kupfernen Kaffeekessel auf das Feuer setzte. Aber sie wandte ihm nur das breite, dunkle, weißumrahmte Gesicht zu und bedeutete ihn durch ein Blinzeln, sich noch eine Weile zu gedulden.

"Hol mir doch einen Eimer Wasser, bis Noemi herunterkommt!"

Efix holte den Eimer unter der Bank hervor, ging auf die Tür zu, schaute sich aber auf der Schwelle noch einmal scheu und fragend um und betrachtete sinnend den schwankenden Eimer.

"Der Brief war wohl von Don Giacinto?"

"Der Brief? Es ist ein Telegramm ..."

"Barmherziger Gott! Es ist ihm doch nichts zugestoßen?"

"Nein, gar nichts. Geh jetzt ..."

Es war zwecklos, weitere Fragen zu stellen, bevor Fräulein Noemi herunterkam; denn obwohl Fräulein Ruth die älteste der drei Schwestern war und die Hausschlüssel verwahrte – viel zu verwahren gab es allerdings nicht mehr –, tat sie doch nie etwas aus freien Stücken und wies jede Verantwortung von sich.

Er ging auf den Brunnen zu, der wie ein riesiges, in einem Winkel des Hofes aufgeworfenes Hünengrab aussah und eingefaßt war von mächtigen Sandsteinblöcken, auf denen in alten zerbrochenen Töpfen Goldlack und Jasmin blühten. Ein Jasminzweig rankte sich an der Mauer empor und lugte über sie hinweg, wie um zu sehen, was es dort draußen gäbe in der Welt.

Wie viele Erinnerungen weckte dieser düstere, moosbewachsene Winkel mit dem hellen Braun des Goldlacks und dem zarten Grün des Jasmins im Herzen des Knechts!

Er glaubte Fräulein Lia wieder bleich und schmal wie eine Binse auf der Veranda stehen zu sehen, die Augen starr in die Ferne gerichtet, als wollte auch sie ergründen, was es dort draußen gäbe in der Welt. Genau so hatte er sie auch am Tage der Flucht dort oben stehen sehen, unbeweglich gleich einem Fährmann, der in die geheimnisvollen Tiefen des Wassers späht ...

Wie schwer diese Erinnerungen sind! Schwer wie der volle Wassereimer, der in die Tiefe zieht, in den schwarzen Brunnenschacht hinab.

Doch als Efix nun wieder aufblickte, sah er, daß die große, schlanke Frauengestalt, die leichten Schritts auf den Balkon trat und die Ärmelbündchen ihres schwarzen, fein gefältelten Mieders zuhakte, nicht Lia war.

"Ah – Fräulein Noemi! Guten Tag, Herrin! Kommen Sie nicht herunter?"

Mit schwarzem, golden schimmerndem Haar, das sich in zwei breiten Flechten um ihr blasses Gesicht schmiegte, beugte sie sich über das Geländer, dankte ihm mit einem flüchtigen Blick aus ihren schwarzen, gleichfalls golden unter den langen Wimpern schimmernden Augen für seinen Gruß, sprach aber kein Wort und kam auch nicht herunter.

Sie öffnete Türen und Fenster – heute war ja keine Gefahr, daß ein Windstoß sie zuschlage und die Scheiben zertrümmere, die übrigens schon seit vielen Jahren fehlten – und breitete sorgsam eine gelbe Decke in die Sonne.

"Kommen Sie nicht herunter, Fräulein Noemi?" wiederholte Efix, der noch immer zu ihr emporsah.

"Doch, doch, gleich ..."

Aber wieder strich sie sorgsam die Decke glatt und schien versonnen auf die Landschaft zur Rechten und zur Linken zu blicken, die in wehmütiger Schönheit vor ihr ausgebreitet lag: auf die weite Sandebene, durchbrochen vom glitzernden Band des Flusses, von Pappelreihen, von niedrigen Erlen und Schilf- und Wolfsmilchflächen, auf die düstere Basilika inmitten des Brombeergestrüpps, auf den alten Kirchhof, wo zwischen dem hellen Grün des wuchernden Grases wie weiße Margueriten die Gebeine der Toten schimmerten, und auf die trotzige Burgruine auf dem Hügel in der Ferne.

Noch immer lagerte die Vergangenheit düster über der Gegend. Aber Noemi ließ sich dadurch nicht traurig stimmen; seit frühester Kindheit war sie daran gewöhnt, dort drüben die Gebeine der Toten bleichen zu sehen, die im Winter zu frieren schienen in der fahlen Sonne und auf denen im Frühjahr der Tau blinkte. Niemand dachte daran, sie fortzuschaffen; weshalb also hätte sie daran denken sollen?

Fräulein Esther aber, die langsam und in sich gekehrt aus der neuen Kirche im Dorf zurückkommt, bekreuzt sich, als sie zu dem alten Friedhof gelangt, und spricht ein Gebet für die toten Seelen.

Esther vergißt niemals etwas und hat ein Auge für alles. Und so bemerkt sie, als sie nun den Hof betritt, daß irgend jemand Wasser geschöpft hat aus dem Brunnen, und stellt den Eimer an seinen Platz; dann entfernt sie ein Steinchen aus dem Goldlacktopf, geht in die Küche, begrüßt Efix und fragt ihn, ob er schon seinen Kaffee bekommen habe.

"Ja, ja – schon lange, Herrin."

Inzwischen war auch Noemi mit dem Telegramm in der Hand heruntergekommen. Aber sie entschloß sich nicht, es vorzulesen; es bereitete ihr fast ein heimliches Vergnügen, die bange Neugier des Knechts auf die Folter zu spannen.

"Esther", sagte sie und setzte sich auf die Bank neben dem Herd, "warum legst du dein Tuch nicht ab?"

"Heute vormittag ist Messe in der Basilika, ich gehe gleich wieder. So lies doch vor!"

Auch Esther setzte sich auf die Bank, und Fräulein Ruth folgte ihrem Beispiel. Und wenn die drei Schwestern so nebeneinandersaßen, sahen sie sich seltsam ähnlich; nur daß sie eben drei verschiedene Lebensalter verkörperten: Noemi die Jugend, Esther die Reife und Ruth das Alter – ein rüstiges, von heiterer Ruhe verklärtes Alter.

Der Knecht war vor sie hingetreten und wartete; aber nachdem Fräulein Noemi das gelbe Papier auseinandergefaltet hatte, betrachtete sie es starr, als wenn sie die Worte darauf nicht entziffern könnte, und schüttelte es schließlich ärgerlich in der Hand.

"Nun, er telegraphiert, daß er in wenigen Tagen hier sein wird. Das ist alles."

Sie erhob die Augen und errötete, als ihr strenger Blick auf Efix' Gesicht fiel; auch die beiden anderen schauten ihn an.

"Verstehst du? Ganz so, als wenn er hier zu Hause wäre."

"Was sagst du dazu?" fragte Fräulein Esther, mit einem Finger durch den Spalt des Tuches zeigend.

Efix leuchtete über das ganze Gesicht; die vielen kleinen Fältchen um seine lebhaft blitzenden Augen sahen wie Strahlen aus, und er versuchte seine Freude nicht zu verbergen.

"Ich bin zwar nur ein armer Knecht, aber ich sage mir, der Himmel weiß schon, was er tut."

"Gottlob, endlich einmal ein vernünftiges Wort", sagte Fräulein Esther.

Noemi aber war wieder totenbleich geworden. Entrüstete Worte drängten über ihre Lippen, und obgleich sie sich wie immer vor dem Knecht zu beherrschen verstand – sie gab übrigens nicht viel auf seine Meinung –, erwiderte sie doch:

"Damit hat doch der Himmel nichts zu tun, und darum handelt es sich ja auch nicht. Es handelt sich", setzte sie nach kurzem Zögern hinzu, "ja, es handelt sich darum, ihm kurz und bündig zu antworten, daß in unserem Haus kein Platz für ihn ist."

Da breitete Efix die Arme aus und beugte ein wenig den Kopf zurück, als wollte er sagen: Nun, weshalb fragt ihr mich dann um Rat? Esther aber lachte scharf auf, erhob sich und schlug zornig die schwarzen Zipfel ihres Tuches zurück. "Und zu wem soll er dann gehen? Vielleicht zum Herrn Pfarrer, wie die Fremden, die kein Obdach finden?"

"Ich würde ihm eher überhaupt nicht antworten", schlug Fräulein Ruth vor und nahm Noemi das Telegramm aus der Hand, das diese unruhig immer wieder auf- und zufaltete. "Kommt er trotzdem, so ist's gut. Dann können wir ihn wie jeden Fremden aufnehmen. Tritt ein, bring Glück herein!" setzte sie hinzu, als wenn sie einen in die Tür tretenden Gast begrüßen wollte. "Und wenn er nicht gut tut, ist es noch immer Zeit, ein Wort zu sagen."

Aber Esther sah lächelnd ihre Schwester an, die die schüchternste und unentschlossenste von allen dreien war, neigte sich auf sie zu und legte die Hand auf ihre Knie: "Ihn fortzujagen, meinst du wohl? Ausgezeichnet, liebe Schwester! Und wirst du das Herz dazu haben, Ruth?"

Efix überlegte. Plötzlich hob er den Kopf und legte die Hand beteuernd an die Brust.

"Dafür werde ich schon sorgen", versprach er feierlich.

Da begegneten seine Augen denen Noemis, und er, der stets Angst hatte vor diesen hellen, kalten, abgrundtiefen Augen, begriff, daß die junge Herrin sein Versprechen ernst nahm.

Doch er bereute es nicht. Er hatte ja schon ganz andere Verantwortungen auf sich genommen in seinem Leben.

Er blieb den ganzen Tag im Dorf.

Zwar war er unruhig wegen des Gutes – obwohl es in dieser Jahreszeit dort wenig zu stehlen gab –, aber ihm schien, daß ein heimlicher Zwiespalt seine Herrinnen bekümmerte, und er gedachte nicht aufzubrechen, bevor er sie nicht einig sah.

Fräulein Esther räumte in der Küche auf und ging dann wieder fort, um sich in die Basilika zu begeben. Efix versprach, bald nachzukommen; aber als Fräulein Noemi nach oben ging, trat er wieder in die Küche und bat Fräulein Ruth, die auf dem Boden kniete und etwas Teig auf einem niedrigen Schemel knetete, leise um das Telegramm. Sie hob den Kopf und schob mit der mehlbestäubten Faust das Tuch aus der Stirn.

"Hast du gehört?" spielte sie leise auf Noemi an. "Sie bleibt stets die alte! Der Stolz beherrscht sie ..."

"Richtig", bekräftigte Efix sinnend. "Wer adligen Geblütes ist, der bleibt es auch, Fräulein Ruth. Sie finden eine alte Münze auf dem Boden, glauben zunächst, sie sei aus Eisen, weil sie ganz schwarz angelaufen ist; doch reiben Sie sie dann blank, so sehen Sie, daß sie aus lauterem Gold ist ... Gold bleibt Gold ..."

Ruth erkannte, daß sie Noemis verwerflichen Stolz nicht zu entschuldigen brauchte vor Efix, und da sie sich stets willig der Meinung der anderen anschloß, heiterte sich ihr Gesicht wieder auf.

"Weißt du noch, wie stolz mein Vater war?" sagte sie und wühlte die roten, blaugeäderten Hände wieder in den blassen Teig. "Er sprach genau so. Er hätte Giacinto sicher nicht einmal erlaubt, an Land zu gehen. Was meinst du, Efix?"

"Ich? Nun, ich bin zwar nur ein armer Knecht, aber ich meine, Don Giacinto wäre trotzdem an Land gegangen."

"Du meinst, er ist der Sohn seiner Mutter", seufzte Ruth, und auch der Knecht seufzte leise. Immer und immer wieder umhüllte sie der Schatten der Vergangenheit.

Aber der Alte machte eine abwehrende Geste, wie um diesen Schatten zu verscheuchen, und während er mit aufmerksamen Augen die Bewegungen der roten Hände verfolgte, die den weißen Teig walkten, kneteten und schlugen, fuhr er ruhig fort:

"Er ist ein guter Junge, und der Himmel wird ihm helfen. Aber man muß darauf achten, daß er sich nicht das Sumpffieber holt. Ferner sollte man ein Pferd für ihn kaufen, weil die Leute dort – auf dem Festland nicht gewohnt sind, zu Fuß zu gehen. Aber das laßt meine Sorge sein. Das Wichtigste ist, daß die Herrinnen untereinander einig sind."

"Und sind wir das nicht? Hast du uns vielleicht streiten hören? Willst du jetzt nicht lieber zur Messe gehen, Efix?"

Da begriff er, daß sie ihn verabschiedete, und ging in den Hof. Aber er blickte um sich, ob er nicht auch noch gleich mit Fräulein Noemi sprechen könnte. Ah – dort steht sie ja auf der Veranda und holt gerade die Decke herein. Sie herunterzubitten, ist wohl zwecklos; nein, er muß schon selbst zu ihr hinaufgehen.

"Fräulein Noemi, dürfte ich Sie etwas fragen? Freuen Sie sich eigentlich?"

Erstaunt, mit der Decke unterm Arm, sah Noemi ihn an.

"Über was denn?"

"Nun, daß Don Giacinto kommt. Sie werden sehen, er ist ein guter Junge."

"So? Wo hast du ihn denn kennengelernt?"

"Das sieht man doch schon aus seinen Briefen. Er wird es bestimmt zu etwas bringen. Man muß ihm ein Pferd kaufen ..."

"Und auch die Sporen dazu, natürlich ..."

"Hauptsache ist, daß die Herrinnen untereinander einig sind. Ja, das ist das Wichtigste."

Sie zupfte ein Fäserchen von der Decke und warf es in den Hof; ihr Gesicht hatte sich verdüstert.

"Wann sind wir schon einmal nicht einig gewesen? Ich denke, bisher doch immer."

"Ja – aber – mir scheint, Sie freuen sich nicht über die Ankunft Don Giacintos."

"Soll ich vielleicht einen Freudengesang anstimmen? Er ist doch kein Messias", sagte sie und verschwand in der Tür, durch die man in ein helles

Zimmer sah, mit einem alten Bett, einem alten Kleiderspind und einem scheibenlosen Fensterchen, das auf die grüne Berglehne ging.

Efix stieg die Treppe hinunter, pflückte eine kleine rötliche Goldlackblüte, hielt sie zwischen den auf dem Rücken verschränkten Händen und ging so nach der Basilika.

Die Stille und Kühle des ragenden Berges lagerte über allen Dingen. Nur das Gezwitscher der Drosseln in den Brombeersträuchern belebte die Gegend und mischte sich mit dem eintönigen Beten der Frauen in der Kirche. Auf den Zehenspitzen, mit der Goldlackblüte in der Hand, trat Efix ein und kniete hinter der Kanzelsäule nieder.

Die Basilika zerfiel von Jahr zu Jahr mehr; alles war dort grau von Feuchtigkeit und Moder. Durch die Ritzen im Holzdach fluteten die schrägen Sonnenstrahlen silbrig flimmernd über die Köpfe der knienden Frauen, und die Heiligenfiguren, die sich bräunlich vom schwarzen, rissigen Grund der noch die Wände schmückenden Bilder abhoben, glichen diesen schwarz und blau gekleideten Frauengestalten, die alle gelblichblasse Gesichter hatten, eine eingefallene Brust und einen schweren, vom Sumpffieber aufgetriebenen Leib. Auch ihr Gebet hatte einen schweren, eintönigen Klang, der wie aus weiter Ferne, wie aus einer längst versunkenen Zeit herüberzuzittern schien. Jetzt drehte sich der Priester im schwarzen, weißverzierten Chorgewand langsam mit erhobenen Händen um; ein Strahlenbündel spielte um sein bleiches Haupt wie um das eines Propheten. Und hätte der kleine Mesner nicht dann und wann das silberne, helltönige Glöckchen in der Luft geschwenkt, wie um den Spuk ringsum zu bannen, so hätte Efix trotz der blendenden Lichtflut, trotz des Gezwitschers der Vögel geglaubt, einer Geistermesse beizuwohnen. Dort sind sie alle noch, genau wie früher: Don Zame, der in seinem Betstuhl kniet, und etwas abseits Fräulein Lia, die so blaß in ihrem schwarzen Tuch aussieht, fast wie die Gestalt auf dem alten Gemälde dort, zu dem die Frauen ab und zu emporschauen. Es ist das Bild der Büßerin Magdalena, das nach der Wirklichkeit gemalt sein soll. Liebe und Trauer, Hoffnung und Reue lachen und weinen aus ihren unergründlichen Augen, spielen um ihren schmerzlichen Mund ...

Da verstummte der Gesang der Frauen plötzlich, und einige rüsteten sich zum Aufbruch. Efix, der die ganze Zeit sein Haupt an die Säule der Kanzel gelehnt hatte, schreckte aus seinen Träumen auf und folgte Fräulein Esther, die nach Hause ging, ins Freie.

Die schon hoch am Himmel stehende Sonne glühte auf das Dörfchen herab, das verlassener als je in der blendenden Helle des heißen Mittags dalag. Die aus der Kirche strömenden Frauen verschwanden da und dort, lautlos wie Gespenster, und wieder hüllten tiefe Einsamkeit und Stille das Haus der Damen Pintor ein. Fräulein Esther trat an den Brunnen, um ein Nelkenpflänzchen mit einem kleinen Brett vor der Sonne zu schützen, eilte dann flink die Treppe hinauf und schloß Türen und Fenster. Der Boden der Veranda knarrte unter ihren Schritten, und von der Mauer und dem morschen Holz rieselte grauer Staub wie Asche herab.

Efix wartete, daß sie wieder herunterkommen sollte. In der Sonne auf den Stufen sitzend, die Mütze tief in die Stirn gezogen, um sein Gesicht ein wenig zu beschatten, schnitzte er mit seinem Taschenmesser einen Pfahl zurecht, den Fräulein Ruth vor dem Eingang anbringen wollte. Aber die im Sonnenlicht blitzende Klinge blendete seine Augen, und die welke Goldlackblüte zitterte auf seinen Knien. Er fühlte seine Gedanken verworren kreisen und dachte an das Sumpffieber, das ihm im vorigen Jahre schwer zugesetzt hatte.

Sollte es mich schon wieder am Kragen haben?

Da kam Fräulein Esther mit einem Blumentopf in der Hand wieder herunter; er rückte zur Seite, um sie vorbeizulassen, und hob das von der Mütze beschattete Gesicht.

"Sie gehen doch nicht mehr fort, Herrin?"

"Wohin soll ich denn gehen um diese Zeit? Zum Mittagbrot hat mich doch niemand eingeladen."

"Ich möchte Ihnen gern etwas sagen. Freuen Sie sich eigentlich?"

"Über was denn, mein Lieber?"

Sie war wie eine Mutter zu ihm, aber ziemlich stolz; sie hatte stets nur den Knecht in ihm gesehen.

"Nun – nun, daß ihre Schwestern beide damit einverstanden sind, daß Don Giacinto herkommt."

"Freilich freue ich mich. Es mußte ja so kommen."

"Er ist ein guter Junge. Er wird sicherlich sein Glück machen. Man sollte ihm ein Pferd kaufen. Aber ..."

"Aber?"

"Aber man darf ihm von Anfang an nicht zuviel Freiheit lassen. Die jungen Leute sind alle gleich. Ich erinnere mich noch: wenn mir in meiner Jugend jemand den kleinen Finger gab, nahm ich gleich die ganze Hand. Und dann – Sie wissen doch, Fräulein Esther – die Pintors sind ein herrisches Geschlecht ..."

"Wenn mein Neffe kommt, Efix, werde ich zu ihm sagen wie zu einem Gast: Setz dich und tue so, als wärest du hier zu Hause. Trotzdem wird er merken, daß er nur ein Gast ist ..."

Da stand Efix auf und schüttelte die Späne des Pfahls von seinen Ärmeln. Alles ging gut, und trotzdem bewegte ihn ein Gefühl von Unruhe; er hatte noch etwas auf dem Herzen, wagte aber nicht zu sprechen.

Langsam folgte er der Herrin, nahm die Mütze ab, um den Pfahl besser einrammen zu können, und wartete wieder geduldig, bis Fräulein Esther zurückkam, um Wasser am Brunnen zu schöpfen.

"Kommen Sie, geben Sie her!" sagte er und nahm ihr den Eimer ab; und während er Wasser schöpfte, schaute er unverwandt in den Brunnen, um seiner Herrin nicht ins Gesicht blicken zu müssen; denn er schämte sich, den Lohn zu verlangen, den sie ihm noch schuldete.

"Sagen Sie, Fräulein Esther – ich sehe die Schilfbündel gar nicht mehr. Haben Sie sie verkauft?"

"Ja, ich habe sie zum Teil verkauft, an einen Händler aus Nuoro. Den Rest haben wir zum Ausbessern des Daches verwandt, und auch zur Bezahlung des Maurers. Du weist doch, der Sturm hat am letzten Fastentag die Schindeln entführt."

Und so drang er nicht weiter in sie. Es gibt so viele Wege, wie man seine Dinge ordnen kann, ohne den Leuten weh zu tun, die man gern hat. Deshalb machte er sich auf den Weg zur Wucherin Kallina und begrüßte unterwegs die Großmutter des jungen Burschen, der zur Bewachung des kleinen Gutes zurückgeblieben war. Groß und dürr, mit welkem, von einem schwarzen Tuche eingerahmtem Gesicht saß die Alte auf den Stufen vor ihrem verwitterten Häuschen und strickte. An ihrem langen, gelben, runzligen Hals hing eine Korallenkette, an ihren Ohren glitzerten zwei goldene Ohrringe wie leuchtende Wassertropfen, und es schien fast, als hätte sie im Altern ganz vergessen, diesen Schmuck ihrer Mädchenjahre abzulegen.

"Gott zum Gruß, Muhme Pottoi! Wie geht's uns? Der Junge ist auf dem Gut geblieben, kommt aber heute abend zurück."

"Ah – du bist's, Efix! Der Herr sei mit dir. Na, von wem war denn der Brief? Vom jungen Herrn Giacinto? Nehmt ihn gut auf, wenn er kommt. Schließlich kehrt er doch ins Haus seiner Väter heim, ist Don Zames Seele, denn die Seelen der Alten leben in den Jungen weiter. Sieh dir bloß Grixenda, meine Enkeltochter, an! Die ist vor sechzehn Jahren, an Christi Himmelfahrt, zur Welt gekommen, während ihre Mutter starb. Nun, schau sie doch an, ist sie der Mutter nicht wie aus dem Gesicht geschnitten? Dort kommt sie gerade ..."

Und richtig kommt Grixenda dort vom Fluß herauf, mit einem Wäschekorb auf dem Kopf: groß, schlank, den Rock über die schimmernden Beine hochgestreift, die schmal und kerzengerade sind wie die eines Rehs. Und von einem Reh hat sie auch die länglich geschnittenen Augen, die feucht in dem blassen, ebenmäßigen Gesicht glänzen. Ein rotes Band preßt den zarten Busen unter dem über dem Hemd ausgeschnittenen Mieder zusammen.

"Ei – sieh an, Gevatter Efix!" rief sie freundlich und rauh zugleich, stellte den Korb auf seinen Kopf und wühlte in seinen Taschen. "O – wie garstig! Den ganzen Tag denke ich an Sie, und Sie haben mir nichts mitgebracht – nicht einmal eine Mandel."

Efix ließ sie gewähren und freute sich ihrer Anmut. Die Alte aber mit dem starren Gesicht und den gläsernen Augen sagte sanft:

"Der gute Don Zame selig kehrt zurück."

Da erstarrte Grixenda plötzlich, und ihr hübsches Gesicht und ihre schönen Augen glichen nun fast denen ihrer Großmutter.

"Don Zame kehrt zurück?"

"Ach, genug mit diesem Unsinn", sagte Efix und stellte den Korb vor die Füße des Mädchens; aber dieses lauschte wie gebannt den Worten der Alten, und auch er glaubte, als er weiter die Straße entlangschritt, die Vergangenheit aus jedem Mauerwinkel dräuen zu sehen. Dort hinten auf der Steinbank vor dem grauen Haus des Milese sitzt ein dicker Mann in einer Samtjoppe, deren helles Braun das rote Gesicht und den schwarzen Bart klar hervorhebt.

Ist das nicht Don Zame? Wie er sich in die Brust wirft, die Daumen in den Westentaschen, die anderen roten Finger um die goldene Uhrkette gekrampft! Den ganzen Tag sitzt er dort, um die Vorübergehenden zu beobachten und zu verspotten. Aus Angst vor seiner bösen Zunge schlägt manch einer einen anderen Weg ein, so auch Efix, um unbemerkt das Haus der Wucherin zu erreichen.

Eine Feigenhecke umgab wie eine mächtige Mauer den Hof der Muhme Kallina. Sie saß am Spinnrocken: klein, mit bloßen, in gestickten Filzschuhen steckenden Füßen, mit aschgrauem Gesicht und golden im Schatten des zurückgestreiften Kopftuches funkelnden Raubvogelaugen.

"Ei, lieber Efix! Wie geht's? Was machen deine Damen? Und was führt dich zu mir? Komm, nimm Platz, verschnaufe dich ein wenig!"

Schläfrige Hennen, die sich unter dem Gefieder krauten, muntere Katzen, die hinter ein paar rosigen Schweinchen herjagten, weiße und blaugraue Tauben, ein angepflockter Esel und die Schwalben in der Luft gaben dem Hof etwas von einer Arche Noah. Das Häuschen schmiegte sich an das alte, neu instand gesetzte Haus des Milese, das wohl ein neues Dach hatte, dessen Mauern aber da und dort zerbröckelt waren wie unter den Krallen der Zeit, die sich ihre Beute nicht ungestraft rauben lassen wollte.

"Das Gut?" sagte Efix, der sich neben der Alten an die Wand lehnte. "Das blüht und gedeiht. Heuer werden wir mehr Mandeln haben als Blätter. Und dann werde ich dir alles bezahlen, Kallina. Sei unbesorgt ..."

Sie runzelte die kahlen Brauen und folgte mit den Augen dem Garn ihrer Kunkel.

"Sieh an, daran habe ich nicht einmal gedacht! Wären alle wie du, dann wären die sieben Taler, die du mir schuldest, im Nu hundert."

Der Kuckuck soll dich holen! dachte Efix. Zu Weihnachten hast du mir vier Taler geborgt, und jetzt sind es schon sieben!

"Nun, Kallina," setzte er leise hinzu und senkte den Kopf, als wenn er mit den Schweinchen spräche, die zudringlich seine Füße beschnupperten, "gib mir noch einen Taler dazu. Dann sind es im ganzen acht, und im Juli werde ich sie dir, so wahr die Sonne scheint, auf Heller und Pfennig zurückbezahlen ..."

Die Wucherin gab ihm keine Antwort; aber sie musterte ihn vom Kopf bis zu den Füßen und ballte abwehrend die Faust gegen ihn.

Efix zuckte zusammen und packte sie am Handgelenk, während die Schweinchen vor den Katzen flüchteten und die Hühner aufgeregt durcheinanderflatterten bei diesem Lärm.

"Zum Teufel, Kallina! Wenn's nicht solche Käuze gäbe auf der Welt wie mich, könntest du dein Wuchergeschäft an den Nagel hängen und Blutegel fangen gehen ..."

"Lieber Blutegel fangen, als sich aussaugen lassen von einem solchen Tropf, wie du es bist! Ja, du Narr, ich borge dir den Taler. Meinetwegen auch gleich zehn oder hundert, wenn du willst. Borge ich sie doch auch anderen, angeseheneren Leuten als dir, deinen Herrinnen zum Beispiel. Aber verwünschen werde ich dich stets, solange du ein solcher Narr bleibst – mit anderen Worten, bis zu deinem Tode. Warte, ich hole jetzt das Geld ..."

Und sie ging ins Haus und holte fünf Silberlire.

Mit den klingenden Münzen in der Faust ging Efix fort, während die Alte ihm spöttisch nachwinkte.

"Bestell deinen Damen einen schönen Gruß und sag, ich wünschte ihnen ewige Jugend."

Aber er war gewillt, allen Spott zu ertragen, um bei Ankunft des jungen Herrn Giacinto schmuck und sauber auszusehen. Ihm zu Ehren wollte er sich eine neue Mütze kaufen, und so stieg er denn in Mileses Laden hinab und ließ sich sogar herbei, den Mann zu grüßen, der auf der Bank saß. Es war Don Predu, der reiche Verwandte seiner Herrinnen.

Don Predu würdigte ihn nur eines verächtlichen Kopfnickens, spitzte aber neugierig die Ohren, um zu hören, was der Knecht wohl kaufe.

"Ich möchte eine Zipfelmütze, Antonio. Aber hübsch lang muß sie sein und nicht voll Mottenlöcher."

"Ich habe sie doch nicht aus dem Haus deiner Damen geholt", erwiderte Milese, der berüchtigt war wegen seiner scharfen Zunge. Und Don Predu räusperte sich draußen zum Zeichen seiner Zustimmung, während der Kaufmann eine kleine Leiter emporkletterte.

"Alles altert und alles kann sich erneuern – so wie das Jahr", entgegnete Efix, der mit den Blicken der ausgemergelten Gestalt Mileses folgte, der nach altem Brauch noch eine Ziegenfellweste trug.

Das Lädchen war klein, aber gedrängt voll. Auf den Regalen leuchteten scharlachrote Stoffballen, und daneben schimmerte giftgrün der Minzenlikör in bauchigen Flaschen; die Mehlsäcke machten sich mit ihren weißen Leibern über den schwarzen Höckern der Heringsfäßchen breit, und in dem kleinen Schaufenster lächelten die nackten Frauen aus den Ansichtskarten gnädig auf das ranzige Backwerk in den Blechbüchsen und auf die bunten Seidenbänder herab.

Indes Milese die langen schwarzen Tuchmützen aus einer Schachtel nahm und Efix mit gespreizter Hand ihre Weite maß, öffnete jemand die kleine Tür zum Hof; und in ihrem von Weinlaub umrankten Rahmen wurde eine stattliche Frauengestalt sichtbar, die auf einer breiten Truhe thronte und mit sanften Bewegungen Flachs spann, fast wie eine Königin der Vorzeit.

"Dort sitzt meine Schwiegermutter. Frag sie doch, ob diese Mützen mich nicht selbst neun Peseten kosten," sagte Milese, während Efix eine von ihnen aufsetzte, sie tief in die Stirn zog und die Quaste fein säuberlich auf den Scheitel legte. "Du hast dir gleich die feinste ausgesucht; du bist gar nicht so bescheiden, wie es immer heißt."

"Die ist zu eng."

"Weil sie noch neu ist. Mann Gottes! Nimm sie ruhig. Neun Peseten – das ist so gut wie nachgeworfen."

Efix nahm sie ab und zog sie nachdenklich glatt; schließlich legte er das Geld der Wucherin auf den Tisch. Don Predu sah zur Tür herein, und der Umstand, daß Efix eine so prächtige Mütze kaufte, machte auch Mileses Schwiegermutter stutzig. Mit einer stummen Kopfbewegung winkte sie den Knecht zu sich und fragte ihn feierlich, wie es seinen Herrinnen gehe. Letzten Endes waren sie doch aus adligem Hause, und nur ein Emporkömmling, ein reichgewordener Hausierer wie ihr Schwiegersohn Milese konnte es an der schuldigen Achtung vor ihnen fehlen lassen.

"Grüße sie herzlich von mir und sage Fräulein Ruth, ich würde sie bald einmal besuchen. Wir waren doch stets gute Freundinnen, obwohl ich nicht von altem Adel bin wie sie."

"Herzensadel ist auch ein Adel", erwiderte Efix höflich; doch sie drehte nur die Kunkel flüchtig in der Hand, als wollte sie sagen: Sprechen wir nicht davon!

"Auch mein Bruder, der Pfarrer, schätzt deine Herrinnen sehr. Er fragt mich immer: ›Wann werden wir wieder einmal mit den Damen zum Marienfest pilgern?‹"

"Ja", fuhr sie fast wehmütig fort, "früher, als wir noch jung waren, da gingen wir immer alle zusammen zum Fest. Damals freute man sich noch über jede Kleinigkeit. Heutzutage aber scheinen die Leute sich des Lachens geradezu zu schämen." Efix legte sorgfältig seine Mütze zusammen.

"So Gott will, werden meine Herrinnen dieses Jahr auch wieder zu dem Fest pilgern – um zu beten, nicht zum Vergnügen ..."

"Das freut mich. Und sag mal, wenn ich fragen darf: Ist es wahr, daß Lias Sohn herkommt? Man erzählte es sich heute morgen im Laden."

Da Milese an die Tür gegangen war und über irgend etwas lachte, was Don Predu ihm zuraunte, rief Efix mit betonter Würde: "Ja, es ist wahr. Deshalb bin ich ja im Dorf; ich soll ein Pferd für ihn kaufen."

"Ein Schaukelpferd?" fragte nunmehr Don Predu und lachte dröhnend. "Ach so, deshalb sah ich dich auch vorhin aus der Höhle der alten Kallina kommen."

"Und was kümmert Sie das? Sie haben wir doch noch nie um etwas gebeten."

"Das walte Gott, du alter Narr. Ich würde euch auch nichts geben. Aber einen guten Rat hab' ich für euch: Laßt den Jungen, wo er ist!"

Aber Efix hatte den Laden schon stolzen Hauptes verlassen und eilte, ohne etwas zu erwidern, mit der Mütze unterm Arm davon.

III.

Vergebens warteten die Damen Pintor in den nächsten Tagen und Wochen auf ihren Neffen. Esther ließ besonderes Brot backen: Weißbrot, locker und zart wie eine Hostie, wie man es nur an hohen Festtagen bäckt; und ohne Wissen ihrer Schwestern kaufte sie insgeheim auch noch einen kleinen Korb Backwerk. Schließlich kam doch ein Gast zu Besuch, und die Gastfreundschaft ist heilig. Ruth aber träumte Nacht für Nacht von der Ankunft des Neffen und hielt jeden Tag um drei Uhr – der Stunde, wo die Postkutsche ankam – vom Hoftor Ausschau. Aber die Zeit verging, und ringsum blieb alles still und unverändert.

In den ersten Tagen des Mai blieb Noemi allein im Hause, weil die Schwestern zum Feste Unserer Lieben Frau pilgerten, wie jedes Jahr, schon seit undenklicher Zeit. Zur Buße, wie sie sagten, doch auch zum Vergnügen.

Noemi fand weder an dem einen noch an dem anderen Gefallen; aber als sie an jenem langen, leuchtenden Nachmittag im warmen Schatten des Hauses saß, begleitete sie in wehmütigem Sinnen die Schwestern auf ihrem Weg. Sie sah das graue, runde Kirchlein wieder, das an ein großes, im Gras des weiten Hofes verstecktes Nest erinnerte; sah die steinernen Hütten in der weiten Runde, zwischen denen sich eine bunte, malerische Menge wie ein Zigeunerstamm tummelte; sah die rohgezimmerte Aussichtswarte über der dem Pfarrer zugedachten Hütte, die blaudunstige Ferne, die rauschenden Bäume und das zwischen den silbernen Dünen schimmernde Meer. Und während sie an all diese Dinge dachte, hätte sie am liebsten geweint; aber sie biß sich auf die Zunge und schämte sich ihrer Rührung.

Jedes Jahr erfüllte der Frühling sie mit dieser seltsamen Unruhe. Aber sie spürte, daß es nur eine vorübergehende Stimmung war, eine Anwandlung von Schwäche, die sich mit der ersten Sommerschwüle wieder verlor. Sehnsüchtig ließ sie ihre Gedanken schweifen, ganz der einschläfernden Stille hingegeben, die in der Runde lagerte: über den roten Mohnblumen im Hof, über der Berglehne, über die dann und wann der Schatten einer Wolke glitt, über dem ganzen Dörfchen, dessen Bewohner fast alle auf dem Fest waren.

Und wieder weilte sie in Gedanken dort.

Ihr dünkt, sie sei noch ein junges Mädchen und stehe auf der Warte über der Hütte des Pfarrers, an einem sanften Abend im Mai. Kupferrot taucht die Mondscheibe aus dem Meer. Klagend und seufzend tönen die Klänge der Ziehharmonika durch den Hof, in dem ein helles Reisigfeuer flackert, und sein rötlicher Schein hebt von dem Grau der Mauer klar die schlanke, braune Gestalt des Musikanten und die bläulichen Gesichter der jungen Mädchen und Burschen ab, die den sardischen Reigen tanzen. Gespenstisch wirbeln ihre Schatten über das zerstampfte Gras und die Wände des Kirchleins; die goldenen Knöpfe und silbernen Tressen der Trachten und die Griffe der Ziehharmonika glitzern und funkeln; alles andere verschwimmt im Perlmutterglanz der Mondnacht.

Noemi erinnerte sich, daß sie nie teilgenommen hatte an dem bunten Trubel, indes die älteren Schwestern lachten und sich vergnügten und Lia scheu in einem moosigen Winkel des Hofes kauerte, als hätte sie schon damals auf Flucht gesonnen.

Das Fest dauerte neun Tage und steigerte sich zuletzt beim Klang der Ziehharmonika und fröhlicher Gesänge zu einem ausgelassenen, ununterbrochenen Reigen. Noemi aber stand immerfort auf der Aussichtswarte, zwischen den Überresten des Gelages; um sie her schimmerten die leeren Flaschen, ein zerbrochener Teller, ein grasgrüner Apfel, ein vergessener Eimer oder Löffel; auch die Sterne über dem Hof erzitterten wie unter den stampfenden Takten des Reigens. Nur sie tanzte nicht, nur sie lachte nicht und hoffte doch beim Anblick der fröhlich wirbelnden Menge, daß auch sie noch einmal teilnehmen dürfte an den Freuden des Lebens.

Aber die Jahre vergingen, des Lebens Freuden spielten sich fern von dem Dörfchen ab, und um sie genießen zu können, war ihre Schwester Lia schließlich aus dem Haus entflohen ...

Sie aber saß noch immer auf der morschen Veranda des alten Hauses, wie damals auf der Warte des Pfarrers.

Gegen Sonnenuntergang klopfte es am Tor, das sie immer geschlossen hielt.

Es war die alte Muhme Pottoi, die sich erkundigte, ob sie ihrer Dienste nicht bedürfe; und obgleich Noemi sie nicht zum Dableiben aufforderte, setzte sie sich auf die Erde, mit dem Rücken zur Wand, lockerte ihr Tuch über dem buntgeschmückten Hals und begann wehmütig von dem Fest zu plaudern.

"Alle sind nun dort – auch meine Enkel, der Herr behüte sie. Ach ja, alle sind nun dort und haben es hübsch kühl, mit dem Meer vor Augen ..."

"Und weshalb sind Sie nicht auch hingegangen?"

"Und das Häuschen, Euer Gnaden? Nein, so armselig ein Haus auch ist, man soll es nicht ganz allein lassen; sonst nistet sich der Irrwisch ein. Es ist nun einmal so: Die Alten hüten das Haus, die Jungen gehen sich vergnügen."

Sie seufzte, senkte das Gesicht, um die Korallen auf ihrer Brust zu betrachten und zu ordnen, und erzählte, wie sie früher auch zum Fest gegangen sei – mit ihrem Mann, ihrer Tochter und den lieben Nachbarinnen. Dann sah sie wieder auf und blickte nach dem alten Friedhof.

"In diesen Tagen ist mir immer, als stünden die Toten wieder auf. In einem langen Zuge sehe ich sie zum Fest pilgern. Und ich glaube auch wie einst Frau Maria, Ihre Mutter selig, auf der Bank im Winkel des großen Hofes sitzen zu sehen. Wie eine Königin sah sie immer aus mit ihrem gelben Rock und ihrem schwarzen, buntbestickten Tuch. Und wie Mägde saßen alle Frauen aus der Gegend um sie herum ... ›Komm, Pottoi,‹ sagte sie dann immer zu mir, ›versuch einmal diesen Kaffee. Nun, wie schmeckt er dir? Gut?‹ – Ja, so gütig, so freundlich war sie immer. Ach, und deshalb gehe ich lieber nicht mehr hin; mir scheint, ich habe dort etwas verlassen, was ich nicht wiederfinde ..."

Noemi nickte lebhaft und beugte sich tief über ihre Handarbeit; die Stimme der Alten tönte wie aus ferner Vergangenheit an ihr Ohr.

"Und erst Don Zame, Euer Gnaden! Der war die Seele des Festes. Er fluchte zwar öfters, fuhr wie ein Unwetter zwischen die anderen, war aber im Grunde doch herzensgut. Auf Sturm folgt eben stets Sonnenschein. Ach ja, neulich, als ich vor meinem Häuschen saß und Flachs spann, da glaubte ich auf einmal den Hufschlag eines Pferdes zu hören ... Und richtig, da kommt er auch schon angeritten, auf seinem Rappen, mit prallgefüllten Quersäcken ... Er trabt vorüber und nickt mir freundlich zu: ›He, Muhme Pottoi, möchtest du mitkommen zum Fest? Flugs aufgesessen, alte Hexe!‹"

Gerührt ahmte sie die Stimme des "erlauchten Toten" nach; dann fragte sie plötzlich, ihre Gedanken weiterspinnend:

"Und der junge Herr Giacinto kommt nun wohl doch nicht her?"

Da erstarrte Noemi; denn sie gestattete keinem Menschen, sich in ihre Angelegenheiten zu mischen.

"Wenn er kommt, soll er uns willkommen sein", erwiderte sie kühl. Aber als die Alte gegangen war, griff sie den Faden ihrer Gedanken auf. Und wieder lebte sie so tief in der Vergangenheit, daß sie der Gegenwart wie entrückt war.

Und während der warme Schatten des Hauses weiter und weiter durch den Hof glitt und der Duft der Wolfsmilch süßer und süßer aus der Ebene heraufwehte, erinnerte sie sich immer klarer an Lias Flucht. Es ist ein milder Abend, genau wie heute; der weiß und grün gescheckte Berg lastet schwer auf dem Haus, der Himmel ist wie aus blankem Gold. Lia weilt in den oberen Räumen und huscht lautlos hin und her; dann tritt sie auf die Veranda, bleich, in einem schwarzen Kleidchen, mit dunklem Haar, in dem sich ein Abglanz des goldblauen Himmels fängt; sinnend blickt sie auf die Schloßruine, schlägt dann plötzlich die schweren Lider auf, zuckt zusammen und hebt die Arme, als wenn sie sich wie eine Schwalbe emporschwingen wolle ins goldene Blau. Langsam kommt sie nun herunter, geht an den Brunnen, besprengt die Blumen, und indes sich in der Luft der zarte Duft des Goldlacks mit dem herberen der Wolfsmilch mischt, tauchen über dem Berg die ersten Sterne auf.

Und nun geht sie wieder nach oben und setzt sich auf die oberste Treppenstufe, die Hand auf dem Seil, die Augen starr in die Dämmerung gerichtet.

Noch immer sah Noemi sie dort sitzen, wie an dem letzten Abend, als sie an ihr vorüberschritt, um schlafen zu gehen. Sie schliefen zusammen in einem Bett, aber an diesem Abend hatte sie vergeblich auf sie gewartet. Wartend war sie schließlich eingeschlummert und wartete nun noch immer ...

Alles andere wirbelte verworren durch ihre Erinnerung, unsäglich bange Stunden und Tage voll geheimnisvollen Grauens, wie man sie nur im Fiebertraum erlebt ... Sie sah nur noch das fahle, verzerrte Gesicht des Knechts, der regungslos, mit hängendem Kopf zu Boden sah, als suchte er dort einen verlorenen Gegenstand.

"Ruhig Blut, Herrinnen!" murmelte er; aber dann rannte er selbst durchs Dorf, fragte alle, ob sie Lia nicht gesehen hätten, schaute in alle Brunnen und spähte in die Ferne.

Und dann war Don Zame heimgekehrt ...

Bei dieser Erinnerung ging es wie ein Sturm durch Noemis Geist. Jedesmal überkam sie dann das Verlangen, sich loszureißen – fortzueilen, wie um den schrecklichen Bann zu brechen.

Und so erhob sie sich und ging nach oben in ihr Zimmer.

Das gleiche Zimmer, in dem sie einst mit Lia schlief; das gleiche rostige Eisenbett, bemalt mit längst verblaßten goldenen Blättern und Trauben, von denen nur da und dort noch eine rot oder bläulich schimmert wie eine wirkliche Beere; die gleichen weißgetünchten Wände, die gleichen Bilder in den schwarzen Rahmen; der gleiche wurmstichige Schrank, auf dem Orangen und Zitronen wie goldene Äpfel in der untergehenden Sonne leuchten.

Noemi öffnete den Schrank, um ihre Stickerei zu verwahren, und die Angel kreischte wie eine zerspringende Saite durch die Stille, während die nun schon strahlenlose Sonne einen rosigen Schein auf das Linnen in den blaubespannten Fächern warf.

Alles dort drinnen war fein säuberlich eingeordnet: zuoberst einige Stickereien, Seidentücher und Wolldecken, die safrangelb geworden waren im Lauf der Zeit; darunter die nach frischen Quitten duftende Wäsche und etliche Binsen- und Weidenkörbchen, von deren gelbem Geflecht sich schwarz die Sinnbilder der sardischen Volkskunst abhoben: kleine Schalen und Fische.

Noemi legte ihre Handarbeit in eines von diesen Körbchen und hob ein anderes auf. Darunter lag ein Bündel Papiere: Familienurkunden, Tauf- und Trauscheine, Vermächtnisse und Prozeßakten, die sorgsam mit einem gelben Bündchen zusammengeschnürt waren, zum Schutze gegen bösen Zauber. Und dieses gelbe Bändchen, das nicht hatte verhindern können, daß das Erbe der Familie in fremde Hände überging und der Prozeß zugunsten der Gegner entschieden wurde, umschlang nebst all dem toten

Papier einen Brief, den Noemi jedesmal, wenn sie das Körbchen aufhob, mit entsetzten Augen betrachtete, wie man vom Meeresufer aus die langsam auf den Wogen treibende Leiche eines Ertrunkenen betrachten mag.

Es war der Brief, den Lia nach der Flucht geschrieben hatte.

Noemi war heute wie verstrickt in lauter düstere Erinnerungen. Die Abwesenheit der Schwestern und eine heimliche Angst vor dem Alleinsein brachten sie der Vergangenheit nahe. Auch der orangerote Dämmerschein, der von bläulichen Schleiern eingehüllte Berg, der Duft des Abends, alles gemahnte sie an die Zeit vor zwanzig Jahren. Stumm und dunkel stand sie im Licht zwischen dem Fensterchen und dem Schrank, fast wie eine Botin der Vergangenheit, die aus dem alten Kirchhof heraufgekommen war, um nach dem verlassenen Haus zu sehen. Sie rückte die Körbchen und Stickereien zurecht, machte die Schranktür zu und wieder auf, und das Kreischen der Türangel hallte unheimlich lebendig durch das Haus.

Schließlich zog sie mit einem plötzlichen Entschluß den Brief aus dem Bündel. Er war noch ganz weiß, in einem weißen Umschlag, als wäre er erst gestern geschrieben worden, als hätte noch niemand ihn gelesen.

Noemi setzte sich auf das Bett. Doch kaum hatte sie umgeblättert und die Hand auf den Messingknauf des Bettes gelegt, als es unten klopfte: erst einmal, dann dreimal, dann immer wieder.

Sie hob den Kopf und blickte mit erschrockenen Augen in den Hof.

Der Postbote kann es doch nicht sein? Nein, der ist schon vorbeigegangen ...

Laut dröhnten die Schläge durch den stillen Hof. So hatte ihr Vater immer geklopft, wenn sie nicht gleich öffneten ...

Sie legte den Brief beiseite und eilte hinunter, blieb aber lauschend am Tor stehen. Ihr Herz schlug heftig, als wenn es zerspringen wollte.

Mein Gott! Das wird doch nicht er sein ...

Schließlich fragte sie ziemlich barsch: "Wer ist draußen?"

"Ein Freund", antwortete eine fremde Stimme.

Aber Noemi vermochte nicht zu öffnen, so heftig zitterten ihre Hände.

Draußen vor dem Tor stand, auf ein Fahrrad gestützt, ein junger Mann, der fast wie ein Arbeiter aussah. Groß, bleich, in einem grünen Anzug, mit staubigen, gelben Stiefeln und einem kecken Schnurrbärtchen von gleicher Farbe wie die Stiefel. Als er Noemi erblickte, nahm er die Mütze ab, die sich in seinem dichten, golden schimmernden Haar abzeichnete, und lächelte sie mit schönen, weiß zwischen den vollen Lippen blitzenden Zähnen an.

Sie erkannte ihn sogleich an den Augen. Großen, mandelförmigen, grünlichblauen Augen. Freilich, das waren die Augen der Pintors! Aber ihre Verwirrung wuchs, als der Fremde nun die Stufen zum Tor emporeilte und sie mit seinen sehnigen Armen umschlang.

"Tante Esther! Ich bin's ... Und die anderen Tanten?"

"Ich bin Noemi ..." stammelte sie befangen; aber gleich darauf faßte sie sich wieder. "Wir haben dich nicht erwartet. Esther und Ruth sind auf dem Fest ..."

"Ach – hier ist gerade ein Fest?" sagte er und zog sein Fahrrad, auf dem ein staubiger Koffer festgeschnallt war, die Stufen herauf. "Richtig, ich erinnere mich. Das Marienfest, nicht wahr? Ah, und das ..."

Er schien die Umgebung zu erkennen. Ja, dort war die Vorhalle, von der seine Mutter ihm so oft erzählt hatte. Er schob sein Rad darauf zu, klopfte mit einem Taschentuch flüchtig den Staub von dem Koffer und begann ihn abzuschnallen.

Noemi dachte: Ich muß die Muhme Pottoi holen, muß zu Efix schicken ... Wie soll ich allein mit allem fertig werden? Ach, die anderen wußten sicher, daß er kam, und haben mich allein gelassen ...

Die Umarmung des fremden Mannes, der von irgendwoher kam, aus der weiten Welt, erfüllte sie mit heimlicher Angst; aber sie kannte recht wohl die Pflichten der Gastfreundschaft und durfte sie nicht vernachlässigen.

"Tritt ein! Willst du dich waschen? Den Koffer werden wir nachher nach oben bringen. Ich werde gleich eine Frau holen, die bei uns sauber macht ... Im Augenblick bin ich ganz allein ... und ich erwartete dich wirklich nicht ..."

Sie versuchte ihre Armut zu bemänteln; aber er schien auch von ihr zu wissen, denn ohne auf Bedienung zu warten, trug er seinen Koffer in das Zimmer hinauf, das Tante Esther schon hergerichtet hatte für ihn, kam dann unbefangen wieder herunter und ging an den Brunnen, um sich zu waschen, ganz wie der Knecht.

Noemi folgte ihm mit einem Handtuch unterm Arm.

"Ja, ich komme aus Terranova. Auf der Straße fährt sich's übrigens ausgezeichnet. Ja, an der Kirche bin ich wohl auch vorbeigekommen, aber ich habe nichts von dem Fest bemerkt. Ja, das Dorf ist wie ausgestorben – und sehr zerfallen, ja ..."

Er bejahte alle Fragen Noemis, sah aber ziemlich zerstreut drein.

"Warum ich nicht geschrieben habe? Nun – weil ich mir nach Tante Esthers Brief nicht im klaren war. Außerdem war ich krank und – und wußte nicht ... Offen gestanden, entschloß ich mich erst vorgestern; da fuhr nämlich ein Freund von mir weg. Nun, und so reiste ich gestern ab, weil das Meer so still war ..."

Er trocknete sich ab und ging auf die Küche zu. Noemi folgte ihm.

Esther hat ihm also geschrieben! Und so ist er denn aufgebrochen – wie zu einem Fest!

Er setzte sich auf die alte Bank gegenüber von dem Berg, der seinen bläulichen Schatten in die Küche warf, kreuzte die langen Beine, verschränkte die langen Arme auf der Brust und strich mit den weißen Händen an ihnen lang. Noemi bemerkte, daß seine Strümpfe grün waren. Eine sonderbare Farbe für Männerstrümpfe! Und während sie Feuer anmachte, wiederholte sie im stillen:

Ah – Esther hat ihm also heimlich geschrieben. Soll sie sich doch jetzt kümmern um ihn! Und sie hatte fast Angst, sich umzudrehen und nach der in jeder Hinsicht so sonderbaren Gestalt des jungen Mannes zu schielen, der regungslos auf der Bank saß, als wollte er sich nie wieder von ihr erheben.

Dann begann er von seiner Reise zu erzählen, von der einsamen Straße, und fragte, wie weit es eigentlich nach Nuoro sei. Dorthin – nach Nuoro wolle er demnächst fahren. Zu dem Verwalter einer großen Dampfmühle, einem Freunde seines Vaters, der ihm eine Stellung versprochen hätte.

"Wie weit es mit dem Fahrrad nach Nuoro ist? Das kann ich dir nicht sagen. Ein paar Stunden wohl. Ich bin vor vielen Jahren einmal nach Nuoro geritten. Der Weg ist schön, ja, und die Stadt auch; die Luft ist gut, die Leute freundlich. Dort gibt es auch kein Fieber wie hier – bei uns, und ein jeder kann dort rüstig arbeiten und Geld verdienen. Alle Fremden sind dort reich geworden, während hier alles tot daniederliegt ..."

"Ja, ja, das stimmt!"

Sie holte ein paar Eier, um einen Eierkuchen zu backen.

"Siehst du, hier gibt es nicht einmal alle Tage Fleisch, von Wein gar nicht zu reden ... Und wie heißt dieser Mühlenverwalter? Kennst du ihn?"

Nein, er kannte ihn nicht. Aber wenn er nach Nuoro ging, würde er gewiß eine Stellung finden.

Noemi lächelte finster und spöttisch, während sie den Eierkuchen in der Pfanne lockerte. Eine Stellung finden, das ist leicht gesagt! Es gibt so viele Stellungsuchende!

"Und deinen Posten dort, den hast du also aufgegeben?" sagte sie hastig, ohne aufzublicken.

Giacinto antwortete nicht gleich; scheinbar war er sehr gespannt, wie der Eierkuchen ausfallen würde, den sie nun vorsichtig wendete.

Ein paar Tropfen Öl fielen in die Glut, eine Dunstwolke verbreitete sich in der Küche; dann begann die Pfanne leise zu schmoren, und Giacinto sagte:

"Ach, der war doch so unbedeutend! Und nicht einmal sicher – und dazu so verantwortungsvoll ..."

Mehr sagte er nicht, und Noemi fragte nicht weiter. Die Hoffnung, daß er bald nach Nuoro ginge, machte sie gnädig und geduldig. Sie deckte den Tisch im Eßzimmer nebenan, das kahl und feucht war wie eine Schenke, und setzte ihm das Essen vor und entschuldigte sich, daß sie ihm nichts anderes anbieten könne.

"Hier – bei uns heißt es genügsam sein ..."

Giacinto knackte Nüsse zwischen seinen kräftigen Händen auf und lauschte dem Geläute der Herden, die hinterm Haus vorbeizogen. Es war schon ziemlich dunkel; der Berg lag nun düster da, und in dem feuchten Raum mit den grüngefleckten Wänden war es totenstill wie in einer abgeschiedenen Grotte. Die bunten Bilder, die Noemi von dem Fest entwarf, machten ihm großen Eindruck. Ziemlich müde und schläfrig sah er sie an, und ihre dunkle Gestalt, die sich scharf gegen das noch helle Fensterchen abzeichnete, ihr volles Haar und ihre kleinen, auf dem wackligen Tisch ruhenden Hände schienen ihn an die wehmütigen Erzählungen seiner Mutter zu erinnern; denn er begann nach Leuten aus dem Dorf zu fragen, die längst gestorben oder Noemi völlig gleichgültig waren.

"Onkel Pietro? Was für ein Mensch ist eigentlich Onkel Pietro? Er ist der reichste hier im Dorf, nicht wahr? Wieviel mag er wohl besitzen?"

"Ja, reich ist er, aber ein Starrkopf! Und hochmütig wie ein Pfau ..."

"Er leiht doch Geld zu Wucherzinsen aus?"

Noemi errötete, denn obwohl sie auf sehr gespanntem Fuße mit ihrem Vetter stand, empfand sie es fast als persönliche Beleidigung, daß Giacinto einen adligen Pintor als Wucherer zu bezeichnen wagte.

"Wer hat dir denn das weisgemacht? Oh, nicht einmal im Scherz solltest du so etwas sagen ..."

"Aber der Pfarrer und seine Schwester, das sind doch Wucherer? Sind sie nicht auch sehr reich? Wieviel besitzen sie wohl?"

"Nicht doch, was fällt dir ein! Wucher treibt höchstens der Milese, aber einen erlaubten Wucher – dreißig vom Hundert, nicht mehr ..."

"Oh, das ist erlaubter Wucher? Und was ist dann unerlaubter?"

Da beugte sich Noemi über den Tisch und flüsterte: "Tausend vom Hundert – und manchmal noch mehr."

Aber statt sich zu wundern, schenkte sich Giacinto noch ein Glas Wein ein und sagte nachdenklich: "Hm, auch bei uns hat der Wucher gewaltig überhand genommen. Der Neffe des Kardinals Rampollo ist auf diese Weise vor die Hunde gegangen ..."

Nach dem Abendbrot wollte er fortgehen. Er fragte, wo die Post sei, und Noemi begleitete ihn bis auf die Straße und deutete auf den kleinen Platz vor Mileses Haus in der Ferne.

Sobald er verschwunden war, blickte sie sich scheu um und ging zur Hütte der alten Muhme Pottoi. Die kleine Tür stand offen, aber drinnen war alles finster, und erst bei den schüchternen Rufen Noemis tauchte die Alte aus dem dunklen Hintergrund der Stube auf, mit einem brennenden Kienspan in der Hand.

"Ich bin's, Muhme Pottoi! Sie müssen gleich jemand zu Efix schicken. Giacinto ist angekommen! Und dann müssen Sie heute nacht bei mir schlafen. – Ich fürchte mich, allein zu bleiben – mit einem Fremden."

"Ich will gern jemand holen und aufs Gut schicken. Aber schlafen kann ich nicht bei Ihnen; nein, ich lasse mir mein Häuschen nicht vom Irrwisch verhexen ..."

Und damit dieser sich nicht in ihrer Abwesenheit einschleichen sollte, ließ sie den Kienspan über der Tür brennen.

IV.

Ein großes Reisigfeuer, wie Noemi in ihrer Jugend es gesehen hatte, flackerte im Hofe Unserer Lieben Frau und warf einen hellen Schein auf das schwarzgraue Gemäuer der Wallfahrtskirche und die Hütten ringsum. Ein junger Bursche spielte Ziehharmonika, aber die Leute, die eben erst aus der Abendmette gekommen waren und das Abendbrot zubereiteten oder auch schon aßen im Innern der Hütten, hatten noch keine Lust zum Tanzen. Dazu war es noch zu früh. Am leuchtenden Abendhimmel glühten die ersten Sterne auf, und das dunkle Rot im Westen, hinter der Aussichtswarte, verblaßte allmählich. Tiefer Frieden lagerte über dem in aller Eile aus dem Boden gewachsenen Dörfchen, und die Klänge der Ziehharmonika und das Stimmengewirr und Gelächter in den Hütten kamen wie aus weiter Ferne.

Da und dort, vor den kleinen, längs der Mauern brennenden Feuern, beugte sich eine dunkle Frauengestalt geschäftig über das dampfende Essen.

Die Männer, die am Abend zuvor den Hausrat herbeigeschafft hatten, waren schon wieder mit ihren Fuhrwerken und Pferden aufgebrochen. Nur die Frauen, die Greise, die Kinder und etliche junge Burschen blieben zurück, und obgleich sie alle des Glaubens waren, nur zur Buße hier zu sein, versuchten sie sich die Zeit möglichst fröhlich zu vertreiben.

Die Damen Pintor verfügten über zwei Hütten, die zu den ältesten zählten und gleichsam ihr Eigentum geworden waren durch die Geschenke und frommen Gaben, die ihre Ahnen der Kirche gestiftet hatten zur Zeit, da die Erzbischöfe von Pisa noch in dem nahen Hafen landeten, die sardischen Gemeinden besuchten und die Messe in dem Wallfahrtskirchlein lasen.

Und dort, zwischen zwei Hütten im Winkel des Hofes, lehnte auch noch die Steinbank an der Mauer, auf der die Muhme Pottoi einst Frau Maria Christina wie eine Königin thronen sah, im Kreise all ihrer Mägde, die mit ihr zu dem Kirchlein gepilgert kamen. Jetzt saßen dort Esther und Ruth, schlicht und dunkel wie zwei Nonnen, mit einem weißen Tuch auf dem Kopf, die Hände unter der Schürze, an die ferne Noemi, an den fernen Giacinto denkend.

Ihr Abendbrot war ziemlich karg gewesen: eine Milchsuppe, die den Magen nicht beschwerte und den Geist hell und klar erhielt. Trotzdem erschauerte Esther dann und wann wie unter Gewissensbissen, wie unter einem geheimen, fast schuldbewußten Gedanken. Giacinto – der heimlich abgeschickte Brief ... Neben den beiden kauerte, die Arme um die Knie geschlungen, Grixenda an der Mauer und lachte dem jungen Ziehharmonikaspieler zu. In der angrenzenden Hütte saßen ihre Verwandten, mit denen sie zu dem Fest gegangen war, um einen als Tischtuch auf die Erde gebreiteten Sack herum und verzehrten ihr bescheidenes Mahl; und während die eine von ihnen ein Knäblein in den Schlummer wiegte, rief die andere dem jungen Mädchen zu:

"Komm, Grixenda, iß wenigstens ein Stück Kuchenbrot! Was soll sonst deine Großmutter sagen? Daß wir dich verhungern lassen?"

"Grixenda, hörst du nicht? Sie rufen nach dir! Also – geh schon", sagte Esther.

"Ach, liebes Fräulein Esther! Ich bin nicht hungrig – ich möchte nur tanzen ..."

"Zuannantò! Willst du nicht zum Essen kommen? Siehst du nicht, daß deine Weisen wie der Wind sind? Sie verscheuchen die Leute!"

"Warte doch, bis sie sich gütlich getan haben!" sagte die Wucherin, die aus der Tür rechts neben den Damen Pintor trat und die Zähne mit dem Fingernagel säuberte.

Auch sie hatte zu Abend gegessen und begann nun im Schein des Feuers zu stricken.

Und dann entspann sich zwischen ihr, den Damen, dem jungen Mädchen und den Frauen in der Hütte das übliche Gespräch. Wie sie im Dorf während des ganzen Jahres nur von dem Fest sprachen, so sprachen sie nun auf dem Fest von ihrem Dörfchen.

"Ich verstehe nicht, wie Sie Ihr Haus ganz allein lassen konnten, Muhme Kallina", sagte ein großes Mädchen, das unter der Schürze eine Schüssel Sauermilch anbrachte, ein Geschenk des Pfarrers an die Damen Pintor.

"Nun, Natòlia, mein Vögelchen – ich ließ zu Hause ja nicht solche Schätze zurück wie dein Herr, der Pfarrer!"

"Zum Kuckuck! Geben Sie mir doch Ihren Hausschlüssel. Dann lauf' ich schnell ins Dorf, suche Ihr Haus durch und flüchte dann in die Stadt!"

"Meinst du, daß es so schön ist in der Stadt?" fragte Fräulein Ruth mit ernster Stimme, und Fräulein Esther, die inzwischen die Sauermilch umgefüllt hatte und Natòlia die Schüssel nebst einem kleinen Trinkgeld reichte, schlug ein Kreuz.

"Der Himmel behüte uns vor der Stadt!"

Beide dachten das gleiche, an Lias Flucht, an Giacintos Kommen, und zu ihrem Erstaunen hörten sie Grixenda murmeln:

"Wo es doch die Stadtmenschen zu uns – aufs Land zieht!"

Die Leute begannen aus den Hütten auf den Hof zu treten. Da und dort tauchte in den niedrigen Türen eine Frau auf, die sich den Mund mit der Schürze abwischte und dann den Kindern nachlief, um sie zu haschen und zu Bett zu bringen.

Eine von Grixendas Verwandten ging auf den Ziehharmonikaspieler zu und reichte ihm ein in vier Teile gebrochenes Kuchenbrot.

"Da – iß, mein Junge! Was soll sonst deine Großmutter sagen? Daß ich dir nichts zu essen gebe?"

Der junge Bursche beugte sich vor, biß ein Stück von dem Kuchenbrot ab und spielte dann weiter.

Aber noch immer entschloß sich niemand zum Tanzen, so daß Grixenda und Natòlia, ärgerlich über die Trägheit der Frauen, eine boshafte Bemerkung machten.

"Da sieht man's wieder! Wenn die Männer nicht da sind, macht euch das ganze Fest kein Vergnügen!"

"Wenn wenigstens Efix da wäre, der Knecht von Fräulein Ruth! Sogar der würde euch genügen!"

"Ach, der ist doch steinalt! Was soll ich mit Efix anfangen? Nein, lieber tanze ich mit einem dürren Ast!"

Da schlug plötzlich der Hund des Pfarrers auf der Aussichtswarte an und kam lautbellend in den Hof herabgerannt. Die Frauen hörten auf zu sticheln und erhoben sich, um nachzusehen, was es gäbe. Zwei Männer kamen die Landstraße herauf, und während der eine auf einem kleinen Kamel zu sitzen schien, beugte sich der andere wie über eine riesige Heuschrecke, deren Flügel die langen Beine des spaßigen Reiters gleichmäßig auf und ab zucken ließen. Doch als die beiden näher kamen, erhellte der Feuerschein ihre wunderlichen Gestalten: der eine war Efix, der auf einem mit Säcken und Kissen schwer bepackten Gaul saß, der andere ein Fremdling, dessen flink durch den Hof gleitendes Fahrrad rötlich glitzerte.

Grixenda sprang auf und lehnte sich bestürzt an die Mauer; auch die Ziehharmonika verstummte plötzlich.

"Mein Gott, Fräulein Esther! Ihr Neffe!"

Zitternd standen die Damen auf, und Fräulein Esther sagte mit hoher, fast wie das Blöken eines Zickleins klingender Stimme:

"Giacinto! Giacinto – mein Neffe ... Aber träume ich auch nicht? Bist du's wirklich?"

Er war vor ihnen vom Rad gestiegen und blickte befangen um sich. Dann fühlte er, wie die welken Hände der Tante nach den seinen griffen, und sah an der Mauer das bleiche Gesicht und die perlschimmernden Augen Grixendas.

Dann umringten alle Frauen ihn, starrten ihn an, betasteten ihn, fragten ihn aus. Die Wärme ihrer Leiber schien ihn heimlich zu erregen. Er lächelte, fühlte sich wie im Kreise einer vielköpfigen Familie und begann sie, eine nach der anderen, zu umarmen.

Die einen wichen erschrocken zurück, die anderen lachten verlegen und schauten zu ihm auf.

"Ist das so Brauch in deiner Heimat? Fräulein Esther, Fräulein Ruth, er verwechselt uns mit Ihnen! Er hält uns alle für seine Tanten!"

Efix hatte inzwischen die Kissen abgeschnallt und trug sie durch die schmale Tür in die leere Hütte. Grixenda half ihm, sie auf die Steinbank an der Wand zu legen, fegte den kleinen Raum aus und machte das Lager zurecht, während sie in der Hütte nebenan Giacinto ehrerbietig, fast schüchtern auf die Fragen der Tanten antworten hörte.

"Ja, Tante, von Terranova aus mit dem Rad! Was ist das schon? Eine Kleinigkeit! Auf einer so ebenen und einsamen Straße kann man in einem Tag um die Welt fahren. Ja, Tante Noemi war mächtig überrascht, als sie mich sah. Sie hatte mich sicher nicht erwartet und glaubte wohl zunächst, ich hätte mich in der Tür geirrt!"

Seine Worte und seine fremde Mundart gingen Grixenda tief zu Herzen. Hatte sie das Gesicht des jungen Mannes, der aus fernen Landen kam, vorhin auch nicht deutlich gesehen, so waren ihr doch seine große Gestalt und sein volles, golden schimmerndes Haar aufgefallen. Und schon empfand sie etwas wie Eifersucht, weil Natòlia, die Magd des Pfarrers, sich in die Hütte der Damen gedrängt hatte und mit ihm plauderte.

Wie vorlaut, wie dreist von Natòlia! Dem Fremdling zu Gefallen machte sie sich sogar über die Hütten lustig, die doch heilig waren, weil die Gläubigen, die frommen Kinder der Kirche, in ihnen wohnten.

"Nicht einmal in Rom gibt's so prächtige Paläste wie hier! Sehen Sie doch die Vorhänge dort an! Die haben die Spinnen ganz umsonst gesponnen. Ganz zu schweigen von den Mäusen! Glauben Sie ja nicht, wenn jemand heute nacht Sie an den Füßen kitzelt, daß ich es bin, Don Giacinto!"

Grixenda biß sich auf die Lippen und klopfte an die Wand, um Natòlia zum Schweigen zu bringen.

"Hören Sie? Klopfgeister gibt's hier auch."

"Ach, das ist nur eine Frau, die klopft", flocht Fräulein Ruth schüchtern ein.

"Geister, Mäuse und Frauen kümmern mich nicht", erwiderte Giacinto gelassen.

Und Grixenda, die noch immer nebenan an der Wand lehnte, lachte laut auf. Wie sie vorhin den Weisen der Ziehharmonika gelauscht hatte, so lauschte sie nun der Stimme des jungen Mannes und lachte fröhlich, obwohl sie am liebsten geweint hätte. Froh – auf eine ernste Weise froh waren übrigens alle in der ärmlichen Hütte der Damen Pintor.

"Ich glaube zu träumen", sagte Esther, die dem Neffen das Essen vorsetzte, während Ruth ihn wie gebannt, mit leuchtenden Augen ansah und Efix ein Fäßchen Wein aus dem Sack nahm und seinen Herrinnen über die Schulter zulächelte.

Giacinto saß auf der Steinbank, die zu verschiedenen Zwecken – als Tisch und als Lager diente, und ließ es sich schmecken; und auch er glaubte zu träumen. Nach dem kühlen Empfang durch Noemi war er sich wie ein Fremder – und ein Fremder war er ja auch – vorgekommen zwischen diesen Menschen, die so anders waren als er; nun aber sah er, wie die Tanten ihn aufmerksam bedienten, wie der Knecht ihm freundlich zulächelte wie einem Kind, wie die jungen Mädchen ihn zärtlich und verliebt betrachteten. Er hörte die sanfte Weise der Ziehharmonika, erblickte die tanzenden Schatten im Feuerschein und bildete sich ein, daß sein Leben nun weiterhin so bleiben müßte, so abenteuerlich und fröhlich.

"Anpassen muß der Mensch sich können", sagte Efix und schenkte ihm einen Becher Wein ein. "Sieh das Wasser an! Warum gilt es für weise? Weil es die Form des Gefäßes annimmt, in das man es füllt."

"Der Wein doch auch, wie mir scheint!"

"Ja, der Wein auch! Nur daß der Wein zuweilen überschäumt, das Wasser nicht."

"Oh, das Wasser auch, wenn man es auf dem Feuer ins Wallen bringt", sagte Natòlia.

Da kam Grixenda hereingestürzt, packte die Magd am Arm und zog sie mit sich fort.

"Laß los! Was fällt dir ein?"

"Nichts! Aber du läßt es an der schuldigen Achtung fehlen vor dem Fremden!"

"Grixenda! Dich hat wohl die Tarantel gestochen, daß du so närrisch bist?"

"Ja, und deshalb will ich tanzen."

Schon hatten sich etliche Frauen um den Musikanten geschart und reichten sich nun die Hände zum Reigen. Die Knöpfe an ihren Miedern funkelten im Feuerschein, ihre Schatten kreuzten sich auf dem grauen Boden. Langsam stellten sie sich in einer langen Reihe auf, Hand in Hand, und hoben zögernd die Füße im Takt des Tanzes; aber sie waren noch steif und unsicher und schienen sich gegenseitig zu behindern.

"Man merkt, der Meister fehlt noch! Ein Mann! Ruft doch wenigstens Efix herbei!" rief Natòlia, und als Grixenda sie in den Arm zwickte, setzte sie hinzu: "Ach, dich sticht der Haber! Soll ich ihn etwa auch mit meiner Achtung beehren?"

Aber bei dem Geschrei war Efix aufgetaucht und näherte sich nun, im Takt den Boden stampfend und mit den Armen wippend wie ein wirklicher Tänzer.

"Zum Fest – zum Fest kam ich gezogen ..." sang er vor sich hin.

Neben Grixenda angelangt, ergriff er ihren Arm, reihte sich zwischen die Tänzerinnen ein und schien tatsächlich durch seine Gegenwart den Reigen zu beschwingen. Flinker bewegten sich die Füße der Frauen, hoben und senkten sich scharrend im Takt; die Glieder lösten sich, die Gesichter leuchteten freudig auf.

"Da ist der Meister! Los jetzt! Stimmung!"

"Schneller! Schneller!"

Ein unsichtbares Zauberband schien die Tanzenden zu umschlingen und ließ sie verschmelzen zu einer geschlossenen, fröhlich bewegten Kette. Langsam begann die lange Reihe sich zu krümmen und schloß sich schließlich zu einem Kreis. Dann und wann trat eine Frau hinzu, löste zwei verschlungene Hände, flocht die eigenen dazwischen und vergrößerte so den bunten Reigen, hinter dem in dichtem Kranze die Schatten über den Boden wirbelten. Und immer hurtiger hoben sich die Füße und stampften ununterbrochen die Erde, wie um sie aufzuwecken aus ihrer starren Ruhe.

"Schneller! Schneller!"

Auch die Ziehharmonika klang immer fröhlicher und beschwingter. Ausgelassene Freudenschreie tönten dazwischen, wie um die Tanzweise anzufeuern und zu steigern zu einem Taumel trunkener Klänge.

"Heisa! Juchheisa! Juchheirassassa!"

Alle kamen herbeigeeilt, um zuzuschauen, und dort in einem dunklen Winkel des Hofes sah Grixenda das Haar Giacintos golden zwischen den weißen Kopftüchern der Tanten schimmern.

"Gevatter Efix, fordern Sie Ihr Patenkind doch auch zum Tanzen auf", sagte Natòlia.

"Ja, der ist gewiß ein guter Tänzer."

"Und ellenlang wie der Kirchturm dort!"

"Still, Natòlia, du Feuerzunge!"

"Deine Augen brennen weit mehr als meine Zunge, Grixenda."

"Und deine glühen wie im Feuer."

"Still, Frauen, und getanzt!"

Zum Fest – zum Fest kam ich gezogen ...

"Heisa! Juchheisa! Juchheirassassa!"

Wie ein helles Pferdegewieher zitterten die Schreie durch die Luft, und wie erfaßt und mitgerissen von der Lust am Tanzen bewegten sich die Beine der Frauen immer schneller unter dem dunklen Tuch der Röcke, die zierlichen Füße immer flinker zwischen dem Spitzengekräusel der roten Borten.

"Don Giacinto! Kommen Sie doch!"

"Schneller! Schneller!"

"Ja doch, kommen Sie! Kommen Sie!"

Alle Frauen blickten nun lächelnd in den dunklen Winkel dort.

Da riß er sich plötzlich von den beiden alten Damen los, blieb aber in der Mitte des Hofes zögernd stehen. Und nun öffnete sich der Kreis der Frauen wieder, dehnte sich wieder zu einer langen Kette aus, und wie in kindlichem Spiel kam diese auf den Fremdling zugetanzt, kreiste ihn ein, nahm ihn in die Mitte und schloß sich wieder.

Zwischen Grixenda und Natòlia eingereiht, alle anderen um Hauptes-länge überragend, schien er die Seele des wirbelnden Reigens zu bilden; und er fühlte, wie Grixendas kleine Hand sich in die seine stahl, während Natòlias harte, warme Finger sich leidenschaftlich um die seinen schlangen, als wären sie und er ein Liebespaar. Auch der Pfarrer trat aus seiner Hütte, blickte freundlich um sich mit seinem rosigen Kindergesicht und setzte sich dann neben die Damen Pintor.

"Ein hübscher Bursche – Ihr Neffe, Fräulein Ruth."

Er nahm eine silberne Schnupftabaksdose heraus, schüttelte sie, klappte den Deckel auf und reichte sie auf der flachen Hand zunächst Fräulein Esther, dann Fräulein Ruth und schließlich sogar Kallina.

"Ja, ein hübscher Bursche, Fräulein Esther, aber ich rate zur Vorsicht."

Er raffte sein Priestergewand hoch, um das Döschen wieder einzustecken, schlang sein blauseidenes Tuch um den Hals und schlug die Zipfel auf der Brust übereinander.

"Vorsicht, Fräulein Esther! Wir haben allerdings auch getanzt, als wir noch junge Füße hatten. Und nun – was tun wir nun?"

Esther weinte vor Freude, nieste aber zum Schein.

"Ihr Schnupftabak ist wie Pfeffer, Hochwürden Paskà."

Am glücklichsten von allen war freilich Efix. Er lag auf einem Heuhaufen in einer der leeren Hütten und glaubte noch immer zu tanzen und Giacinto zu bewundern. Und er lächelte ihm freudig zu wie die Frauen. Ja, wie innerhalb des Reigens hatte die Gestalt des "Jungen" bereits den ersten Platz in seinem Leben eingenommen.

Und in Gedanken schweifte er zu dem Augenblick zurück, wo er zu dem Haus seiner Herrinnen geeilt war, um Lias Sohn zu begrüßen. Welch ein ergreifender Augenblick! Seine Freude war so groß gewesen, daß er sich nicht mehr erinnerte, was er gesagt, was er getan hatte. Er sah nur noch, wie Noemis starre und doch vor innerer Erregung zitternde Gestalt ihm folgte und heimlich zu ihm sagte:

"Brecht jetzt auf, geht zu dem Fest – die anderen erwarten euch."

Und so hatte sie sie gleichsam fortgeschickt, und erst beim Abschied, erst als das Hoftor sich langsam vor ihr schloß, hatte ihr Gesicht sich wieder aufgehellt. Und als sie dann an dem kleinen Gut vorbeikamen, hatten sie eine Weile haltgemacht, Efix hatte mit der Zärtlichkeit eines Liebenden seinen Hügel gezeigt, den sanftgeschwungenen Hang, auf dem das Schilfrohr rötlich in der untergehenden Sonne wogte, die kleine Hütte, die ihn zwischen all dem Grün erwartete.

"Hier lebe ich das ganze Jahr. Und Euer Gnaden werden mich besuchen, wenn es Gemüse und Obst ins Dorf zu schaffen gibt ... Ihr Roß da vermag die schweren Säcke freilich nicht zu tragen", setzte er hinzu und schloß die Augen vor dem hellen Glanz des Fahrrades.

"Ich fahre doch nach Nuoro", sagte Giacinto; aber er musterte das Gut mit prüfendem Blick, fast wie ein lebendes Wesen.

"Manchmal werden Sie schon kommen. Solange es noch nicht zu heiß ist, oder auch im Herbst, wenn es sich so kühl dort oben im Schatten ruht. Und nachts – da leistet uns dann hier der Mond Gesellschaft – und die Melonen in dem Gärtchen dort schimmern wie Glaskugeln in seinem Licht ..."

"Ja, manchmal werde ich kommen", versprach Giacinto und sprang gewandt vom Rad. Und dann hatte er, gleichsam bewogen durch die Schilderungen des Gefährten, den Vorschlag gemacht, das Gut zu besichtigen. Und sie hatten das Pferd an der Hecke unten zurückgelassen, von der es hin und wieder ein Blättchen abrupfte, und hatten das Gut besichtigt.

Efix machte den neuen Herrn auf die Dämme aufmerksam, die er selbst errichtet hatte; und erstaunt betrachtete der junge Mann die Erd- und Steinmassen, die der kleine Knecht im Lauf der Jahre aufgetürmt hatte, und dann ihn selbst, wie um die gewaltige Leistung besser würdigen zu können.

"Ganz allein? Alle Achtung! Du mußt in deiner Jugend ein starker Mann gewesen sein."

Efix errötete.

"Ja, das war ich. Und den Weg habe ich auch angelegt."

Langsam schlängelte sich dieser den Hügel empor, eingesäumt von kleinen Mauern, die ihm Halt gaben wie die Erdwälle den Hängen und Halden des kleinen Gutes.

Höher und höher stiegen sie, blieben auf jeder Terrasse stehen und drehten sich um, um das Werk des kleinen Mannes zu bestaunen, und der Fremdling bekundete eine kindliche Neugier, die den Knecht belustigte.

"Schwillt der Fluß im Winter an?"

"Und was ist eigentlich das?" fragte er und bog den Zweig eines Bäumchens zu sich herab.

Er kannte weder die Bäume noch die Gemüse; er wußte nicht einmal, daß die Ströme im Frühling aus den Ufern treten. Dort war ein Beet Zuckererbsen, die schon bleich in ihren schwarzgetüpfelten Hülsen ruhten, dort längs der feuchtglänzenden Ackerfurche eine Granatapfelhecke, dort ein rötlich blühendes Kartoffelfeld, dort der Lauch, der im sanften Winde zitterte, und dort der Kohl, auf dem es wimmelte von leuchtendgrünen Raupen. Schwärme von weißen und gelben Schmetterlingen gaukelten durch die Luft, ließen sich auf den Erbsenblüten nieder und nippten an ihnen; Heuschrecken klammerten sich an den Stengeln fest und fielen wieder ab wie Blätter im Winde; Bienen summten an den niedrigen Mauern entlang, wie vergoldet vom schimmernden Staub der Blüten, auf denen sie hin und wieder rasteten; im eintönigen Grün des Bohnenfeldes flammte dunkelrot der Klatschmohn.

Und tiefe, duftgetränkte Stille breitete sich mit den Schatten der kleinen Mauern über den Hang, und es war so warm und traulich in diesem weltvergessenen, von den Feigenhecken eingefriedeten Erdenwinkel, daß der Fremdling sich nunmehr vor der Hütte ins Gras warf und am liebsten gar nicht weitergewandert wäre.

Über das Schilfrohr auf dem Hügel glitten die Maiwolken weiß und zart wie leuchtende Schleier. Er blickte ins tiefe Blau des Himmels und glaubte wie auf Daunen zu ruhen.

Er sah, wie Efix die Hütte öffnete, sich umdrehte und ihn pfiffig mit dem Zeigefinger zu sich winkte, wie er dann wieder zurückkehrte, sorgfältig etwas auf dem Rücken versteckte und sich mit einem listigen Blinzeln zu ihm ins Gras kniete. Träumte er?

Er setzte sich auf, schlang die Arme um die Knie und ließ sich eine Weile bitten, ehe er die buntgestreifte Kürbisflasche voll gelben Weins ergriff, die der Knecht ihm reichte. Schließlich setzte er sie an den Mund, und während er den süßen, würzigen, bernsteingelben Wein aus dem engen Hals der Flasche trank, überrieselte es ihn wie ein Wollustschauer.

Efix, der noch immer verzückt neben ihm kniete, sah ihn an. Dann trank er auch und hätte am liebsten geweint vor Glück.

Die Bienen ließen sich auf der Kürbisflasche nieder. Giacinto riß einen Grashalm zwischen seinen Beinen aus, starrte auf den Boden und fragte:

"Von was leben meine Tanten eigentlich?"

Es wurde Zeit, ihn einzuweihen in alles. Efix deutete mit der Kürbisflasche in die Gegend, nach rechts und links.

"Sehen Sie, Euer Gnaden, so weit das Auge reicht, gehörte das Tal einst Ihren Vätern. Ein mächtiges Geschlecht fürwahr! Jetzt freilich ist von all der Herrlichkeit nur dieses kleine Gut geblieben; aber es ist wie das Menschenherz, das auch in der Brust der Alten rüstig weiterschlägt. Und von ihm leben wir."

"Ach, mein Großvater, dieser Starrkopf! Er hat die Familie ins Unglück gestürzt ..."

"Aber wäre er nicht gewesen, so wären Euer Gnaden nie geboren worden."

Giacinto hob rasch die Augen, senkte sie aber gleich wieder: tief bekümmerte Augen.

"Und warum wird man überhaupt geboren?"

"Ausgezeichnet! Weil Gott es will."

Giacinto gab keine Antwort. Er sah noch immer starr zu Boden und seine Lider zuckten verräterisch. Doch willig trank er wieder und schloß die Augen, während Efix sich mit gekreuzten Beinen neben ihn setzte und einen Stein in die Hand nahm.

"Sind Sie nicht froh, daß Sie nun hier sind, Euer Gnaden?"

"Sag nicht immer ›Euer Gnaden‹ zu mir," erwiderte der junge Mensch. "Ich bin nicht adlig, ich bin gar nichts. Sag ruhig du zu mir, wie ich zu dir. Ob ich froh bin? Nein. Ich kam nur her, weil ich nicht wußte, wohin ich gehen sollte ... Dort – in meiner Heimat gibt es zu viele Menschen. Dort muß man ein Lump sein, wenn man es zu etwas bringen will. Ach, du hast ja keine Ahnung, wie viele Reiche es dort gibt. Aber sie verschwinden in der Menge ..."

Er deutete mit der Hand in die Ferne und bewegte die Finger, wie um das Gewimmel dieser Menge zu veranschaulichen, und Efix sah auf seinen Fuß und murmelte gerührt und mitleidig: "Barmherziger Himmel!"

Am liebsten hätte er sich über den "guten Jungen" gebeugt und ihm gesagt: Nun bin ich ja bei dir, nun soll es dir an nichts mehr fehlen. Aber er konnte ihm nur wieder die Kürbisflasche reichen, wie eine Mutter ihrem weinenden Kinde die Brust reicht.

"Ja, wir wissen, wie verteufelt schwer die Menschen es dort haben. Aber hier ist das ganz anders, hier kann man es zu etwas bringen. Ich werde Ihnen erzählen, wie der Milese sein Glück gemacht hat. Der kam eines Tages bettelarm hier an, wie ein Vogel ohne Nest ..."

Bekümmert, mit gesenktem Kopf hörte Giacinto zu, kräuselte verächtlich den Mund, kaute zornig an dem Halm und warf sich plötzlich mit dem

Gesicht ins Gras. "Ach, wenn du wüßtest! Aber woher sollst du es wissen? In Rom lebt ein Fürst, der Ländereien so groß wie ganz Sardinien besitzt, und ein anderer, ein Emporkömmling, der in Zeiten der Hungersnot mehr Geld zur Verfügung stellt als unser König."

"Auch in Sardinien gibt es einen Geistlichen, der im Tag dreihundert Taler zu verzehren hat", sagte Efix kleinlaut; und dann mit erhobener Stimme: "Dreihundert Taler, verstehen Sie, Euer Gnaden?"

Aber Giacinto schien nicht im mindesten überrascht zu sein. Trotzdem fragte er nach einer Weile:

"Wo wohnt er? Kann man ihn nicht einmal kennenlernen?"

"Er wohnt in Calangianus, in der Provinz Gallura."

Zu weit! Und wieder begann Giacinto mit sinnenden Augen von den märchenhaften Reichtümern der vornehmen Leute auf dem Festland zu erzählen, von ihren Lastern und ihrem ausschweifenden Lebenswandel.

"Sind sie denn auch glücklich?" fragte Efix fast ärgerlich.

"Und sind wir vielleicht glücklich?"

"Ja, ich bin glücklich. Euer Gnaden. Da – trinken Sie aus, trinken Sie sich Mut an!"

Giacinto trank aus, und Efix schüttete die letzten Tropfen ins Gras. Die Bienen fielen darüber her, und alles ringsum verlor sich wie in sanftem Summen. Doch nach der Ankunft im Hofe Unserer Lieben Frau machte der junge Mensch einen zufriedeneren Eindruck. Er hatte seine Tanten und die anderen Frauen umarmt, hatte sich das Essen munden lassen und wie ein junger Hirte auf dem Feste mitgetanzt. Jetzt schlief und schnarchte er, und Efix hatte ihn vorhin friedlich auf dem schmalen Lager an der Wand liegen sehen, mit geschlossenen Lidern, die so zart waren, daß das helle Blau der Augen durch sie hindurchzuschimmern schien, mit rötlichblondem, über das weiße Kissen verstreutem Haar und geballten Fäusten wie ein träumendes Kind. Die brennende Kerze am Boden hatte er ganz vergessen. Efix bückte sich, blies sie aus und dachte im stillen, daß alle Pintors so waren: verschwenderisch und leichtsinnig.

Nun, vielleicht war es besser, so zu sein. Auch er legte sich zurück und ballte die Fäuste. Durch die Ritzen im Dach flimmerten die Sterne, und in ihrem Zittern schien der zirpende Gesang der jungen Grillen mitzuschwingen.

Es roch nach Erlen und nach Minze, alles war versunken in zitterndem Schweigen, wie in einem sanftrauschenden Wasser, und Efix dachte an längst entschwundene Abende, an fröhliche Tänze und nächtliche Lieder, an Fräulein Lia, die auf dem Felsblock im Winkel des Hofes kauerte wie eine junge Gefangene, die an ihren Fesseln nagt und sich ganz heimlich rüstet zur Flucht.

V.

Nm nächsten Morgen brachte Efix das Pferd ins Dorf zurück und erzählte seiner jungen Herrin von dem fröhlichen Leben und Treiben am Abend zuvor, (schweigend hörte Noemi zu; erst als er wieder nach dem kleinen Gut aufbrach, eilte sie ans Tor und schärfte ihm ein, in drei Tagen zurückzukehren und den Schwestern frische Lebensmittel zu bringen. Nach drei Tagen kam Efix wieder, und um den Brückenzoll für das Pferd zu sparen, lud er den schweren Sack auf seine Schultern und machte sich zu Fuß auf den Weg. Es war inzwischen kühler geworden, von den Nuoreser Bergen kam der frische Waldwind herab und wehte munter über die Wiesen am Flusse und schien gleich ihm zum Meer hinabeilen zu wollen.

Auf dem Gut rastete Efix eine Weile unter der Erle am sandigen Rande des Melonenfeldes, und während er die fleischigen Ranken betrachtete, die sich zwischen den Blättern entlangschlängelten, war ihm fast, als hätten sie etwas Lebendiges wie all die zitternden Sträucher um ihn her. Und er sprach zu ihnen, als wenn sie ihn verstehen könnten, schärfte ihnen ein, nicht zu verkümmern und zu verdorren, sondern zu wachsen und zu gedeihen und reiche Frucht zu tragen, wie es sich gehört. Da ließ ein leises Getrappel auf der Straße ihn plötzlich aufhorchen.

Stolz und stattlich ritt Don Predu auf seinem dicken, schwarzen Gaul hinter der Hecke vorbei. Wider Erwarten machte er bei Efix' Anblick halt.

"Ei, was machst du denn mit dem Sack da? Warst du Bohnen stehlen?"

Ehrerbietig stand Efix auf.

"Das sind Lebensmittel für meine Damen. Und wohin reiten Sie?"

Auch Don Predu ritt zu dem Fest. Aus seinem geblümten Quersack drang verlockend der Duft des Lammbratens, den er dem Pfarrer, seinem Freund, zum Geschenk mitbrachte, und der rötlich glitzernde Hals einer Korbflasche Wein.

"Und du gehst also zu Fuß hin, alter Narr? Jetzt benützen sie dich wohl schon als Lastgaul? Gib den Sack her, ich nehme ihn mit. Keine Angst, ich brenne nicht damit durch. Aber wenn du mir nicht traust, kannst du ja auch aufsitzen, Alter."

Nach längerem Bitten und Drohen lud Efix verwirrt den Sack auf das Pferd, das zu schlafen schien, saß dann hinter Don Predu auf und versuchte sich so leicht als möglich zu machen.

"Jetzt wird Ihr Gaul aber schwitzen, Euer Gnaden."

"Beim Teufel, es ist der kräftigste Gaul in der ganzen Gegend. Du kannst ihm einen ganzen Berg aufpacken, und er trägt ihn auch. Du siehst doch, er trabt dahin, als wenn er nicht einmal einen Sattel auf dem Rücken hätte. Aber sag mal, was sucht eigentlich mein Neffe, dieser Zigeuner, hier bei uns?"

Efix schnitt eine Grimasse hinter seinem Rücken. Ah – deshalb hatte er ihn mitgenommen.

"Der Zigeuner – wieso? Er hatte doch eine feste Stellung."

"Was für eine Stellung denn? Er zählte wohl die Stunden?"

"Nicht doch, eine gute Stellung. Bei der Zollbehörde. Allerdings braucht man in diesen Städten ja auch viel Geld zum Leben. Es gibt dort Leute, die Ländereien so groß wie ganz Sardinien besitzen, und manch einer verteilt mehr Geld unter die Armen als der König."

Don Predu wollte bersten vor Lachen: einem stummen, krampfhaften Lachen.

"Aha, da haben wir's! Schon hast du den Kopf voll Flausen."

"Warum sagen Sie das, Don Predu?" erwiderte Efix mit betonter Würde. "Der junge Mann ist ehrlich und gut. Er hat keine Laster, raucht nicht, trinkt nicht, läuft nicht hinter den Frauen her. Er wird es bestimmt zu etwas bringen. Wenn er will, kann er gleich eine Stellung in Nuoro bekommen. Außerdem hat er Geld auf der Bank."

"Hast du's nachgezählt, alter Narr? Weiß Gott, Efix, ich glaube, sie geben dir statt Brot Lügen zu schlucken. Sag mal, wieviel schulden deine hochwohllöblichen Herrinnen dir nun schon?"

"Gar nichts schulden sie mir. Ich schulde ihnen alles."

"Ach, sei still! Sonst werf' ich dich in den Fluß. Paß auf, jetzt werdet ihr erst recht Schulden machen, um den Lümmel durchzufüttern. Werdet noch mehr Geld aufnehmen von der alten Kallina, der Teufel soll sie holen! Werdet das Gut verkaufen. Vergiß dann nicht, daß ich es haben will. Wenn du mir dann nicht rechtzeitig einen Wink gibst, wenn ihr euren Krempel dann, wie schon so oft, um den halben Preis an andere verschleudert, statt an mich zu verkaufen, schneide ich dir die Gurgel durch. Laß dir das gesagt sein, Efix! Ich habe dich gewarnt."

Der Alte hinter ihm atmete schwer, wie unter einer gewaltigen Last, die noch drückender war als der Sack, den Don Predu ihm abgenommen hatte.

"Barmherziger Himmel! Warum sprechen Sie so – so feindselig von ihren armen Basen, Don Predu?"

"Zum Teufel mit den Basen und ihrem Eigensinn! *sie* haben mich doch stets wie einen Feind behandelt. Na – meinetwegen. Aber vergiß nicht Efix: das Gut will ich."

Auf dem ganzen Weg quälte er den Knecht, bis dieser schließlich erschöpfter, als wenn er zu Fuß gegangen wäre, vom Pferd glitt und den Sack herunterzog. Als er den weiten Hof betrat, sah er das gleiche Bild wie immer. Seine Damen saßen auf der Steinbank, die Hände im Schoß; Kallina strickte, die nackten Füße in den buntbebänderten Filzschuhen; im Inneren der Hütten lagerten die Frauen am Boden, tranken Kaffee und wiegten ihre Kindchen, und hoch auf der Warte winkte die dunkle, scharf gegen den goldgetönten Himmelsgrund abgezeichnete Gestalt des Pfarrers mit dem blauen Tuch.

"Nun, unterhalten sich die Damen gut?" fragte Efix und legte den Sack vor die Füße seiner Herrinnen. "Und was macht er?"

"Wir tanzen Tag und Nacht," sagte Fräulein Esther, während Fräulein Ruth aufstand, um die Sachen auszupacken. Und von Giacinto sprach die Wucherin in den lobendsten Tönen.

"Was für ein netter Junge! Ziemlich schweigsam, aber herzensgut. Er freut sich wie ein Kind und ißt sogar von meinem Gerstenbrot. Dort kommt er gerade mit Grixenda vom Quell zurück."

Und richtig waren die beiden dort in der Ferne, zwischen dem Grün der Büsche, zu sehen; er groß und grünlichgrau, sie klein und schwarz, jeder mit einem blitzenden Eimer in der Hand, der ab und zu gegen den des anderen schlug, so daß das Wasser überfloß, sich mischte und zu Boden tropfte. Und die beiden schienen sich zu freuen über diese Berührung; denn sie sahen mit gesenktem Kopf auf die Eimer und lachten.

Da durchzuckte es Efix wie eine dunkle Ahnung. Er ging zu dem Pfarrer auf die Warte, um ihm ein Körbchen Backwerk, das Geschenk einer Bäuerin aus dem Dorf, zu bringen, und sah von oben, wie Don Predu, der seinen Gaul am Quell getränkt hatte, Giacinto und Grixenda einholte, sich zu ihnen herabbeugte und irgend etwas sagte. Alle drei lachten, das Mädchen mit gesenktem Kopf, Giacinto den Hals des Pferdes klopfend.

"Ei, Efix", sagte der Pfarrer und fächelte mit den Zipfeln seines Halstuchs den Tabak von der Brust, "da ist ja auch Don Predu. Um so besser, dann gibt's doch wieder Stoff zum Spotten. Und euer Giacinto ist ein wackerer Junge; jeden Tag kommt er zur Morgen- und Abendandacht. Wirklich ein wohlerzogener, netter junger Mann. Aber ich rate zur Vorsicht."

Die Mägde des Pfarrers kamen ins Freie geeilt, um Don Predu beim Abladen der Säcke zu helfen, indes die anderen Frauen die bleichen Gesichter aus den niedrigen Hütten beugten und der Hund sich bellend vor dem Pferd aufrichtete, als wollte er es küssen.

"Sachte, sachte, Frauen!" sagte Don Predu. "In den Säcken sind ein paar Sachen, die schon beim Anfassen zerbrechen – genau wie ihr ..."

"Sie sind des Teufels, Don Predu!" rief Natòlia, die ihn mit verliebten Augen ansah, wie um ihn zu betören. Ach, wenn ihr das gelänge! Dann wäre sie auch an Grixenda gerächt, die den Fremdling ganz an sich gefesselt hatte.

Auch Grixenda schien Don Predus Ankunft seltsam zu erregen.

"Der dort, sehen Sie", sagte sie leise zu Giacinto, während sie durch den Hof schritten, "Ihr Onkel – das ist ein Mann, der guter Dinge ist und sich nicht lumpen läßt auf einem Fest. Der bläst nicht Trübsal wie Sie. Hundert Lire hat er in der Tasche, hundert Lire läßt er springen – so!"

Sie nahm etwas Wasser zwischen die Finger und spritzte es ihm ins Gesicht; aber er lächelte sie weiterhin mit sanften, sehnsüchtigen Augen an und ließ die weißen Zähne zwischen den roten Lippen blitzen, als wenn er sie beißen wollte.

"Was sind hundert Lire? Ich habe schon tausend in einer Nacht vertan und keinen Spaß davon gehabt ..."

Grixenda stellte den Eimer auf die Bank und eilte auf das Knäblein zu, das sie von seinem Lager aus anlachte, mit den Beinchen in der Luft strampelte und mit den schmutzigen Händchen nach ihr zu haschen versuchte. Sie küßte es auf die Schenkel und grub die Lippen in das zarte rosige Fleisch, hob es hoch, senkte es wieder bis zur Erde, hob es wieder hoch, brachte es zum Lachen und trug es dann ins Freie und preßte es zärtlich an die Brust.

Draußen hatte sich Giacinto inzwischen mit gespreizten Beinen auf den Boden gesetzt, ließ die Hände baumeln und hörte aufmerksam der alten Kallina zu, die ihn einlud, mit ihr in Milch gekochte Bohnen zu essen. Sie unterhielten sich leise, wie über etwas sehr Wichtiges und Ernstes. Da trat Fräulein Ruth in die niedrige Tür, in der Hand eine Lammkeule, mit der bläulichen, in weißes Fett gebetteten Niere daran, und unterbrach das Gespräch der beiden.

"Einer von euch muß Efix holen, damit er einen Bratspieß zurechtmacht. Geh du, Giacinto!"

Aber Grixenda war schon davongeeilt, um den Knecht zu holen, schmiegte sich wie eine Katze an ihn und reichte ihm das Knäblein wie zum Kusse.

"Ich bin so glücklich, Gevatter Efix. Heute abend werden wir wieder tanzen. Aber schauen Sie doch Ihren jungen Herrn an: der scheint tatsächlich Kallina den Hof zu machen."

Efix betrachtete sie zärtlich. Er sah, wie Giacinto mit Augen voll Liebe und Sehnsucht aufblickte, und segnete im stillen die beiden jungen Menschenkinder. Ja, freut euch, habt einander lieb! Deshalb geht man ja zum Fest, und dieses ist so schnell vorbei, so bald verrauscht ...

Im Schatten der Mauer lagernd, begann er den Spieß zu schnitzen. Die Frauen standen lachend um ihn herum, Giacinto schwieg wie immer und schien gespannt dem Klang der Ziehharmonika zu lauschen, deren Weisen klagend und lockend durch den Hof tönten. Da kam plötzlich Natòlia mit wiegenden Hüften auf sie zugeeilt.

"Mein Herr und Don Predu lassen Don Giacinto zum Essen bitten."

Und dieser krempelte sorgfältig den Rand seiner Hosen um und stand auf. Esther sah ihm nach und blickte lange nach der Aussichtswarte, wie gebannt vom Blitzen der Gläser und des Silberbretts, das Natòlia dort oben in der Sonne spiegeln ließ. Schon der bloße Gedanke, daß der reiche Vetter vielleicht Gefallen finden könnte an dem armen Neffen, stimmte sie froh.

Die Frauen lobten Giacinto; die alte Wucherin zog das Garn durch Daumen und Zeigefinger, ließ die Spule im Schoß kreisen und sagte mit ungewöhnlich sanfter Stimme:

"Einen so fügsamen jungen Mann habe ich noch nie kennengelernt. Und hübsch ist er. Er sieht dem alten Freiherrn ähnlich ..." "Wem? Dem toten Freiherrn, der noch in der Burg umgeht?"

Ruth aber legte den Finger an den Mund. Auf dem Fest soll man nicht von den Toten sprechen

"Na ja, ein Geist ist er wahrhaftig nicht. Er steckt voll Leben und hat rührige Hände, nicht wahr, Grixenda? Wer? Herr Giacinto!"

Doch Grixenda lehnte starr an der Mauer, auf dem Arm das Kindchen, das in die blanken Knöpfe ihres Mieders biß, und schaute auch nach dem funkelnden Silberbrett dort oben auf der Warte, und ihre Augen waren gleichsam verzaubert wie die der alten Großmutter, wenn sie in den hellen Mondnächten nach dem am Fluß vorüberziehenden Geisterspuk spähten. Nach drei Tagen kam Efix wieder, aber diesmal nicht allein. Fast alle Dorfbewohner wanderten zu dem Fest, und die Frauen trugen auf dem Kopf große Kuchenbleche und Körbe voll junger, mit roten Bändchen zusammengebundener Hühner. Bei der Ankunft sah Efix, daß auf dem freien Platz rund um die Hütten schon ein Planwagen neben dem anderen stand, notdürftig bespannt mit Säcken und Laken, und daß die Zuckerbäcker und Weinhändler neben ihren kleinen Zelten im Schatten der Kirche lehnten.

Eine Schar Bettler kauerte an der Straße, und ihre zerlumpten, blauen und braunen Gestalten – solche mit weißen, schrecklich anzuschauenden Augenhöhlen, solche mit roten Narben und bläulichen Schwären auf der nackten Brust, solche mit schwarzen, wie verkohlte Äste in die Gegend starrenden Armstümpfen – hoben sich düster zwischen den Büschen gegen den bläulichweißen Himmelsrand ab. Auf der anderen Seite aber verlor sich der Blick im Grünen, und die Rudel der grasenden Pferde und Füllen machten die Landschaft noch eindrucksvoller, fast erhaben.

Die Klänge der Ziehharmonika wehten bis dorthin. Die hüpfende, sinnenfreudige Weise lockte zum Tanze, verwandelte sich aber mitunter in eine leise Klage, als wäre sie all der Freude müde, als trauerte sie um die Vergänglichkeit der Dinge; und dann verschleierten sich auch die traurigen Augen der Stuten wie in sanfter Wehmut. Efix blieb eine Weile inmitten einer Gruppe Nuoreser Bauern stehen. Die Frauen saßen in einer langen Reihe vor den Hütten, warteten auf die Stunde des Hochamts, und ihre scharlachroten Mieder schimmerten hell im Schatten der Mauern.

Aber noch war es nicht Zeit zum Hochamt. Noch lachten auf der Warte fröhlich die Priester, noch glitt Natòlias Silberbrett immer wieder funkelnd zwischen dem Schwarz und Blau dahin. Efix fand die Hütte leer. Die Herrinnen waren in der Kirche, und er ging sie suchen. Da sah er sich plötzlich von Don Predu, Milese und Giacinto umringt, die vor einer Weinbude standen und ihm jeder ein Glas gelben Weins kredenzten.

"Da – trink, Alter!"

"Für mich ist's noch zu früh."

"Für einen rüstigen Mann gibt's kein Zufrüh. Oder bist du krank?"

Don Predu schlug ihn so derb auf die Schulter, daß er vornüber taumelte und der Wein aus den drei Gläsern sich über ihn ergoß. In Gottes Namen denn! Er wischte mit der Hand über sein Gewand und trank. Und zu seiner freudigen Überraschung sah er, wie Giacinto die Brieftasche herausnahm und dem Weinverkäufer einen Fünfzigliresschein reichte. Gottlob, der Junge hatte also wirklich Geld!

Es war im übrigen ein Tag der Freude – einer Freude, in die sich bei den Frauen freilich eine leise Trauer mischte; denn die Männer, die sich lärmend unter sich vergnügten, beachteten sie kaum. Den ganzen Tag spielte die Ziehharmonika, begleitet von den Rufen der Händler, von dem Geschrei der Würfelspieler und den Rundgesängen und Liedern der Stegreifdichter.

Letztere saßen in einer Hütte um eine große Korbflasche herum, an die sie sich wie an einen Abgott wandten, und sagten aus dem Stegreif ihre Reime für und wider den Krieg in Tripolis auf. Sie waren mehrere an Zahl und lösten sich ab. Männer und junge Burschen scharten sich um sie, und ab und zu bückte sich einer, um nach einem Glas Wein am Boden zu greifen.

"Zum Wohl, Kinder!"

"Gesundheit!"

"Auf daß wir noch hundert Jahre gesund und munter dieses Fest verleben mögen!"

"Zum Wohl, alter Pfeifenschwengel!"

Und alle lachten laut und dröhnend.

Im Schatten der Kirche hörte Efix inzwischen eine Schar von Bauern über Amerika und die Auswanderer reden.

"Amerika? Wer noch nicht dort war, der kennt es nicht. Von fern sieht's fast so aus, als ließe es sich willig scheren wie ein Lämmlein. Kommt man aber hin, so bleckt es die Zähne wie ein bissiger Köter."

"Ja, Kinder, ich fuhr mit einem halbvollen Säckel hin und hoffte ihn voll zurückzubringen. Kuchen, mit leeren Händen bin ich zurückgekehrt!"

Ein dürrer, baumlanger Bauer aus Baronia, der braungebrannt war wie ein Araber, lud Efix zum Trinken ein und erzählte ihm von seinen Heldenstücklein im Kriege, aus dem er soeben heimgekehrt war.

"Ja", prahlte er, seine Hände betrachtend, "ich habe einem Beduinen, einem solchen Teufelsanbeter, Haut und Haar vom Kopf gezogen. Das hatte ich mir hoch und heilig geschworen, und ich soll auf der Stelle erblinden, wenn ich lüge!"

Schaudernd, mit einem Heckenröschen in der Hand, hörte Efix zu. Er bekreuzigte sich und sagte: "Geh lieber beichten, Conzi! Du hast einen Menschen getötet!"

"Das ist im Krieg doch keine Sünde. Geschah es vielleicht hinterrücks? Nein!"

Da begannen sie zu streiten, und Efix betrachtete das Röschen, als spräche er zu ihm allein.

"Nicht doch! Töten darf nur unser Herrgott!"

Aber er mußte den Streit abbrechen, weil Fräulein Esther in der Ferne ihn zu sich winkte. Es war Essenszeit. Giacinto war wieder bei dem Pfarrer eingeladen, und alle ließen es sich in geselligem Kreise schmecken, die einen mehr, die anderen weniger. Aus den Hütten quoll mit den Rauchschwaden der Bratenduft. Am stillsten ging es bei den Damen Pintor zu. Sie saßen in ihrer Hütte, schmausten mit Efix den Lammbraten, plauderten über die ferne Noemi und Giacinto, über den Pfarrer und Milese, und lächelten kindlich.

"In den ersten Tagen", sagte Ruth, einen kleinen Kuchen in drei gleiche Teile schneidend, "sprach Giacinto immer davon, daß er nach Nuoro fahren wolle, wo er angeblich eine Stellung in einer Mühle bekommen soll. Doch jetzt spricht er schon seit zwei Tagen nicht mehr davon."

"Ach ja, seit zwei Tagen bekommt man ihn fast überhaupt nicht mehr zu Gesicht. Er steckt ständig mit Don Predu und den anderen zusammen."

"Lassen wir ihm seine Freude", sagte Efix.

Draußen vor der Tür sah man Kallina wider Erwarten einmal müßig auf dem Felsblock sitzen, und Grixenda, mit dem Knäblein im Schoß, starrte bleich und bekümmert nach der Warte des Pfarrers.

Ach, Giacinto vergnügte sich dort oben und hatte sie vergessen! Und ihr war fast, als kauerte sie am Rande einer Wüste, wie vor einem trügerischen Luftgebilde.

Efix kam heraus und sagte zu ihr: "Warum so traurig?"

Sie zupfte das gelbe Band am Häubchen des Kindes zurecht, und ihre Augen füllten sich mit Tränen.

"Für mich ist alles aus!"

Aus der Hütte riefen die Verwandten ihr zu: "Komm, Grixenda! Was soll deine Großmutter sagen, wenn du so mager zurückkommst? Daß wir dich hungern ließen?"

"Ach, Essen allein macht auch nicht fett", sagte Kallina zu Efix, nachdem sie ihn zu sich gewinkt hatte. "Komm, Efix, trink ein Gläschen Süßwein! Weißt du, wer mir den verehrt hat? Dein junger Herr. Ein herzensguter Junge, und so leutselig – aber hör mal, du mußt ihm sagen, daß Grixenda nicht die Richtige für ihn ist!"

"Gönnt ihm doch sein Vergnügen! Wir sind doch auf dem Fest."

"Ja – um Buße zu tun, nicht um zu sündigen! Gewiß, die Verwandten geben Grixenda reichlich zu essen, aber sie achten nicht darauf, wo sie sich Tag und Nacht mit Don Giacinto herumtreibt."

"Und meine Herrinnen? Die sind wohl blind?"

"Die? Ach, die sind doch wie Holzheilige in den Kirchen. Sie schauen und sehen doch nichts. Für sie gibt es nichts Böses auf der Welt."

"Das stimmt", gab Efix zu. Er trank aus, aber er fühlte sich traurig gestimmt und schritt in die Heide hinein und legte sich schließlich unter einen Taxusstrauch. Von dort aus sah er das hohe Gras im Winde wogen, fast wie nach der eintönigen Weise der Ziehharmonika, und die Pferde unbeweglich in die Helle ragen, fast wie an den blauen Himmelsrand gemalt.

Die Stimmen verloren sich in der Stille, die Dinge ringsum verschwommen im Licht. Da taucht plötzlich in der Ferne eine Frau aus einem Busch auf, ein Mann tritt neben sie – so nah, daß ihre Gestalten zu einer einzigen Silhouette verschmelzen.

Efix fühlte, wie es ihn heiß überrieselte. Er pflückte ein Gänseblümchen, zerfaserte den Stengel zwischen seinen Zähnen und sah ohne Neid mit an, wie Grixenda und Giacinto sich umschlungen hielten. Mochte der Herr sie segnen und sie stets in Licht und Sonne hüllen wie jetzt! Am Nachmittag wurde das Fest noch ausgelassener. Nun gesellten sich auch die Männer zu den Frauen und wirbelten fröhlich im Tanze mit ihnen dahin, und die schrägen Sonnenstrahlen ergossen sich rötlich flimmernd über den Hof, in dem es summte wie in einem Bienenstock.

Bei Sonnenuntergang versammelte sich die Menge in dem Kirchlein, und Tausende von Stimmen schwollen zu einem brausenden Lobgesang an, sich mischend und durchdringend wie die Düfte der blühenden Sträucher im Freien. Efix kniete wie immer in schmerzlicher Verzückung in einer Nische; und neben ihm kniete Grixenda, regungslos wie ein hölzerner Engel, und sang und schluchzte von ihrer Liebe.

Wie ein blutroter Schleier lag der Dämmerschein über der Menge. Aber allmählich wurde er dunkler und dunkler, nur noch schwach vom goldenen Kerzenlicht am Altar erhellt. Und obwohl der Priester seine Predigt längst beendigt hatte, rührte sich die Schar der Gläubigen nicht von der Stelle und sang noch immer das Lob des Himmels. Es klang wie fernes Meeresrauschen, klang wie das Flüstern und Raunen eines Waldes im Abendwind. Es war, als zöge ein altes Volk unter den schlichten Bittgesängen der ersten Christen auf einer düsteren Straße dahin und wanderte und wanderte trunken von Schmerz und Hoffnung auf ein strahlendes, aber unerreichbar fernes Ziel der Freude zu.

Dann wurde es plötzlich ganz still.

Zuannantò, den es zu seiner Ziehharmonika zurücklockte, lief als erster ins Freie, mit der Mütze in der Hand. Aber an der Tür blieb er stehen, sah nach oben und stieß einen leisen Schrei aus. Alle eilten herbei und schauten. Es war der Neumond, der über den Rand der Mauer in den Hof lugte, als wenn er in ihn herabklettern wollte. Nach dem Abendbrot begann es um die Feuer herum von neuem zu singen und zu jauchzen. Sogar Don Predu tanzte heute, zur Freude aller Frauen, die heimlich hofften, daß er sie zum Tanze auffordern würde.

Nur Giacinto tanzte nicht. Blaß und matt saß er neben der Wucherin und ließ die Hände zwischen den Knien baumeln. Inzwischen hörte Efix, wie die Frauen sich stritten, wer heute das meiste Geld ausgegeben und sich am besten unterhalten hätte. Eine sagte:

"Don Predu."

"Nein, Don Giacinto. Der hat über dreihundert Lire ausgegeben. Aber er ist ja reich. Er soll ein Silberbergwerk besitzen."

"Er hat alle freigehalten. Sogar ganz fremde Leute."

"Warum eigentlich?"

"Ausgezeichnet! Weil er das Geld dazu hat!"

Efix fühlte sich befriedigt und beunruhigt zugleich. Er setzte sich zu Giacinto und erzählte ihm von dem Gerede der Frauen.

"Ein Silberbergwerk? Ja, das ist ganz einträglich, aber nicht so einträglich wie eine Erdölquelle. Eine Bekannte von mir träumte einmal, daß es auf einer solchen Halde, auf dem Grund und Boden eines verarmten Adligen, Erdöl gäbe. Der Mann war so verzweifelt, daß er sich schon das Leben nehmen wollte. Trotzdem nahm er eine Bohrung an der Stelle vor, von der die Frau geträumt hatte, und jetzt ist er so reich, daß er seiner Freundin zwanzigtausend Lire im Monat gibt ..."

"Warum hat er denn nicht die andere, die Träumerin, geheiratet? Oder war er schon verheiratet?" fragte Efix nachdenklich.

Die Frauen tanzten, und zwischen ihnen sah man Grixenda mit glühenden Wangen dahinwirbeln und ausgelassen lachen. Da berührte Efix schüchtern Giacintos Knie und flüsterte: "Euer Gnaden – man munkelt ... Sie sehen doch das Mädchen dort – nun ja, sie ist ein gutes Kind, aber arm – und ohne Eltern ..."

"Ich werde sie heiraten", sagte Giacinto wie im Traum und blickte starr zu Boden.

VI.

In Zeiten der Not, in den Wochen vor der Kornernte, wenn das Getreide in den Scheunen aufgezehrt war und die Leute hilfesuchend zu der Wucherin kamen, ging die alte Pottoi Blutegel fangen. Ihr Lieblingsplätzchen war eine kleine Bucht unter dem Taubenhügel, dicht bei dem Gut der Damen Pintor. Stundenlang saß sie dort unbeweglich im Schatten einer Erle und ließ die nackten Beine in die grünlich schillernde, goldgeäderte Flut tauchen; und während sie mit der einen Hand eine Flasche im Sand umspannte, spielte sie mit der anderen an ihrer Halskette.

Dann und wann beugte sie sich ein wenig vor, sah ihre Füße groß und gelb im Wasser zittern, zog einen heraus, nahm eine leuchtende schwarze Beere von ihrem tropfenden Bein, stopfte sie in die Flasche und schob sie mit einer Binse nach unten auf den Boden. Dort dehnte sich die Beere aus und krümmte sich zu einem schwarzen kleinen Ring: es war ein Blutegel. Eines Tages, gegen Mitte Juni, besuchte sie Efix in seiner Hütte. Es war sehr heiß, und das Tal lag schon gelb und dürr unter dem blaudunstigen Himmel da.

Mit zitternden Fingern flocht der Knecht im Schatten des Schilfrohrs eine Binsenmatte. Beim Anblick der Alten, die sich zu ihm setzte, mit der Flasche im Schoß, hob er kaum die vom Sumpffieber getrübten Augen und wartete stillschweigend, als wenn er bereits wüßte, was sie von ihm wollte.

"Efix, du bist eine ehrliche Haut und kannst ganz offen mit mir reden. Welche Absichten hat dein junger Herr? Er kommt öfters zu mir, setzt sich an den Herd und sagt zu dem Jungen: ›Spiel mir doch etwas auf deiner neuen Ziehharmonika vor‹ – er selbst hat sie ihm übrigens geschenkt. Und dann sagt er zu mir: ›Nächstens werde ich Tante Esther herschicken und um Grixendas Hand anhalten lassen.‹ Aber Fräulein Esther läßt sich nie blicken, und als ich neulich einmal zu euch ging, entließ mich Fräulein Noemi mehr tot als lebendig, so viele Verwünschungen sandte sie hinter mir drein. Und als ich dann nach Hause kam, ließ es auch Grixenda an der schuldigen Ehrfurcht fehlen; denn sie will nicht, daß ich zu deinen Herrinnen gehe. Ich weiß nicht, wie ich mich verhalten soll, Efix. Wir haben den Jungen doch nicht zu uns gerufen, er kam ganz von selbst. Kallina meint: Verbiete ihm dein Haus! Aber verbietet sie ihm vielleicht ihres, wenn er zu ihr kommt?"

Efix lächelte.

"Nun, dorthin führt ihn ja auch sicherlich nicht eine Liebelei!"

Da hob die Alte entrüstet das Gesicht, und ihr Hals schien noch länger zu werden.

"Und führt ihn etwa eine Liebelei zu uns? Nein, er ist ein braver Junge. Er kommt Grixenda nicht zu nahe. Die beiden lieben sich in allen Ehren, im Gedanken an eine baldige Heirat. Sag mir auf Ehre und Gewissen, Efix, welche Absichten er hat! Ich bitte dich darum, bei der Seele deines toten Herrn!"

Efix wurde nachdenklich.

"Hm, eines Abends, auf dem Fest, sagte er wohl zu mir: Ich werde sie heiraten ... Aber ich glaube, offengestanden, er kann es nicht."

"Warum nicht? Er ist doch nicht adlig."

"Noch einmal: Er kann es nicht, Frau!" sagte Efix noch nachdrücklicher.

"Das Geld dazu hat er, das sieht man doch. Er streut es aus vollen Händen um sich. Und ich entsinne mich, wie dein verstorbener Herr in seiner Jugend, als meine Großmutter noch lebte und er auch häufig zu uns kam

– ja, wie er da immer sagte: den Mann bindet die Liebe an die Frau, die Frau dagegen fesselt das Geld an den Mann."

"So? Sagte er das? Zu wem denn?"

"Zu mir, bist du taub? Jawohl, zu mir. Aber ich war damals erst fünfzehn und noch ein rechtes Kücken. Meine Großmutter jagte Don Zame aus dem Haus und verheiratete mich mit Priamu Piras. Und mein Priamu war ein Mann mit Grundsätzen. Er hatte einen Ochsenziemer, mit einem Stachel an der Spitze. Den hielt er mir unter die Nase und sagte: ›Siehst du, damit steche ich dir die Augen aus, wenn du noch einmal nach Don Zame schielst.‹ So verging die Zeit. Aber die Toten kehren wieder. Sehe ich jetzt Herrn Giacinto auf dem Schemel sitzen und daneben Grixenda auf der Türschwelle, so ist mir immer, als wären es der Tote selig und ich ..."

Wenn sie so ins Plaudern kam, fand sie nie ein Ende, und Efix, der dies wußte, schickte sie verdrießlich fort.

"Geh jetzt in Frieden deiner Wege! Und such dir auch einen Mann mit einem guten Ochsenziemer für deine Enkeltochter!"

Und die Alte, die froh war, daß der junge Mann eines Abends auf dem Fest gesagt hatte: Ich werde sie heiraten, ging ohne weiteres fort. Efix blieb allein zurück, vor sich den roten Mond, der aus dem grauen Dunst des Abends auftauchte. Aber er fühlte sich beunruhigt. Nein, das Leben, das Giacinto führte, war nicht das Leben eines braven und gottesfürchtigen jungen Mannes. Von Tag zu Tag schwanden die großen Hoffnungen, die er auf ihn gesetzt hatte, immer mehr dahin und wichen ernsten Sorgen. Er warf mit dem Gelde um sich und verdiente nichts; und auch der tiefste Brunnen – so dachte Efix – erschöpft sich mit der Zeit.

Zuweilen kam Giacinto wohl gegen Abend her, um das Obst und Gemüse ins Dorf zu schaffen, das die Tanten dann heimlich wie gestohlenes Gut verkauften; denn es schickt sich nicht für adlige Damen, öffentlich mit Gemüse zu handeln. Sonst aber machte er sich nicht nützlich, sonst lungerte er meistens müßig da und dort im Dorf herum.

Aber kommt er dort nicht selbst den Pfad herauf und zieht sein staubiges Rad wie einen Hund neben sich her? Ja, keuchend kommt er an, wie vom anderen Ende der Welt, wirft dem Knecht ein kleines Bündel zu und sinkt dann erschöpft zu Boden wie ein Toter.

Und von einem Toten hatte er auch das bleiche Gesicht, die grauen Lippen. Aber seine linke Schulter zitterte heftig, so daß Efix erschrocken ein Glasbüchschen herausnahm, zwei Chinintabletten auf die Hand fallen ließ und sie ihm in den Mund steckte.

"Schluck sie hinunter! Du hast Fieber!"

Giacinto schluckte die Tabletten hinunter und preßte, ohne aufzublicken, den Kopf zwischen die Hände.

"Ich bin so müde, Efix! Ja, ich habe Fieber. Ja, es hat mich auch erwischt! Wie soll man es auch nicht bekommen – in dieser verwünschten Gegend? Ach, was für eine Gegend!" setzte er matt, wie zu sich selbst, hinzu. "Eine Gegend zum Sterben ..."

"Steh auf!" sagte Efix und beugte sich über ihn. "Bleib nicht hier sitzen, die Abendluft ist schädlich."

"Laß mich doch zugrunde gehen, Efix! Ach, diese Hitze! Eine solche Hitze habe ich noch nie erlebt. Bei uns – da konnte man doch wenigstens baden ..."

Was sollte er zu seinem Troste sagen: Warum bist du dann nicht dort geblieben? Nein, Efix hatte zuviel Mitleid mit diesem "Häuflein Unglück" zu seinen Füßen, um so zu sprechen.

"Was hast du heute getan?" fragte er leise.

"Was soll ich getan haben? Es gibt doch nichts zu tun. Dir dein Brot herbringen, das Gemüse ins Dorf schaffen – das ist alles. Und sie – meine Tanten – leben doch wie drei Mumien! Heute hat Tante Noemi sich allerdings doch ein wenig aufgeregt, weil Tante Esther zu mir sagte, sie könnte das Geld für die Steuer nicht aufbringen. Kein Wunder! Geben da ihr Geld für mich aus und wollen nichts von mir annehmen! Ich sagte zu Tante Esther: Seid unbesorgt, ich werde zu dem Steuerbeamten gehen. Da hättest du Tante Noemi einmal sehen sollen, eine Furie ist nichts dagegen! Ihre

Augen funkelten wie die einer Katze. Für so jähzornig hätte ich sie nie gehalten. Na ja, sie sagte sogar zu mir: "Kauf mit deinem Geld, wenn du überhaupt welches hast, Grixenda lieber noch eine Ziehharmonika!" Was ist schon dabei, Efix, wenn ich zu dem Mädchen gehe? Wohin soll ich denn sonst gehen? Onkel Pietro schleppt mich ins Wirtshaus, und du weißt doch, ich mache mir nichts aus Wein; mit dem Milese soll ich Karten spielen, und aus dem Kartenspielen mache ich mir doch erst recht nichts! Und so gehe ich eben zu dem Mädel, weil es gut ist und weil die Alte so spaßige Dinge sagt. Sag selbst: was ist da schon dabei?"

Bittend, mit sanft im Mondlicht schimmernden Augen sah er zu Efix auf. Der hatte inzwischen das Brot ausgepackt, konnte aber nicht einen Bissen essen. Seine Kehle war wie zugeschnürt von tiefem Kummer.

"Gar nichts ist dabei! Aber das Mädel, so gut es auch sein mag, ist arm und dir nicht ebenbürtig ..."

"Die Liebe kennt weder Armut noch Adel. Wie viele Reiche haben schon arme Mädchen geheiratet? Was weißt du davon? Schon so mancher englische Lord, schon so mancher amerikanische Millionär hat eine Magd, eine Lehrerin, eine Sängerin geheiratet. Und warum? Weil er sie liebhatte. Und das sind doch wirklich reiche Leute: Petroleum- und Kupferkönige! Und die reichen Damen – die russischen Fürstinnen, die Dollarerbinnen, wen heiraten die? Hat sich nicht schon manch eine in einen armen Künstler verliebt, ja sogar in ihren Chauffeur oder Kammerdiener? Aber woher sollst du das wissen?"

Efix umklammerte verzweifelt mit seinen Händen ein Stück Brot, als wäre es sein zuckendes, von Erinnerungen gequältes Herz.

"Und dabei behaupten sie, an Gott zu glauben! Warum lassen sie mich dann nicht das Mädchen heiraten, das ich liebe?"

"Still, Giacinto! Sprich nicht so hart von ihnen! Sie meinen es doch gut mit dir."

"Nun, dann sollen sie mich heiraten lassen! Bringe ich ihnen doch Grixenda ins Haus, und sie wird ihnen sicher gerne helfen. Jetzt sind sie doch schon alt. Ich werde arbeiten. Werde nach Nuoro fahren, werde Käse,

Vieh, Wein, Wolle und Holz kaufen; denn jetzt – im Kriege hat alles einen Wert. Und dann werde ich nach Rom reisen und dem Kriegsminister meine Ware verkaufen. Weißt du, wieviel sich dabei verdienen läßt?"

"Ja. Und das Kapital dazu?"

"Keine Sorge, das habe ich! Wenn sie mich nur in Frieden ließen! Ich bin nicht hergekommen, um sie auszunützen oder auf ihre Kosten zu leben. Ach, aber Tante Noemi ist schrecklich!" seufzte er plötzlich und versteckte das Gesicht zwischen den Händen. "Ach, Efix, ich bin so verbittert! Und es beschämt mich, zu sehen, wie schlecht es ihnen geht. Zu sehen, wie sie heimlich Kartoffeln, Äpfel und Birnen an die Kinder verkaufen, die verstohlen, mit dem Geld in der Hand, in den Hof geschlichen kommen und leise nach den Sachen fragen, wie nach gestohlenem Gut. Ja, ich schäme mich! Das muß aufhören. Es wird ihnen wieder so gut wie früher gehen, wenn sie mir freie Hand lassen. Wenn Tante Noemi wüßte, wie gut ich es mit ihr meine, würde sie nicht so handeln ..."

"Giacinto! Gib mir die Hand, du bist ein guter Junge", sagte Efix gerührt.

Sie schwiegen. Dann fuhr Giacinto mit leiser, sanfter Stimme fort, die wie eine Kinderstimme durch das Mondesschweigen zitterte: "Du bist so lieb, Efix. Ich möchte dir jetzt von einer Sache erzählen, die ein Freund von mir erlebt hat. Er war mit mir bei der Zollbehörde angestellt. Eines Tages kam ein ehemaliger Reeder, ein dicker, aber selten gutmütiger und kindlich harmloser Mann, aufs Zollamt, um eine Zahlung zu leisten. Mein Freund sagte: ›Lassen Sie das Geld da und holen Sie sich später die Quittung ab, die vom Zollhauptmann unterschrieben sein muß.‹ Der Reeder ließ das Geld da; mein Freund steckte es ein, ging fort und verspielte es. Und als der Reeder wiederkam, behauptete mein Freund, er hätte nichts erhalten. Der andere ließ sich das nicht gefallen und ging zu den Vorgesetzten meines Freundes; aber er hatte ja keine Quittung, und alle lachten ihm laut ins Gesicht. Trotzdem wurde mein Freund fristlos entlassen – es ist jetzt vier Monate her – ja, ich erinnere mich noch ganz genau, es war im Karneval. Er ging zu einem Vergnügen, betäubte sich, trank, hatte zuletzt nicht mehr einen Heller in der Tasche. Auf dem Heimweg holte er sich eine Lungenentzündung und brach auf einer Bank in den Anlagen zusammen.

Man brachte ihn ins Krankenhaus. Als er schwach und entkräftet wieder herauskam, hatte er keine Wohnung, kein Stückchen Brot. Er schlief unter den Pfeilern am Hafen, hustete und hatte grauenhafte Träume. Immer wieder träumte er von dem Reeder, der ihn verfolgte, rastlos verfolgte – wie im Film. Und wirklich steht eines Abends plötzlich der Reeder vor ihm, der ihn unter den Pfeilern am Hafen gesucht hatte.

Mein Freund glaubte noch immer zu träumen; aber der andere sagte zu ihm: ›Hören Sie, ich suche Sie schon eine ganze Weile. Ich weiß, Sie haben damals Ihre Stellung verloren wegen jener Unterschlagung, aber mir liegt daran, daß Ihre Vorgesetzten und die Öffentlichkeit die Wahrheit erfahren. Das ist auch für Sie besser. Sagen Sie ehrlich: Habe ich das Geld einbezahlt oder nicht?‹ – ›Ja‹, erwiderte mein Freund. – Und darauf der Reeder: ›Schön, versuchen wir die Sache in Ordnung zu bringen. Ich will Sie nicht zugrunde richten. Hier ist meine Adresse, kommen Sie morgen zu mir, und dann werden wir zusammen zu Ihren Vorgesetzten gehen.‹ – ›Abgemacht!‹ Doch am nächsten Tage ging mein Freund nicht hin. Er hatte Angst – schreckliche Angst! Außerdem regnete es in Strömen – na, kurz und gut, er rührte sich nicht vom Fleck. Er hustete noch immer, und ein Dienstmann brachte ihm hin und wieder etwas heiße Milch. Ach, wie es stürmte und regnete!" wiederholte Giacinto und blickte um sich, als wenn er sich vergewissern wollte, daß die Nacht klar und schön war.

Gespannt, das Gesicht aus die Hand gestützt, lauschte Efix seiner Erzählung, wie ein Kind einem Märchen.

"Aber eines Tages raffte ich mich auf und ging ..."

Schweigen. Ein Schatten breitete sich über die Gesichter der beiden Männer, und sie senkten die Augen. Giacintos Schultern zitterten krampfhaft, aber er straffte sie plötzlich, wie um die Erregung zu meistern, und fuhr mit festerer Stimme fort: "Ja, ich selbst war es, du hast es erraten. Ich ging also zu dem Reeder. Er war nicht zu Hause, aber die Dienerin, ein bleiches Mädchen mit schüchterner Stimme, ließ mich im Flur warten. Dort war es ganz dunkel, aber wenn eine Tür aufging, schimmerte der rote Fußboden wie von Blut. Stundenlang wartete ich. Schließlich kam der Reeder zurück, in Begleitung seiner Gattin, die genau so dick, genau so gutmütig war wie er. Die beiden sahen wie zwei große Kinder aus und lachten schallend. Die Frau riß alle Türen auf, um mich besser sehen zu können. Ich hustete und gähnte. Sie merkten, daß ich Hunger hatte, und forderten mich auf, ins Eßzimmer mitzukommen. Ich erinnere mich noch, wie ich aufstand, aber gleich wieder auf die Truhe sank und mit dem Kopf gegen die Lehne schlug. Und dann verlor ich die Besinnung. Als ich wieder zu mir kam, lag ich im Bett – in ihrem Hause.

Die Dienerin brachte mir auf einem silbernen Brett eine Tasse Fleischbrühe und behandelte mich mit der größten Achtung. Über einen Monat blieb ich dort – volle vierzig Tage, Efix. Sie pflegten mich gesund, versuchten mir zu einer neuen Stellung zu verhelfen; aber die war schwer zu finden, weil nun alle Leute von meinem Vergehen wußten. Und ich wollte ja auch fortgehen – weit, weit fort, am liebsten übers Meer. Was ich in dieser Zeit durchmachte, kann niemand sich vorstellen. Ich sehe die drei, den Reeder, die Frau und die Dienerin, noch immer im Traum – sehe sie auch in Wirklichkeit, auch jetzt. Sie waren so gut zu mir, und dennoch möchte ich mich in der Erde vergraben, um sie nicht mehr zu sehen. Und das Schlimmste war, daß ich mich nicht trennen konnte von ihrem Haus. Wie betäubt saß ich da und hörte der Frau zu, die redete und redete, oder weilte in der Küche, bei der Dienerin, die kein Wort sprach. Ja, ich saß mit ihnen am Tisch, hörte sie scherzen und Zukunftspläne für mich schmieden, wie für einen Sohn, und all das quälte und demütigte mich, aber ich konnte einfach nicht fortgehen. Eines Tages, als ich wieder ganz gesund war, fragte mich die Frau schließlich, was für Absichten ich hätte. Ich sagte, daß ich hierher zu meinen Tanten fahren wollte, die ich stets als ziemlich wohlhabend geschildert hatte. Da kauften sie mir die Schiffskarte und schenkten mir auch das Rad. Ich fühlte, daß ich nun fortgehen mußte, und reiste ab, fuhr hierher. Ach, welche Erleichterung war das zunächst! Jetzt aber komme ich mir bei meinen Tanten genau so überflüssig, genau so geduldet vor wie dort – und ich weiß nicht ..."

Da tönte plötzlich ein heller, fast höhnisch klingender Laut durch die Stille am Hügelhang, dicht über den Köpfen der beiden Männer, und Giacinto sprang erschrocken auf, im Glauben, daß jemand seine Erzählung belauscht habe und ihn nun verspotte. Aber er sah nur eine kleine, lange graue Gestalt, gefolgt von einer anderen, dunkleren und gedrungeneren, hinter der Hütte von Busch zu Busch huschen und lautlos verschwinden, ehe er einen Stein aufheben und nach ihr werfen konnte.

Auch Efix war aufgestanden.

"Es sind nur die Füchse", sagte er leise. "Laß sie laufen, störe sie nicht bei ihrem Liebesspiel. Manchmal sehen sie wie Gespenster aus", fuhr er fort, während Giacinto sich wieder stumm ins Gras warf. "Hast du gesehen, wie lang sie sind? Sie sind wie der Teufel hinter den sauren Trauben her ..."

Aber Giacinto sprach nicht mehr. Und Efix wußte nicht, was er sagen sollte: ob er ihn bitten sollte, weiterzuerzählen, ob er ihn trösten, ob er das Gehörte zum Guten oder Bösen deuten sollte. Deshalb also war er den ganzen Tag so traurig gewesen! Ach ja, so geht es im Leben. Aber was sagen? Im stillen war er froh, daß die vorbeihuschenden Füchse Giacinto zum Schweigen gebracht hatten; trotzdem mußte er irgend etwas sagen.

"Ja – dieser Reeder ... Ein kluger Mann, so viel steht fest. Er sah ein, daß ein junger Mensch leicht – sehr leicht in Versuchung gerät. Zumal wenn er keine Eltern mehr hat! Komm, steh auf, willst du nichts essen?"

Er ging in die Hütte, kam wieder heraus und begann eine Zwiebel abzuschälen. Giacinto lag unbeweglich und tief bekümmert da, vielleicht bereute er seine Beichte. Jedenfalls wagte der Knecht nicht, noch mehr zu sagen.

Der Zwiebelgeruch mischte sich mit dem Duft der Kräuter, der Reben und der Nieswurz in der Luft; die Füchse huschten wieder vorbei. Efix aß, aber das Brot schmeckte bitter. Zwei- oder dreimal versuchte er etwas zu sagen; aber er konnte – nein, er konnte es nicht. Alles war wie ein Traum. Schließlich rüttelte er Giacinto an den Schultern, versuchte ihn vom Boden hochzuziehen, sagte sanft zu ihm: "Los, komm mit in die Hütte! Das Fieber liegt in der Luft ..."

Aber der Körper des jungen Menschen war wie festgeschmiedet an der Erde.

Efix ging wieder in die Hütte, aber er lag noch lange wach und wurde auch im Schlaf nicht den quälenden Gedanken los, daß er Giacintos Erzählung irgendwie erläutern müßte – aber er wußte nicht wie: ob im Guten oder Bösen.

Ich muß zu ihm sagen: Kopf hoch, du wirst dich bessern! Damals warst du doch noch ein halbes Kind – und ohne Eltern ...

Aber da erschien Noemi ihm im Traum, sah ihn mit ihren düster blickenden Augen an und sagte leise, zwischen den Zähnen: Siehst du wohl? Siehst du nun, was für ein Mensch er ist?

Schweren Herzens erwachte er und erhob sich, obgleich es noch Nacht war, von seinem Lager. Giacinto aber war schon fortgegangen. Tagelang ließ er sich nicht mehr sehen, so daß Efix allmählich unruhig wurde, zumal auch das Gemüse und die Äpfel sich im Schatten der Hütte häuften und niemand sie abholte.

Jeden Abend ritt Don Predu, der ausgedehnte Ländereien am Meer besaß, auf dem Heimweg ins Dorf an dem kleinen Gut vorbei, und wenn er den Knecht erblickte, zeigte er mit dem Finger auf das Grundstück seiner Basen und dann auf seine Brust, um anzudeuten, daß er nur auf die Stunde warte, wo das Gut unter den Hammer kommen und sein Eigentum werden würde. Aber Efix, der schon gewöhnt war an dieses stumme Gebärdenspiel, nickte ihm zu und schüttelte dann verneinend Hand und Kopf.

Nach Giacintos Beichte beschlich ihn freilich bei Don Predus Anblick stets eine heimliche Unruhe; er erschien ihm noch hämischer als sonst.

Eines Abends lauerte er ihm an der Hecke auf und fragte ihn: "Sagen Sie, Don Predu, haben Sie meinen jungen Herrn nicht gesehen? Als er neulich abends hier war, hatte er Fieber, und ich bin jetzt in großer Sorge um ihn."

Da lachte Don Predu, hoch zu Pferd, sein krampfhaftes Lachen, mit geschlossenem Mund und geblähten Wangen.

"Gestern abend sah ich ihn mit dem Milese Karten spielen. Und er verlor dabei!"

"Er verlor dabei!" wiederholte Efix bestürzt.

"Jawohl! Soll er denn immer gewinnen?"

"Zu mir sagte er doch, er spiele überhaupt nicht ..."

"Und das glaubst du? Er sagt doch nie die Wahrheit, nicht einmal wenn du ihm die Flinte auf die Brust setzt. Aber er ist nicht schlecht. Er sagt seine Lügen nur so hin und hält sie selbst für wahr – wie ein kleines Kind."

"Ja, wie ein kleines Kind ..."

"Ein Kind allerdings, das schon alle Zähne hat! Und wie es kaut und ißt! Er wird auch noch das Gut klein kriegen! Und dann vergiß nicht, Efix: ich bin auch noch da! Sonst gibt's Dresche ..."

Erschrocken schielte Efix zu ihm empor; und im roten Dämmerschein erschien die plumpe Gestalt des Reiters ihm wie ein Unglücksbote, wie eine jener nächtlichen Spukgestalten, vor denen er solche Angst hatte.

"Heilige Mutter Gottes, steh mir bei ..."

Don Predu war schon weitergeritten. Da lief Efix ihm plötzlich nach, holte ihn auf der Straße ein und reichte ihm mit beiden Händen einen Korb voll Äpfel und Gemüse.

"Don Predu, schicken Sie das bitte durch Ihre Magd zu meinen Herrinnen. Ich kann das Gut nicht verlassen – und Don Giacinto kommt nicht her ..."

Zunächst sah der Mann ihn überrascht an; dann kräuselte ein gnädiges Lächeln seine wulstigen Lippen. Er hob ein Bein und sagte: "Da ist noch Platz."

Efix schob den Korb in den Quersack, und während Don Predu schweigend davontrabte, kehrte er zu seiner Hütte zurück. Er befürchtete, daß die Herrinnen ihn ausschelten würden; er wußte, er hatte einen schwer wiegenden Schritt getan, vielleicht sogar einen Fehler begangen; aber er bereute nicht. Eine geheimnisvolle Hand hatte ihn dazu bewogen, und er wußte, daß alle Handlungen, die man unter dem Zwange einer höheren Macht vollführt, gut und richtig sind.

Bis tief in die Nacht hinein wartete er auf Giacinto. Der Vollmond erfüllte das Tal mit silbernem Glanz, und die Nacht war so klar, daß man den Schatten jedes Halmes unterscheiden konnte. Nicht einmal die Geister wagten sich heute nacht hervor, so hell war es. Ja, auch die Geister ruhten heute nacht. Nur der Knecht konnte nicht schlafen. Er dachte an Giacintos Erzählung und an den reichen Reeder und fühlte sich unendlich weich, unendlich traurig gestimmt. Wir sind allzumal Sünder, die einen mehr, die anderen weniger. Und hatte der Reeder nicht deshalb verziehen? Warum also sollen nicht auch die anderen verzeihen? Ach, wenn doch einer dem anderen verzeihen wollte! Wie friedlich, wie licht und heiter wäre dann die Welt! Licht und heiter wie heute nacht im Silberglanz des Mondes!

Er stand auf und machte einen Rundgang durch das Gut. Ja, auf dem weißen Kies des Weges zeichnete sich der Schatten jedes Blümchens ab, die Spitzen und Zacken jedes Feigenblatts; und unten am Flusse, wo das Wasser stillstand, sah man die Sterne sich spiegeln.

Aber da regt sich plötzlich hinter der Hecke, zwischen den Erlen, ein Schatten: ein unförmiges schwarzes Wesen mit silbernen Füßen. Langsam gleitet es auf dem knirschenden Sand dahin, bleibt wieder stehen.

Wie im Fluge eilte Efix den Hang hinab.

"Ah – du bist's? Bist du's wirklich? Gott, wie hast du mich erschreckt!"

Giacinto zog sein Rad neben sich her und folgte ihm schweigend. Vor der Hütte aber warf er sich wie neulich ins Gras und stöhnte: "Efix, Efix, ich kann nicht mehr ... Was hast du getan? Was hast du getan?"

"Ich? Was soll ich denn getan haben?"

"Das weiß ich eben nicht genau. Heute abend kam Onkel Pietros Magd zu uns, brachte uns einen Korb und sagte, du hättest ihn ihrem Herrn mitgegeben. Tante Ruth und Tante Noemi waren zu Hause, Tante Esther in der Abendmette. Die beiden nahmen der Magd den Korb ab, bedankten sich und gaben ihr auch einen kleinen Botenlohn. Dann aber wurde Tante Noemi ohnmächtig. Tante Ruth glaubte, sie sei gestorben, und schrie laut auf. Sie ließ schleunigst Tante Esther holen; erschrocken kam diese angelaufen, und zum erstenmal sah auch sie mich finster an und sagte, ich wollte sie alle ins Grab bringen. Ach Gott, ach Gott! Ich besprengte Tante Noemis Gesicht mit Essig und weinte bitterlich, das schwöre ich dir beim Andenken meiner Mutter selig. Ja, ich weinte, ohne zu wissen, warum. Endlich kam Tante Noemi wieder zu sich und stieß mich von sich. ›Ach, wäre ich doch vor diesem Tag gestorben!‹ rief sie. – ›Warum? Warum denn, liebe Tante?‹ fragte ich. Aber sie stieß mich wieder von sich und bedeckte mit der anderen Hand ihr Gesicht. Ach, diese Qual! Warum bin ich hergekommen, Efix? Warum nur?"

Der Knecht fand keine Antwort. Jetzt erst sah er ein, welch schweren Fehler er begangen hatte, als er Don Predu den Korb mit auf den Weg gab, und überlegte, wie er ihn wieder gutmachen solle. Aber er wußte sich keinen Rat und fühlte wieder, wie das Unglück seiner Herrinnen mit ganzer Schwere auf ihm lastete.

"Sei ruhig", sagte er schließlich. "Morgen früh geh' ich ins Dorf und bringe alles wieder in Ordnung." Da schöpfte Giacinto wieder Mut.

"Du mußt den Tanten sagen, daß nicht ich dir geraten habe, Don Predu den Korb mitzugeben. Das glauben sie nämlich. Ja, sie alle und ganz besonders Tante Noemi glauben, daß ich Onkel Pietros Freundschaft suche, um sie zu ärgern. Dabei bin ich doch mit jedermann gut Freund – warum also nicht auch mit Onkel Pietro? Aber die Tanten wissen leider, daß er es auf ihr Gut abgesehen hat. Was kann ich dafür? Will ich es denn verkaufen?"

"Niemand will es verkaufen. Warum von diesen Dingen reden? Aber du, mein Lieber, du – du sprachst doch neulich abends ganz anders, versprachst mir hoch und heilig, alles zu tun, um deine Tanten glücklich zu machen. And dabei warst du erst gestern abend im Wirtshaus, Karten spielen ..."

"Manchmal gewinnt man auch im Spiel. Und ich will doch gewinnen, um ihretwillen gewinnen, will ihnen nicht länger zur Last fallen. Nein, lieber sterben! Siehst du", setzte er leise hinzu, "jetzt, nach dem Auftritt heute habe ich erst recht das Gefühl, noch immer im Hause des Reeders zu weilen ... Gott steh mir bei, Efix!"

Verstört hörte Efix zu. Wieder fühlte er, wie er machtlos war gegen das düstere Schicksal dieses Hauses, mit dem er verwachsen war wie Moos mit dem Felsgestein. Er wußte nicht, was er sagen, wußte nicht, was er tun sollte.

"Oh", seufzte Giacinto laut auf. "Jetzt werde ich ganz gewiß fortgehen von hier. Werde nicht warten, bis sie mich aus dem Hause jagen. Meine Tanten, vor allem Tante Noemi, kennen ja kein Mitleid. Gleichviel, sie hat meiner Mutter nicht verziehen, wie kann sie da mir verzeihen? Aber ich – ich ..."

Er ließ seinen Kopf sinken und zog einen Brief aus der Tasche.

"Siehst du, Efix? Ich weiß alles. Wenn Tante Noemi meiner Mutter nicht einmal auf diesen Brief hin verziehen hat, wie kann sie da ein gutes Herz haben? Du weißt, was in dem Brief steht, du selbst hast ihn Tante Noemi gebracht. And ich habe ihn genommen. Am Tage meiner Ankunft lag er auf dem Bett, damals las ich ein paar Zeilen, und heute habe ich ihn heimlich aus dem Schrank genommen. Er gehört mir – er ist von meiner Mutter, ist mein – er hat dort nichts zu suchen ..."

"Giacinto! Gib ihn mir!" rief Efix und streckte beide Hände aus. "Er gehört dir nicht! Gib ihn her, ich werde ihn meinen Herrinnen zurückbringen."

Aber Giacinto umklammerte mit beiden Händen den Brief und schüttelte trotzig das Haupt. Efix versuchte, ihm den Brief zu entreißen, bat und flehte wie um eine hohe Gnade.

"Gib ihn mir, Giacinto! Ich werde ihn zurücktragen, werde ihn wieder in den Schrank legen. Werde mit deinen Tanten sprechen und Frieden stiften. Erwarte du mich hier. Aber gib den Brief her!"

Giacinto sah ihn an. Seine Schultern zitterten, aber seine Augen blitzten kalt, fast grausam. Da stürzte Efix auf ihn zu, grub die Hände in seine Schultern und zischte, ganz nah an seinem Ohr: "Dieb!"

Giacinto hatte das Gefühl, ein Geier halte ihn umkrallt. Unwillkürlich öffnete er die Hände, und der Brief flatterte zu Boden.

VII.

Im Morgengrauen machte sich Efix auf den Weg ins Dorf.

Die Vögel zwitscherten, und das ganze Tal erglänzte golden im bläulichen Widerschein des leuchtenden Himmels. Am Fluß unten hob sich da und dort die regungslose Gestalt eines Fischers vom Grün des Ufers und des stillen, zwischen weißem Geröll sich stauenden Wassers ab.

Obgleich es noch sehr früh war, als er ins Dorf gelangte, sah Efix die Wucherin schon in ihrem Hof am Spinnrocken sitzen, zwischen den dicken Schweinchen und den verliebt gurrenden Tauben. Er nickte ihr zu und gab ihr einen Wink, daß er später wiederkommen würde. Ebenso stumm winkte sie mit der Kunkel zurück: sie konnte warten, sie hatte keine Eile.

Und weiter oben begegnete er Muhme Pottoi, mit einer Schale Milch in den Händen: dem Frühstück für die Enkelkinder. Efix versuchte an ihr vorbeizueilen, aber die Alte begann laut auf ihn einzureden, und er mußte stehenbleiben und ihr zuhören.

"Nanu, was hab' ich dir getan? Müssen wir Alten uns hassen, weil die Jungen sich lieben?"

"Ich hab's eilig, Muhme Pottoi."

"Ich weiß, im Haus deiner Herrinnen ist der Teufel los. Aber das ist nicht meine Schuld. Ich habe selbst nichts zu lachen. Dein junger Herr wünscht, daß Grixenda zu Hause bleibt, daß sie nicht mehr barfuß läuft und nicht mehr waschen geht. Ich soll die Magd machen; aber ich tu's gerne, da es sich ja um das Glück der Jungen handelt ..."

"Gott steh uns bei!" seufzte Efix. "Laß mich vorbei, Muhme Pottoi! Bete zu unserm Herrgott, bete zu Unserer Lieben Frau ..."

"Nicht doch!" sagte die Alte spitz. "Helfen muß der Mensch sich selbst! Mut muß man haben, nichts weiter ..."

"Ja, Mut muß man haben", wiederholte Efix im stillen, als er das Haus seiner Herrinnen betrat.

In dem Hof war es sehr still und sonnig. Überm Brunnen blühte der Jasmin, im goldenen Gras des alten Kirchhofs das Totengebein. Der Berg umhüllte mit seiner grün und weiß gescheckten Haube das Haus; eine morsche Holzsäule war von der Veranda abgebrochen und lag zwischen den Steinen, wie der Letzte eines Geschlechts. Und über allem tiefes Schweigen.

Efix ging in die Küche und sah, daß der Korb, den er Don Predu mit auf den Weg gegeben hatte, fast leer auf der Bank stand. Ein Zeichen, daß das Gemüse schon verkauft war. Übrig waren nur noch die gelben Sankt-Johannis-Äpfel. Er setzte sich und fragte: "Wo sind die anderen? Was ist vorgefallen?"

"Esther ist in der Messe, Noemi oben", sagte Fräulein Ruth, die sich über den Herd beugte und Kaffee kochte.

Und sie sagte kein Wort weiter, bis die Schwestern schließlich eintraten: Esther mit dem Finger im Spalt des Tuches, Noemi bleich und stumm, mit niedergeschlagenen, bläulich schimmernden Lidern.

Efix wagte nicht, sie anzusehen. Ehrerbietig stand er auf und machte ihnen Platz auf der Bank, auf die sie sich setzten, und erst nachdem Fräulein Esther gefragt hatte: "Weißt du, was geschehen ist, Efix?" hob er die Augen und sah, wie Noemi ihn scharf musterte, wie der Richter den Angeklagten.

"Ja, ich weiß. Es war meine Schuld. Aber ich tat es in der besten Absicht."

"Du tust alles in der besten Absicht! Es wäre auch noch schöner, wenn du es in böser Absicht tätest! Trotzdem ..."

"Nun, er ist doch kein Feind! Schließlich ist er doch euer Verwandter und ..."

"Ach, laß uns mit den Verwandten in Frieden, Efix!"

"Nun, es soll nicht mehr vorkommen!"

"Ist er denn fortgegangen?" fragte nunmehr Fräulein Esther bestürzt.

"Fortgegangen? Don Predu? Wohin denn?"

"Wer spricht denn von Don Predu? Ich sprach von diesem Elenden ..."

Efix betrachtete den Korb.

"Ich meinte, es sei wegen Don Predu – weil ich ihm gestern den Korb mitgab ..."

Noemi verzerrte das Gesicht zu einem bitteren Lächeln. "Efix", sagte sie mit rauher Stimme, "wir sprachen von Giacinto. Als es sich darum handelte, ob wir ihn herkommen lassen sollten oder nicht, sagtest du doch: ›Wenn er nicht guttut, werde ich dafür sorgen, daß er wieder geht.‹ Hast du das gesagt oder nicht?"

"Doch, das habe ich gesagt."

"Nun, dann halte dein Versprechen. Giacinto ist unser Verderben."

Efix senkte einen Augenblick das Haupt. Er wurde rot und schämte sich dessen, faßte sich aber plötzlich ein Herz und fragte: "Darf ich mir ein Wort erlauben?"

"Sprich ruhig!"

"Der junge Mensch ist, glaube ich, nicht schlecht. Es fehlte ihm bisher nur an der nötigen Führung. Er verlor im gefährlichsten Alter beide Eltern und blieb allein zurück, wie ein Kind am Wege, und verirrte sich. Man muß ihn wieder auf den richtigen Weg bringen. Jetzt – im Dorf hier – weiß er nicht, was er anfangen soll; er hat Fieber, er langweilt sich, und deshalb geht er Karten spielen und sucht Liebesabenteuer. Aber er ist voll guter Vorsätze und wohlerzogen. Oder hat er es den Damen gegenüber je an Ehrfurcht fehlen lassen?"

"Nein, das nicht!" stieß Fräulein Esther hervor, und auch Fräulein Ruth schüttelte den Kopf. Fräulein Noemi aber ballte langsam die Fäuste gegen Efix und sagte bitter: "Doch, vom ersten Tage an ließ er es an Ehrfurcht fehlen! Ja, er kam ohne weiteres her, und kaum war er hier, da ließ er sich auch schon mit allen Leuten ein, die uns verachten. Und dann bändelte er mit dem verächtlichsten Mädchen in ganz Galte an. Mit einer, die barfuß an den Fluß waschen geht! Und außerdem ergibt er sich dem Müßiggang und allerlei Lastern, das sagst du doch selbst. Was ist das anderes als ein Mangel an Ehrfurcht gegen uns und unser Geschlecht? Bei deiner Ehre, sag selbst ..."

"Richtig", stimmte Efix zu. "Aber noch einmal: er ist ein junger Mensch! Man sollte ihm helfen, sollte ihm Arbeit verschaffen. Und was ich noch bemerken möchte ..."

"Heraus damit!" rief Noemi, aber in so verächtlichem Ton, daß Efix sich wie zu Eis erstarren fühlte. Trotzdem rückte er damit heraus.

"Ich glaube, es wäre zu seinem Vorteil, wenn er einen eigenen Haushalt hätte. Wenn er dieses Mädchen wirklich liebt – nun, ich meine, weshalb soll er es dann nicht heiraten?"

Noemi sprang entrüstet auf und preßte die zitternden Beine gegen die Bank.

"Hat er dich bezahlt, daß du so sprichst?"

Da fand er endlich den Mut, ihr furchtlos in die Augen zu schauen, und in seinem Munde zog sich mit dem bitteren Speichel die Antwort zusammen: Ich bin nicht gewohnt, bezahlt zu werden! Aber er schluckte Worte und Speichel hinunter, weil er sah, wie Fräulein Esther die Schwester heimlich am Mieder zupfte und Fräulein Ruth ihn flehentlich anschaute, weil er fühlte, daß sie alle seine Antwort errieten und wußten, daß er kein bezahlter Knecht war. Ein Knecht wohl, ja – aber ein Knecht, dessen Dienste nicht mit Gold aufgewogen werden konnten.

"Fräulein Noemi! Das kann nicht Ihr Ernst sein! Ihr Neffe hat kein Geld, mich zu bezahlen, und wenn er es hätte, würde es ihm nichts nützen", sagte er trotzdem mit verhaltenem Zorn, indes Noemi sich wieder setzte und die Hände auf die Knie preßte, wie um ihr Zittern zu verbergen.

"Er hat schon Geld! Kein eigenes zwar, aber doch immerhin Geld."

"Und wer gibt es ihm?"

Drei Augenpaare starrten ihn verwundert an. Noemi lächelte wieder höhnisch, Esther aber legte besänftigend die Hand auf die ihre und sagte leise: "Er borgt sich von Kallina Geld. Wir dachten, du wüßtest es, Efix! Ja, zu hohen Wucherzinsen borgt er sich von Kallina Geld, und Predu sagt für seine Wechsel gut, weil er uns unser Anwesen zu rauben hofft. Verstehst du?"

Und ob er verstand! Mit gesenktem Kopf, mit geschlossenen Augen, kreidebleich öffnete und schloß er die Fäuste und fand keine Worte vor Entsetzen.

Und sie dachten, ich wüßte es? Wieso? Und warum? fragte er sich im stillen.

"Ja", sagte Noemi grausam, "wir dachten, du wüßtest es nicht nur, sondern leistetest auch Bürgschaft für ihn bei deiner Freundin Kallina ..."

"Meiner Freundin?" rief er und riß erschrocken die Augen auf. Es flimmerte rot vor seinen Blicken. Wieder schrie er ein paar Worte, ohne zu wissen, was er sagte, und eilte davon, aufgeregt die Mütze in der Luft schwenkend, als gälte es, einen Brand zu löschen.

Erst im Hof der Wucherin kam er wieder zu sich.

Dort war es ganz still und friedlich wie in der Arche Noah. Nur die weißen Tauben gurrten leise und klammerten sich mit hellroten Krallen am Gebälk der schmalen Tür fest, umrankt von Weinlaub, das ein goldenes Lichtgitter auf den schwarzen Türschatten warf; und in diesem Rahmen saß die Wucherin am Spinnrocken, die nackten Füße in den buntbestickten Filzschuhen, das Tuch über den Kopf zurückgestreift.

Efix' Verzweiflung zerstörte die beschauliche Ruhe.

"Sag mir auf der Stelle, wie die Sache mit Don Giacinto sich verhält!"

Die Wucherin zog die kahlen Brauen hoch und sah ihn ruhig an.

"Schickt er dich her?"

"Mich schickt der Teufel, der dich holen möge! Heraus schon mit der Sprache!"

Mit einer drohenden Geste brachte er die Kunkel in ihrer Hand zum Stehen. Sie hatte Angst, ließ sich aber nichts anmerken.

"Dann schicken deine Herrinnen dich wohl zu mir? Nun, sag ihnen, sie sollen unbesorgt sein. Das Bezahlen hat noch Zeit, ich habe keine Eile. Alles in allem, habe ich dem jungen Mann bisher vierhundert Taler geborgt. Auf dem Fest bat er mich zunächst um eine Kleinigkeit. Er wollte sich nicht lumpen lassen. Er sagte, er erwartete demnächst Geld aus seiner Heimat, und gab mir zur Sicherheit einen Wechsel, unterschrieben von Don Predu. Wie konnte ich da nein sagen? Und bald darauf kam er wieder, sagte, er hätte das Geld aus seiner Heimat inzwischen an Milese verspielt, und ich erwiderte, dann müsse ich eben den Wechsel zu Don Predu tragen. Da erschrak er und brachte mir einen anderen Wechsel, unterschrieben von Fräulein Esther. Auf den gab ich ihm wieder Geld. Wie konnte ich denn nein sagen? Wußtest du denn nichts davon?" kam sie zum Ende und fuhr fort, Flachs zu spinnen.

Efix war tief bestürzt. Er erinnerte sich, daß Fräulein Esther damals Giacinto heimlich hatte herkommen lassen – konnte sie da nicht auch heimlich den Wechsel ausgestellt haben? Wie aber sollten sie ihn bezahlen? Ihm war, als könnte er sich nicht mehr regen, als wären seine Beine geschwollen und schwer wie Blei von all dem Blut, das aus Kopf und Herzen zur Tiefe strömte und seine Hände starr und leblos machte. Wie sollten sie bezahlen?

Die Wucherin ließ das Spinnrad schnurren, die Tauben gurrten, die Hühner pickten nach den Fliegen auf dem rosigen Bauch der in der Sonne liegenden Schweinchen. Alles atmete Frieden, nur er wand sich in Qualen.

"Ah – du wußtest es also gar nicht? Ich dachte, deine Damen hätten einen Teil des Geldes für sich behalten, um dich zu bezahlen. Ich wollte Don Giacinto schon vorschlagen, die zehn Taler, die du mir noch schuldest, gleich abzuziehen, dachte mir aber dann, daß dies nicht in der Ordnung sei. Doch wenn er wiederkommt, um den Wechsel zu verlängern, wollen wir alles zusammenrechnen ..."

Da raffte sich Efix mühsam aus seiner Erstarrung auf. Wieder riß er die Mütze vom Kopf und begann wie von Sinnen damit auf die Alte loszuschlagen.

"Ah, du verfluchte Hexe – ah, der Teufel soll dich holen – ah, was hast du da angerichtet ...?"

Der ganze Hof geriet in Bewegung. Die Tauben flatterten aufs Dach, die Katzen sprangen auf die Mauer, nur die Alte verhielt sich ganz still, um keine Zuschauer herbeizulocken; aber sie wich den Schlägen geschickt aus und setzte sich mit der Kunkel zur Wehr. Langsam zog sie sich vor ihm zurück, und als sie in der Küche stand, flüchtete sie in den Winkel hinter der Tür, umklammerte mit beiden Händen eine Eisenstange und richtete sich drohend an der Wand auf, wie eine Rachegöttin.

And nun trieb sie ihn vor sich her und zischte ihm ins Ohr: "Hinaus, du Mörder! Hinaus ..."

Schritt für Schritt wich er zurück.

"Hinaus! Was willst du überhaupt von mir? Komme ich vielleicht zu euch? Nein, ihr kommt einer wie der andere zu mir, wenn euch der Hunger oder eure Laster dazu treiben. Don Zame kam zu mir, seine Töchter kamen zu mir, sein Onkel kam zu mir. Und auch du kamst zu mir, du Mörder! Wenn ihr einen braucht, da könnt ihr schöntun, aber hinterher fallt ihr wie reißende Wölfe über ihn her. Hinaus, hinaus ...!"

Efix stand nun unter dem Tor, aber noch immer bedrängte ihn die Alte.

"Und laß dir eins gesagt sein: meine Geduld ist nun zu Ende, nachdem ihr mich so behandelt habt! Entweder ihr bezahlt im September, oder der Wechsel geht zu Protest! Und wenn die Unterschrift gefälscht ist, bringe ich den jungen Mann ins Zuchthaus. Hinaus ...!"

Er ging fort, aber nicht nach Hause. Weiter und weiter schritt er durch das verlassen in der Sonnenglut ruhende Dörfchen, strauchelte zuweilen über die umherliegenden Lavabrocken und hatte den Eindruck, daß das sagenhafte Erdbeben der Vorzeit erst heute stattgefunden habe.

Verzweifelt irrte er zwischen den Trümmern umher, und ihm war, als müßte er wühlen in all dem Schutt, müßte die Leichen, die verschütteten Schätze darunter hervorzerren, könnte es aber nicht, so allein, so schwach, so hilflos wie er war.

Als er an der Basilika vorbeikam, sah er, daß das Tor offen stand, und trat ein. Zwar fand keine Messe statt, aber die Frau des Mesners machte die Kirche sauber, und das Fegen des Besens hörte sich in der Dämmerstille ganz so an, als wenn die alten Burgherrinnen mit ihren schweren Brokatgewändern und rauschenden Schleppen über die Fliesen schritten.

Wie immer kniete Efix unter der Kanzel nieder, lehnte das Haupt an die Säule und betete. Das Blut begann wieder durch seine Adern zu kreisen, heiß und zäh wie ein Lavastrom; das Fieber schüttelte ihn; die schrägen, silbrig flimmernden Sonnenstrahlen, die durch das geborstene Dach fluteten, schienen viele weiße, kleine Löcher in den dunklen Boden zu ätzen; die bleichen Gestalten auf den Bildern blickten alle auf ihn herab, beugten sich vor, drohten sich zu lösen und in die Tiefe zu stürzen.

Auch die Büßerin Magdalena tritt heraus aus ihrem schwarzen Rahmen. Liebe und Trauer, Hoffnung und Reue lachen und weinen aus ihren unergründlichen Augen, spielen um ihren schmerzlichen Mund.

Unverwandt schaut Efix zu ihr empor, und sie scheint ihn zu erinnern an ein früheres, längst entschwundenes Leben, scheint ihm heimlich zu winken, er möge zu ihr kommen, möge sie herabgeleiten und ihr folgen ...

Er schloß die Augen. Sein Kopf zitterte. An ihrer Seite glaubte er im Mondschein dahinzuschreiten, stumm und vorsichtig das sandige Bett des Flusses entlang zu wandern, weiter und immer weiter, bis sie, dicht neben der Brücke, auf die Landstraße gelangten. Dort verschwand die Erscheinung im Nichts. Und auf der Straße dort kam nun ein Fuhrwerk angerollt, in dem saß Lia, versteckt zwischen prallen Getreidesäcken. Auch das Fuhrwerk verschwand in der Nacht, und auf der Brücke, im Mondschein, lag nun Don Zame tot im Straßenstaub, mit einem bläulich schimmernden Mal am Halse. Efix kniete neben dem Leichnam nieder und schüttelte ihn. "Auf, auf, Don Zame! Ihre Töchter warten auf Sie."

Aber Don Zame regte sich nicht.

Und der Knecht schluchzte so laut auf, daß die Mesnersfrau mit dem Besen in der Hand aus ihn zukam.

"Was hast du, Efix? Ist dir nicht gut?"

Er riß erschrocken die Augen auf und glaubte wieder Kallina mit der Eisenstange vor sich stehen zu sehen. "Mörder! Mörder!" zischte sie ihm ins Ohr.

"Ich habe Fieber – mir ist, als müßte ich sterben – ich möchte beichten ..."

"Und da kommst du ausgerechnet jetzt her?" murmelte die Frau und lächelte spöttisch. Efix aber lehnte wieder die Stirn an die Kanzelsäule und begann, den Blick starr auf den Altar gerichtet, wirre Worte zu stammeln. Große Tränen rannen über sein Gesicht, auf sein zitterndes Kinn zu, und tropften, eine nach der anderen, zu Boden. Giacinto lag vor der Hütte im Gras und erwartete ihn.

Als er ihn den Hang heraufkommen sah, mit dem leeren Korb in der Hand, der ihn dennoch zu Boden zu ziehen schien, erriet er, daß er alles wußte. Am so besser! Konnte er nun doch wenigstens einen Teil der Last, die ihn bedrückte, abwerfen, den schimpflichsten: das Schweigen.

"Erzähle", sagte er, während Efix sich neben ihn setzte, ohne den Korb loszulassen. "Erzähle doch!" wiederholte er lauter, da der andere schwieg. "Was nun?"

Efix seufzte.

"Ja, was nun? Meine Herrinnen haben sich etwas beruhigt, weil ich ihnen versprach, dich fortzujagen, verstehst du? Sie glauben, daß die Wechsel wirklich von Don Predu unterschrieben sind, und ich hatte nicht den Mut, ihnen dic Wahrheit zu sagen. Denn die Unterschriften sind doch gefälscht, gesteh es ruhig, sie sind gefälscht, nicht wahr? Ach, es ist also wirklich wahr? Ach, Giacinto, lieber Junge, was hast du getan! Und nun? Wirst du nun nach Nuoro fahren? Wirst du arbeiten? Wirst du zahlen?"

"Es – es ist eine so große Summe, Efix ... Wie soll ich sie bezahlen?"

Aber Efix beugte sich über ihn und sagte leise, wie im Fieber: "Geh, mein Junge, geh fort! Ich hätte es dir gern erspart, aber wenn selbst ich dir dazu rate, gibt es keinen anderen Ausweg. Denk an die schönen Dinge, die du neulich abends sagtest: daß es deinen Tanten wieder gut gehen, daß euer Geschlecht wieder aufblühen soll ... An diese Dinge dachte auch ich, als du herkommen solltest. Und statt dessen – statt dessen wird die Wucherin, wenn du nicht zahlst, nun das Gut unter den Hammer bringen oder dich ins Zuchthaus wegen der gefälschten Unterschriften. Und sie – deine Tanten – können dann betteln gehen ... So weit hast du es gebracht! Ich weiß, es war nicht böse Absicht. Du versprachst erst neulich soviel Schönes, mein Junge ..."

Wieder begannen Giacintos Schultern heftig zu zittern. Er hob das Gesicht unter dem forschend über ihn gebeugten Gesicht des Knechtes, und verzweifelt sahen sie sich in die Augen.

"Nein, böse Absicht war es gewiß nicht. Ich wollte Geld verdienen. Aber wie ist das möglich in diesem Nest? Das weißt du selbst am besten – du, der du so – bettelarm geblieben bist ..."

"Die Tanten sollen keinen Heller verlieren", fuhr er nach bangem Schweigen fort. "Gewiß, Tante Esthers Unterschrift ist auch dabei; ich mußte sie fälschen, weil – weil die Wucherin mir meine Schuld nicht länger stunden wollte. Aber glaub mir, ich werde bezahlen; und wenn nicht, werde ich eben ins Gefängnis gehen – mir ist schon alles gleich ..."

"Ins Gefängnis? Nein, das werde ich nicht dulden."

"Du hast also Geld, Efix?"

"Wenn ich Geld hätte, säße ich nicht so gebrochen hier! Dann hätte ich die Wechsel schon eingelöst ..."

"Was also tun, Efix? Sag doch: was tun?"

"Nun, hör zu: du wirst noch einmal zu der Wucherin gehen und dir hundert Lire zur Reise nach Nuoro geben lassen. Dort wirst du dir dann eine Stellung suchen. Hauptsache ist, daß du endlich ein neues Leben beginnst, daß du dich gründlich änderst. Verstanden?"

Aber Giacinto, der bis zuletzt auf die Hilfe des Knechtes gehofft hatte, gab keine Antwort, sprach nicht mehr. Wie ein krankes Tier kauerte er am Boden, hörte die Heuschrecken zwischen den dürren Blättern rascheln, beobachtete mit stumpfem Blick, wie sie die schillernden Flügel zum Fluge spannten. Zwei fielen auf seine Hand: eng verschlungen, hellgrün und spröde, wie aus Metall. Er zuckte zusammen. Er mußte plötzlich an Grixenda denken, mußte daran denken, daß er nun fortgehen und sie nie wiedersehen würde, daß er – arm, wie er war – auch dieses arme Wesen im Stiche lassen müßte. Und er wühlte das Gesicht ins Gras und schluchzte trockenen Auges vor sich hin, mit krampfhaft zitternden Schultern.

VIII.

Es war ein Donnerstagabend.

Die Wucherin saß nicht wie sonst am Spinnrad, aus Furcht vor der Giobiana, der Donnerstagshexe, die besonders den nächtlichen Spinnerinnen erscheint und ihnen Böses anzutun vermag. Sie kauerte auf den Stufen vor der Tür, unter dem silbern und schwarz im Mondlicht schimmernden Weinlaub, und betete; und jedesmal, wenn sie sich umblickte, glaubte sie noch immer zwischen der undurchdringlichen Feigenhecke da und dort die grünen, zornfunkelnden Augen des alten Knechts zu sehen.

Doch es waren nur die Leuchtkäfer. Aber auch sie glaubte an allerlei Spuk, an das schattenhafte Sein der Nachtgespenster, und erinnerte sich, wie sie in ihrer Jugend, als sie noch arm war und betteln ging und eßbare Wurzeln zwischen dem zerfallenen Gemäuer der alten Burg suchte, einmal den Berghang hinabschritt, über spitze, messerscharfe Steine, auf die Abendsonne zu, die blutrot hinter den blauen Bergen im Westen unterging, und wie auf einmal ein Fremder neben ihr stand und stumm ihre Schulter berührte. Er trug ein buntes Wams von gleicher Farbe wie die Sonne und die Berge, und sein Gesicht glich dem Gesicht eines in jungen Jahren verstorbenen Sohnes von Don Zame Pintor.

Sie hatte den Fremden gleich erkannt. Es war der Freiherr, einer von den alten Rittern, deren Geister noch zwischen den Ruinen des Schlosses hausten, in den unterirdischen Gängen, die durch den Hügel bis ans Meer führten.

"Kind", sagte er mit fremder Stimme zu ihr, "lauf schnell zur Wehmutter ins Dorf und bitte sie, heute nacht auf die Burg zu kommen; denn mein Weib liegt in den Wehen. Schnell, beeile dich, rette eine arme Seele. Aber wahre das Geheimnis. Hier – nimm!"

Kallina aber hielt zitternd mit beiden Armen ihr Reisigbündel umschlungen, das wie eine schwarze Wolke vor der blutroten Sonne aussah, und vermochte nicht das Händchen auszustrecken, und die Goldmünzen, die der Freiherr ihr reichte, fielen zu Boden.

Und ehe sie sich versah, war er verschwunden. Sie ließ das Bündel fallen, klaubte ängstlich die Münzen zusammen wie ein Vöglein, das ein paar Brotkrumen aufpickt, und rannte dann hurtig den Hang hinab. Aber obgleich die Wehmutter die feucht angelaufenen Münzen in ihren glühenden Händen sah, spie sie ihr ins Gesicht, um den bösen Zauber zu brechen, und sagte lachend: "Ach was, du hast Fieber! Die Münzen hast du sicher gefunden. Man findet hin und wieder noch welche auf der Burg. Gib sie mir, damit sie Früchte tragen."

Und Kallina gab sie ihr; nur eine behielt sie, eine durchlöcherte kleine Münze, die sie später an einem roten Bändchen aufreihte und um den Hals hing.

"Gehen Sie doch", sagte sie zu der Frau, "retten Sie eine arme Seele. Sie tun nur so, als glaubten Sie nicht daran, weil ich mein Geheimnis wahre. Aber wahren werde ich es trotzdem."

Und dann sank sie wie tot zu Boden.

Die Hebamme behauptete zeit ihres Lebens fest und steif, daß es nur ein Fiebertraum gewesen sei; aber wer weiß, vielleicht sagte sie das nur, weil Kallina das Geheimnis für sich behielt.

Inzwischen trugen die Münzen Früchte – jedes Jahr mehr Früchte als die Granatapfelbäume, die sie grün und rot in Don Predus Hof dorten unten schimmern sah.

Und dann durchzuckte sie eines Abends, so alt sie auch schon war, der gleiche freudige Schreck. Genau wie damals stand plötzlich ein junger Mann neben ihr, das lebendige Ebenbild des Freiherrn. Es war Giacinto.

Und jedesmal, wenn sie ihn sah, überkam es sie wieder wie ein Taumel, wie eine verworrene Erinnerung an ein vergangenes Leben, das in den Tiefen der Erde weiter seinen Gang ging wie das der alten Ritter auf der Burg.

Dort kommt er gerade die Straße herauf. Groß, dunkel, mit weiß im Mondlicht glänzendem Gesicht tritt er ein und setzt sich zu ihr auf die Schwelle.

"Muhme Kallina", sagt er mit fremder Stimme, "warum haben Sie dem Knecht alles erzählt?"

"Er hat doch darauf bestanden, hat mich angegriffen und wollte mich töten."

"Töten wollte er Sie? Wegen dieses Bettelpfennigs? Ach, der alte Narr, und meine Tanten machen soviel Lärm um nichts, während die Leute in meiner Heimat Schulden über Schulden machen, ohne daß jemand es weiß."

Aber die Alte fragte nicht nach den "Leuten in seiner Heimat".

"Mit einer Eisenstange mußte ich mich gegen ihn wehren. Verstehen Sie, Euer Gnaden? Der Knecht ist unberechenbar in seinem Zorn, trauen Sie ihm nicht!"

Giacinto verharrte eine Weile in starrem Schweigen und betrachtete seine Hände, auf die der zitternde Schatten einer Rebe fiel. Dann zuckte er zusammen.

"Nein, trauen werde ich ihm gewiß nicht. Ich will sogar fortgehen von hier. Ich kann hier nicht länger leben ... Und ich werde auch Geld verdienen, viel, viel Geld. In vierzig Tagen werde ich Ihnen alles auf Heller und

Pfennig zurückbezahlen. Jetzt aber müssen Sie mir noch das Geld zur Reise geben. Ich werde Ihnen einen neuen Wechsel hierlassen."

"Mit wessen Unterschrift?"

"Mit meiner", sagte er mit fester Stimme. "Ja, – mit meiner. Haben Sie Vertrauen. Retten Sie meine arme Seele. Rasch, beeilen Sie sich! Und wahren Sie das Geheimnis."

Er berührte ihre Schulter wie der Freiherr, und sie stand auf und ging ins Haus, um das Geld aus der Truhe zu holen: zwei Fünfziglirescheine, die sie lange in der Hand drehte und immer wieder gegen das Mondlicht betrachtete, in dem Gedanken, daß einer eigentlich genüge für Giacintos Reise. Und so legte sie den anderen schließlich wieder beiseite. Der hoch am Himmel stehende Mond warf durch das Fensterchen einen Silberstreif auf ihre knochige Brust, und im Ausschnitt ihres Mieders war noch immer die goldene, inzwischen schwarz angelaufene Münze an dem roten Bändchen zu sehen. Giacinto war nicht zufrieden. Was war dieser armselige Schein im Vergleich zu den Schätzen der reichen Leute auf dem Festland? Aber als die Wucherin dann sagte, daß sie auf seinen Wechsel verzichte, begriff er, daß sie ihm gleichsam nur ein Almosen in die Hand gedrückt hatte, und fühlte sich tief gekränkt. Ihm war, als säße er noch immer im Flur des Reeders und wartete.

Und dann ging er zu Milese, um ihm zu sagen, daß er morgen früh fortginge.

Auch dort sah man durch das Tor auf den schwarz und weiß im Mondlicht schimmernden Hof und das Schattengitter der Laube. Und auch die Schwiegermutter, die wie eine Königin auf ihrer Bank thronte, spann heute nicht Flachs wie sonst, aus Furcht vor der Giobiana, sondern plauderte mit ihrer fieberkranken Tochter und den bleichen Mägden, die im Schatten der Mauer am Boden lagerten.

"Mein Schwiegersohn ist gerade fortgegangen, sicherlich zu Don Predu", sagte sie zu Giacinto. "Und wie geht es Ihren Tanten? Ich lasse sie herzlich grüßen und ihnen vielmals danken für das Geschenk, das sie neulich meinem Bruder, dem Pfarrer, schickten."

"Die schönen blauen Pflaumen", sagte eine naschhafte Magd. "Natòlia, die Pest über dich, wenn du sie heimlich alle aufgegessen hast."

"Geben Sie mir noch einen Korb voll dazu, Don Giacinto, und ich begleite Sie aufs Gut", sagte Natòlia herausfordernd.

"Komm ruhig mit", erwiderte er, aber seine Stimme klang ernst und traurig; und obwohl die Herrin sie ermahnte: "Jeder soll mit seinesgleichen gehen, Natòlia" – hörte er, als er wieder auf der Straße stand, wie die Frauen sich lachend über ihn und Grixenda unterhielten.

Ja, er mußte fort von hier, mußte das Glück in der Welt suchen gehen.

Um nicht an dem Häuschen seiner Braut vorbeigehen zu müssen, schritt er ein Gäßchen entlang, bog dann in ein anderes ein und gelangte schließlich auf einen freien Platz, auf den eine zerfallene Römerkirche herabblickte.

Ringsum duftete herb die Wolfsmilch, der Mond schimmerte bläulich durch das eingestürzte Gemäuer des Turmes, und es schien fast, als sollte es nie wieder Tag werden in diesem toten, weltvergessenen Winkel. Doch gleich hinter dem Platz, zwischen Granatapfelbäumen und Palmen, glänzte gleich einem maurischen Palast mit hochgewölbten Toren, steinernen Hallen und Spitzbogenfenstern das Haus Don Predus.

Beim Durchqueren des großen Hofes, wo im Mondschein breite, aus Schilf geflochtene Matten leuchteten, auf denen am Tage das nun mit Binsen zugedeckte Gemüse in der Sonne dörrte, erblickte Giacinto die stattliche Gestalt seines Onkels und daneben die schmächtige des Milese, wie an den goldenen Hintergrund eines Tores am Ende eines langen Säulenganges gemalt. Mit gekreuzten Beinen, die Ellenbogen auf die Tischplatte gestützt, saßen sie in dem stillen Zimmer und tranken; und alle beide, der Dicke und der Magere, schienen sich ihres Lebens zu freuen.

"Da – trink!" sagten sie wie aus einem Munde und reichten Giacinto ihren Wein; aber er schob verächtlich die beiden Gläser von sich.

"Fehlt dir was, daß du nicht trinkst?"

"Ja."

Doch was ihm fehlte, sagte er nicht; die beiden hätten ihn ja doch nicht verstanden.

"Deine Tante Noemi hat dich wohl verprügelt?"

"Oder Grixenda hat dich nicht genug geküßt? Die Pest über sie!" sagte Milese und wiederholte den Fluch der naschhaften Magd.

"Ach Gott!" stöhnte Giacinto, stützte die Ellenbogen auf den Tisch und vergrub den Kopf zwischen den Händen; und da seine Schultern zitterten, wurde Don Predu aufmerksam und verfärbte sich leicht; und der Anblick dieser krampfhaft zuckenden Schultern schien ihn so schmerzlich zu berühren, daß er aufstand, Giacinto auf den Rücken klopfte und sagte: "Kommt, wir wollen ein wenig ins Freie gehen."

Und so gingen sie ins Freie. Ihre Schritte dröhnten durch die Stille wie die des Nachtwächters, und im Gehen wurde auch Giacinto allmählich angesteckt von der spöttischen Laune seiner Gefährten.

"Wollen wir ins Theater gehen, Onkel Pietro? Am diese Zeit wird's in den großen Städten und auf dem Festland erst lebendig und lustig. Wie ein schwarzer Strom stauen sich dann die Wagen vor den Theatern. Aber auch die Damen sind noch unterwegs mit ihren Schoßhündchen ..."

Der Milese lachte Tränen. Don Predu war beherrschter, aber sein Lächeln drang wie ein Messer ins Herz.

"Dann kehren Sie doch dorthin zurück! Und führen Sie Grixenda wie ein Schoßhündchen hinter sich her."

"Ach Gott, wie dumm seid ihr doch hierzulande!"

"Nicht so dumm wie in deiner Heimat."

Giacinto schwieg, fuhr dann aber fort: "Warum nennt ihr mich dumm? Weil ich das Herz auf dem rechten Fleck habe? Weil ich meine Jugend genießen möchte? Und was tut ihr? Versteht ihr vielleicht zu leben? Was für ein Leben führst denn du? Du nimmst nicht einmal Rücksicht auf deine kranke Frau? Und Sie, Onkel Pietro? Was ist Ihr Lebenszweck? Geld aufzuhäufen – wie Bohnen auf der Streu, um sie nachher den Schweinen vorzuwerfen. Ihr seid keinem Menschen gut, nicht einmal euch selbst." Die beiden Freunde stießen sich lächelnd an.

"Dir fehlt heute wirklich etwas! Geld vermutlich."

"Ich habe mehr Geld in der Tasche als ihr. Laßt uns ins Wirtshaus gehen, und ich werde es euch beweisen", sagte Giacinto und errötete im Dunkel.

"Du hast nicht mit uns trinken wollen, folglich trink' ich auch nicht von deinem Wein, und wenn du zerspringst."

Trotzdem landeten sie schließlich in dem fast leeren Dorfkrug. Nur zwei Bauern spielten stumm in einer Ecke, und ein dritter sah bald dem einen, bald dem anderen in die Karten. Aber auf einen Wink Don Predus kam er auf die neuen Gäste zu, und alle vier setzten sich um einen anderen Tisch.

Der Wirt, der wie ein Kaftanjude aussah in seinem langen Kittel und seinen weiten Pluderhosen, brachte einen Krug Wein und stellte eine schmiedeeiserne Laterne auf den Tisch, und Milese mischte nachdenklich, mit nach rechts geneigtem Kopf, die Karten und betrachtete der Reihe nach seine Zechkumpane.

"Um wieviel geht's?"

"Um fünfzig Lire", erwiderte Giacinto.

Er warf den Schein der Wucherin auf den Tisch.

Und er verlor ...

IX.

Eines Abends, im Juli, saß Noemi wie so oft im Hof und nähte. Der Tag war sehr schwül gewesen, und der graublaue Himmel war noch verschleiert wie vom Aschenregen eines fernen Brandes, dessen flammendroter Schein allmählich im Westen verglomm. Die nun schon in voller Blüte prangenden Feigensträucher brachten eine goldene Tönung in das eintönige Grau der Gärten, und dort hinter dem eingestürzten Kirchturm schimmerten die Granatapfelbäume Don Predus, wie gesprenkelt von Blut.

Noemi fühlte tief in sich all dieses Grau und Rot. Die Wehmut, die sie jedes Jahr im Frühling beschlich, verlor sich heuer nicht mit dem Nahen des Sommers; nein, von Tag zu Tag lockte ein heftiges Verlangen nach Einsamkeit sie immer gebieterischer in die Stille, trieb sie, sich zu verstecken und sich hemmungslos ihrem Gram zu überlassen, wie eine Kranke, die nicht mehr auf Genesung hofft.

Heute war sie ganz allein, Esther und Ruth hatten die Einladung des Pfarrers zu einem kleinen Feste angenommen; Giacinto war in Oliena, um für Mileses Rechnung Wein einzukaufen. Ja, so tief war er gesunken – zum Knecht eines Mannes, der früher als Händler durch die Gegend zog. Noemi verachtete ihn, würdigte ihn nicht eines Wortes, aber wenn sie allein war, sah sie noch immer, wie er sich über sie beugte, ihr Gesicht mit Essig besprengte und mit seinen Tränen netzte: "Liebe, liebe Tante, warum – warum all das?" Und seine traurigen, wie dieser Sommerhimmel glühenden Augen gingen ihr nicht aus dem Sinn.

Noch immer glaubte sie den bitteren Geschmack seiner Tränen auf den Lippen zu spüren – einen Geschmack, in dem alle Menschenschwäche, alles Menschenleid enthalten war, und wie im Traume verwandelte sich sein Bild, dies einem ständigen Wechsel unterworfene Bild eines verdrossenen, entwurzelten, tief gesunkenen Giacinto, gegen den sie wehrlos war wie gegen einen Bergsturz, der das Haus zu vernichten drohte, in das Bild eines guten, eines reuigen und tief bekümmerten Giacinto. Und dann erschauerte ihre Seele jedesmal unter einem Sturm von Leidenschaft. Sie brach in Tränen aus, fühlte sich hingerissen von ihrer Sehnsucht, die all ihre trüben Gedanken entführte wie der Wind, der über einen Baum fegt und ihn all seines welken Laubes entblättert.

Ihr schien, als wäre sie bewußtlos wie an jenem Tage, als wären ihre Tränen die Giacintos; und sie sog sie auf wie den Saft einer herben Frucht, mit gierigen Lippen, die erbebten unter all den Küssen, die sie nie gespendet, nie empfangen hatten. Giacintos Jugend, Leidenschaft und Trauer durchdrangen sie; sie vergaß ihr Alter, ihr Aussehen, ihr tiefstes Wesen; sie glaubte auf dem Grunde eines klaren Quells im Wald zu ruhen und zu sehen, wie eine Gestalt sich zu ihr herabbeugte, um zu trinken, in durstigen Zügen von ihrem Mund zu trinken. Es war Giacinto, aber es war auch sie, die lebendige, die nach Liebe dürstende Noemi: war ein rätselhaftes Zwitterwesen, das alles Wasser aus dem Quell, alles Leben aus ihrem Munde trank und sich dann zu ihr auf den Grund des Waldquells bettete und mit ihr verschmolz.

Ein lautes Klopfen am Tor rief sie in die Wirklichkeit zurück. Sie ging öffnen, im Glauben, daß es ihre Schwestern wären oder Giacinto selbst, dessen Gegenwart sie nicht fürchtete; denn sie genügte, um den Zauber zu brechen. Doch sie sah die Muhme Pottoi auf der Straße stehen und warf das Tor unwillkürlich wieder zu, um sie zurückzudrängen. Die Alte aber stemmte sich dagegen.

"Sie wollen mich wohl zerquetschen wie eine Spinne, Fräulein Noemi? Ich tu Ihnen doch nichts zuleide."

Kalt und verächtlich trat Noemi zurück und betrachtete das Linnen in ihrer Hand.

"Was wollen Sie denn?"

"Sprechen will ich mit Ihnen, Euer Gnaden. Aber in aller Ruhe, als Mensch zu Mensch", sagte die Alte, die die Korallen an ihrem braunen Hals ordnete und an allen Gliedern zitterte.

"Fräulein Noemi, schauen Sie mich an! Sehen Sie nicht unter sich. Ich möchte Sie um Hilfe bitten."

"Mich?"

"Ja, Sie, Euer Gnaden. Drei Monate lassen die Damen mich schon nicht mehr ein. Mit Recht. Aber heute nacht habe ich von Frau Maria Christina geträumt; ich sah sie an meinem Bett stehen, wie seinerzeit, als ich die letzte Ölung nahm. Sie sah so schön aus – mit ihrem schneeweißen Kopftuch. Geh zu Noemi, sagte sie zu mir. Noemi hat mein Herz, denn das Herz der Toten schlägt weiter in den Lebenden. Ja, geh zu ihr, Muhme Pottoi, sagte sie zu mir, und du wirst sehen, daß Noemi dir hilft. Genau diese Worte sagte sie zu mir."

Noemi lehnte noch immer am Hoftor und versuchte weiterzunähen, den Kopf über das Linnen gebeugt, das rötlich leuchtete im Widerschein des Himmels aus dem Berge.

"Nun, was wünschen Sie?"

"Ich werde es Ihnen sagen. Sie wissen Bescheid. Die beiden jungen Menschen haben sich lieb. Ich sagte mir zunächst: Weshalb soll ich's ihnen verbieten, wenn sie sich wirklich liebhaben? Haben wir in unserer Jugend nicht auch geliebt? Aber die Zeit vergeht, Euer Gnaden, und der junge Mann wird immer seltsamer. Meine Grixenda ist schon dünn geworden wie ein Fädchen. Er will nicht, daß sie das Haus verläßt, daß sie arbeiten geht, und wenn er sie vor der Tür stehen sieht, jagt er sie ins Haus. Und beklagt sich Grixenda dann, so sagt er: ›Nur deinetwegen mache ich den Tanten das Herz so schwer, vor allem Tante Noemi.‹ Weiter sagt er nichts, denn er ist wohlerzogen und herzensgut, aber diese Worte sind wie schleichendes Gift."

Sie seufzte laut auf und haschte nach einem Zipfel von Noemis Schürze, den sie um die schwarzen Finger wickelte.

Fräulein Noemi, liebe Herrin, Sie haben das Herz Ihrer Mutter. Ihnen kann ich es anvertrauen. Als mein Mann mich warnte: ›Wenn du noch einmal nach Don Zame schielst, stech' ich dir die Augen aus‹, da machte ich die Augen zu, und Don Zame war von dieser Stunde an tot für mich. Grixenda aber ist anders, Grixenda kann die Augen nicht zumachen."

Unwillkürlich fühlte Noemi sich verwirrt. Die Alte, die schüchtern wie ein Kind am Zipfel ihrer Schürze nestelte, tat ihr leid.

"Sie selbst sind schuld daran", sagte sie ernst. "Sie als alte, erfahrene Frau hätten wissen müssen, wozu solche Dinge führen."

"Ach, unsereiner weiß so viel und dennoch nichts, Euer Gnaden. Das Herz wird niemals alt."

"Das ist wahr", pflichtete Noemi bei, zögernd, mit widerstrebender Stimme. Gleich darauf aber runzelte sie die Stirn und richtete die kalten, spöttischen Augen starr auf die Alte.

"Also – was wollen Sie?"

"Sie sollen mit Don Giacinto sprechen, sollen ihm sagen: Laß Grixenda in Frieden oder heirate sie."

"Das soll ich ihm sagen? Warum gerade ich?" fragte Noemi, und da die andere nun sie schweigend anstarrte, überkam sie ein peinliches Gefühl; die Empfindung, daß die Alte alles wüßte. Sie senkte den Blick und fuhr schroff und hochmütig fort: "Nein, ich werde ihm nichts sagen. Vergessen Sie nicht: Sie wußten genau, wer er war, und handelten als eine schlechte Großmutter, als Sie Grixenda erlaubten, sich mit einem jungen Manne einzulassen, der nicht zu ihr paßt."

"Warum nicht zu ihr paßt? Ein lediger Mann paßt stets zu einer ledigen Frau, vorausgesetzt, daß Liebe vorhanden ist. Und Euer Gnaden werden mir diesen Gefallen tun und mit ihm sprechen, nicht wahr? Und auf Sie wird er sicher hören, denn er ist gut und sagt immer: ›Leid tut mir nur eins, daß Tante Noemi meinetwegen leidet.‹ ... Na ja, im Vertrauen gesagt: er spricht ständig von Ihnen und hat Sie sehr gern. Grixenda ist geradezu eifersüchtig auf Sie, Herrin."

Da lachte Noemi laut auf. Aber sie fühlte, wie ihre Knie zitterten, fühlte tief im Herzen die strahlende Schönheit des Sonnenuntergangs: ein Meer von Licht, durchbrochen von goldenen Inseln, durchhaucht von überirdischem Glanz. Noch nie hatte sie soviel Seligkeit auf einmal empfunden. Ein kurzer Augenblick, und alles war wie umgewandelt. Die Alte sah sie an, und in ihren gläsernen Augen blitzte es boshaft.

"Also – was meinen Sie dazu, Fräulein Noemi? Darf ich etwas beruhigter fortgehen? Ja, nicht wahr, Sie werden mir helfen?"

"Gehen Sie ruhig", sagte Noemi mit veränderter Stimme; aber die Alte ging nicht, sondern verlor sich in demütigen Dankbeteuerungen.

"Unser Häuschen stand ja immer neben Ihrem Haus, wie eine Magd neben der Herrin. Nein, unsere Feindschaftkonnte nicht lange dauern. Mein Zuannantò ist immer ganz traurig, wenn er aus dem Garten kommt, und sagt:›Warum haben die Damen mich fortgejagt?‹ Und dann holt er die Ziehharmonika und spielt hinter der Mauer dort. Er bringe Fräulein Noemi ein Ständchen, sagt er immer. Und nun wird ja alles gut werden."

"Hoffen wir es!" sagt Noemi; aber auch sie wußte nicht, was eigentlich gut werden sollte. Sie empfand nur ein plötzliches Gefühl von Zärtlichkeit für alle Menschen. "Sagen Sie Zuannantò, er soll heute abend zu uns kommen. Dann werde ich ihm ein Körbchen von unseren roten Birnen geben."

Die Alte ergriff ihre Hand, küßte sie und ging mit Tränen in den Augen fort. Noemi kehrte auf ihr Plätzchen zurück. Der im Osten schon verglommene Himmel glühte noch immer über dem Berge, als wenn aller Tagesglanz sich dorthin geflüchtet hätte. Sie nähte emsig weiter, sah aber weder das Linnen noch die Nadel, sah nur die strahlende Helle, den überirdischen, unendlich tiefen Zauberglanz. Sie glaubte das Ständchen des jungen Burschen zu hören, und sehnsüchtige Liebeslieder tönten durch die leuchtende Abendluft. Und wieder sah sie sich auf der Warte des Pfarrers stehen, hoch über der Marienkirche; im Hof unten flackerte das Reisigfeuer, wogte bunt das Fest. Und plötzlich eilte auch sie hinab, um sich einzureihen in den wirbelnden Reigen der tanzenden Frauen. Auch sie nahm nun teil am Fest, war die übermütigste von allen, war wie Grixenda und Natòlia, und fühlte tief im Herzen die Glut, die Sehnsucht, die Leidenschaft all der engverschlungenen Frauen. Giacinto drückte heimlich ihre Hand, und das Fest ringsum im Hofe, in der Welt, war nur für sie da ...

Da klopfte es wieder am Tor, und wieder ging Noemi öffnen. Ein Mann trat ein und schloß das Tor hinter sich.

Es war der Gerichtsvollzieher, ein dürrer Beamter mit dunklem, bärtigem, seit acht Tagen nicht mehr rasiertem Gesicht. In der Hand hielt er ein langes, zusammengefaltetes Schreiben. Er nahm den steifen, grünlichen Filzhut vom kahlen Kopf und sah Noemi verlegen an. "Ist Fräulein Esther nicht zu Hause?"

"Nein."

"Ich – ich soll ihr das hier aushändigen. Aber ich kann es auch Ihnen geben", setzte er schnell hinzu, kritzelte mit dem Bleistift ein paar Zeilen unter das Schreiben und buchstabierte laut die Worte mit, die er schrieb. "Per–sön–lich – persönlich, aus–ge–hän– digt – ausgehändigt an die Schwester der Beklagten, Fräulein No–e–mi – Noemi Pintor."

Starr sah sie zu, zitterte aber im Innern. Hundert Fragen lagen ihr auf der Zunge, doch sie wollte nicht neugierig und schwach erscheinen vor diesem Manne, den alle im Dorf fürchteten und verachteten.

Auch der Gerichtsvollzieher zögerte noch eine Weile, ehe er ihr das Schreiben aushändigte. Schließlich entschloß er sich dazu und ging eilig fort. Mit dem Linnen unter dem Arm begann sie zu lesen.

"Im Namen Seiner Majestät des Königs ..." Das Schreiben hatte etwas Unheimliches und Erschreckendes, als hätte ein böses Schicksal es gesandt.

Je länger sie las, je klarer sie begriff, desto mehr glaubte Noemi zu träumen. Sie setzte sich wieder, las noch einmal – genauer. Katharina Carta, Hauseigentümerin von Beruf, ersuchte das Freifräulein Esther Pintor binnen fünf Tagen, gerechnet vom Tage der Beglaubigung des Vollstreckungsbefehls, um Rückgabe von zweitausendsiebenhundert Lire, einschließlich der Zinsen des von genannter Esther Pintor unterschriebenen Wechsels.

Zunächst glaubte auch Noemi, genau wie Efix, an eine unbesonnene Handlung Esthers. Eine flüchtige Röte trat auf ihre Stirn, und wie eine Flamme, die in dunkler Nacht kurz aufflackert und erlischt, erhob sich aus den Tiefen ihres Gewissens die Gewißheit, daß auch sie, vor wenigen Augenblicken noch, zu jeder Torheit für Giacinto bereit gewesen wäre. Dann tiefe Stille, tiefes Dunkel. Ja, sie, vor wenigen Augenblicken noch – aber Esther? Nein, Esther konnte sich nicht einer solchen Torheit überlassen, Esther konnte nicht aus Liebe zu diesem Abenteurer die Familie zugrunde gerichtet haben.

Die Wahrheit überkam sie wie eine plötzliche Erleuchtung, ließ sie aufspringen und im Hofe hin und her irren, strauchelnd und taumelnd, wie im Fieber.

So fanden die Schwestern sie.

Fräulein Esther griff nach dem Schreiben, während Fräulein Ruth, da es schon dunkel war, die Lampe anzündete.

Dann setzten sich alle drei auf die Bank in der Küche, und Noemi, die nun wieder ganz ruhig, fast grausam war, las laut das Schreiben vor. Auf den erschrocken über das Papier gebeugten Gesichtern der Schwestern schimmerte der Angstschweiß; Noemi aber hob die Augen und sagte: "Wenn du nichts unterschrieben hast, Esther, brauchen wir nichts zu bezahlen. Das ist klar, weshalb also verzweifeln?"

"Dann kommt er ins Gefängnis."

"Geschieht ihm ganz recht."

"Und das sagst du, Noemi? Darf man einen Menschen denn ins Gefängnis bringen?"

"Was sollen wir denn sonst tun?"

"Bezahlen."

"Und dann betteln gehen?"

"Auch unser Heiland schämte sich nicht, Almosen anzunehmen."

"Aber unser Heiland straft auch, züchtigt die Sünder, die Betrüger und Fälscher ..."

"Im Jenseits, Noemi."

Ruth schwieg, während die Schwestern stritten, aber sie war in kalten Schweiß gebadet und lehnte mit leblos, wie tot herabhängenden Händen auf der Bank. Zum erstenmal in ihrem Leben verspürte sie ein seltsames Gefühl: den Wunsch, aufzuspringen, irgend etwas zu beginnen, der Familie zu helfen.

"Ach", sagte Esther, während sie aufstand und ihr Tuch auf der Brust übereinanderschlug, "wir dürfen die Ruhe und Vernunft nicht verlieren. Ich werde zu Kallina gehen, werde sie bitten, sich noch ein Weilchen zu gedulden ..."

"Du, liebe Schwester? Du willst zu der Wucherin gehen? Du, eine adlige Pintor?"

Noemi hielt sie am Zipfel des Tuchs zurück; aber obwohl Esther noch eben zur Ruhe und Vernunft gemahnt hatte, riß sie sich heftig los.

"Eine adlige Pintor, lächerlich! Die Not, liebe Schwester – das weißt du – macht alle Menschen gleich." Und fort war sie.

Da fühlte sich Noemi wieder übermannt von heftiger Empörung. Wie ein Opferlamm, das alles mit sich geschehen läßt, tauchte Efix in ihrem Geiste auf, und sie rannte in den Hof, vor das Tor, und wartete, daß jemand vorbeikommen sollte. Den wollte sie dann bitten, nach dem Gut zu gehen und den Knecht zu holen.

"Er allein ist schuld an allem. Er versprach, Giacinto im Auge zu behalten, uns zu schützen vor ihm ..."

Niemand kam. Es war totenstill ringsum, und auch Ruth im Hause drinnen war wie gestorben. Regungslos stand Noemi auf den zerfallenen Stufen des Eingangs, beugte sich ins Dunkel, schien zu warten auf ein geheimnisvolles Wesen, einen Retter und Rächer zugleich.

Schritte erklangen in der Ferne, langsame, schwere Schritte; eine Gestalt tauchte am Ende der Straße auf, kam näher, wurde größer und größer, ragte gewaltig in den blassen Abendhimmel. Nun stand sie vor Noemi, bemerkte ihre heftige Erregung und blieb stehen, während diese die Hand gegen die Mauer preßte, um nicht zu Boden zu sinken, so tief erschütterten sie das Verlangen und die Angst, den Vorbeigehenden anzusprechen.

Da fragte dieser: "Was ist los, Noemi?"

Und sie fühlte, wie etwas in ihrem Herzen sich löste, wie es nach Hilfe schrie in ihrem Innern.

"Bitte, Predu, schick jemand her, der aufs Gut gehen und Efix holen kann."

"Ich werde selbst gehen, Noemi."

"Du? Du? Nein, du nicht ..."

"Warum nicht?" schrie er. "Hast wohl Angst, ich könnte dir deine Melonen stehlen?"

Aber sie stammelte immer wieder, wie im Fieber:

"Nein, du nicht – du nicht ..."

Da erriet Don Predu, welch düsteres Geschick sich dort drinnen erfüllte. Er wußte nicht, warum; seit einiger Zeit, seit dem Abend, da er den Korb mitgebracht hatte, seit der Stunde, da Giacinto zu ihm gesagt hatte: "Du häufst Geld auf wie Bohnen auf der Streu, um sie nachher den Schweinen vorzuwerfen", fühlte er eine schreckliche Leere in sich, ein seltsames Leid, als wenn der Fremdling ihn angesteckt hätte, und verspürte beim Gedanken an seine Basen jedesmal ein sonderbares Mitleid. Er sah, daß Noemi zitterte, und preßte auch die Hand an die Mauer, dicht neben der ihrigen. Ihre Gesichter berührten sich fast: das seine strömte einen männlichen Geruch aus, einen Geruch nach Schweiß und Sonne, nach Wein und nach Tabak, das ihre einen zarten Lavendelduft, einen Duft von Stille und von Tränen.

"Noemi", sagte er rauh und zaghaft, während er den Hut abnahm und wieder aufsetzte, "sagt es mir ruhig, wenn ihr mich braucht. Was ist geschehen?"

Noemi gab keine Antwort, sie konnte nicht sprechen.

"Was ist geschehen?" wiederholte er laut.

"Wir sind erledigt, Predu", sagte sie schließlich, fast gegen ihren Willen, "sind am Ende. Giacinto hat Esthers Unterschrift gefälscht, die Wucherin hat den Wechsel eingeklagt ..."

"Ah – die verfluchte Hexe!" schrie Don Predu und schlug mit der Faust an die Mauer.

Noemi erschrak bei diesem Fluch und fand ihre Selbstbeherrschung wieder. Sie glaubte schon zu sehen, wie die Nachbarn herbeigeeilt kamen und sich freuten über ihr Unglück.

"Komm mit ins Haus, Predu. Dort werde ich dir alles erzählen."

Und er folgte ihr in das Haus, dessen Schwelle er schon zwanzig Jahre lang nicht mehr betreten hatte. Die Lampe brannte auf der alten Bank, und die kleine Flamme schien mitleidig Ruth Gesellschaft zu leisten, die noch immer regungslos das Haupt an die Wand lehnte und die Hände leblos, wie tot herabhängen ließ. Zur Hälfte schimmerte ihr Gesicht wächsern im Licht, zur Hälfte lag es dunkel im Schatten. Ihre halb geschlossenen Augen schielten schräg nach oben, als starrten sie auf einen fernen Punkt. Bei ihrem Anblick zuckte Don Predu zusammen und blieb mit einem Ruck stehen. Aus dieser plötzlichen Bewegung erriet Noemi die traurige Wahrheit. Sie sah erst ihn an, dann die Schwester, eilte auf sie zu und schüttelte sie.

"Ruth! Ruth!" rief sie leise, beugte sich über sie, umklammerte ihre Arme. Ruths Haupt fiel zurück, erst nach der einen, dann nach der anderen Seite; und dann schien ihr ganzer Leib sich vorzubeugen, wie um einer Stimme tief unter der Erde zu lauschen, die sie zu sich rief ...

X.

Ruth war verschieden, und Dunkel und Stille umfingen wieder das Haus.

Efix, der auf der kleinen Treppe saß, eine Jasminblüte in der Hand, das Haupt an die Wand gelehnt, wartete mit heimlicher Angst auf Giacintos Rückkehr.

Aber Giacinto kam nicht wieder. Sicher hatte er von dem Unglück erfahren und wagte sich nun nicht nach Hause. Wo weilte er wohl? Noch in Oliena? Oder schon in Nuoro? Oder noch weiter weg?

Efix versuchte seine Gedanken zu sammeln, seine Erinnerungen und Eindrücke aus diesen drei grauenvollen Tagen. Er glaubte wieder vor seiner Hütte zu sitzen und der Nachtigall zu lauschen, die im Erlengehölz dort unten sang. Wie das Lied des Flusses, erquickend und beruhigend, tönte die sanfte Weise durch die Nacht, so süß und so ergreifend, daß sogar die

Nachtgespenster sich in den Schutz des Hügels flüchteten und dort unbeweglich lauschten. Wie von einem Windstoß fühlte Efix sich entführt von Erinnerungen und von Hoffnungen. Er wartete auf Giacinto, und Giacinto kam auch schließlich und brachte wunderliche Botschaft. Er hatte eine Stellung gefunden, hatte sein Versprechen erfüllt, war seinen Tanten nun wirklich Trost und Stütze im Alter. Und Don Predu hatte um Noemi geworben, begehrte sie zum Weibe ...

Doch statt Giacintos kam dann Zuannantò mit einem dunklen Gegenstand vor der Brust, der aussah wie ein toter Geier. Und seit dieser Stunde fühlte sich Efix wie gelähmt von einem wüsten Fiebertraum. Wie geisterbleich schimmerte die Straße durch die Nacht, wie traurig tönte die Weise der Ziehharmonika über den Hügel und brachte den Nachtigallensang zum Schweigen. All die Geister und Fratzen stoben auseinander, kamen durch das Dunkel angewirbelt, umringten und bedrängten ihn ...

Und nun wartete er wieder. Aber auch Giacintos Gesicht hatte sich inzwischen zu einer scheußlichen Fratze verzerrt, als hätten die nächtlichen Spukgestalten ihn in ihr Geisterreich entführt, als kehrte er nun gräßlich entstellt von dort zurück.

Lieber sollte er nie wiederkommen.

Aus der Küche fiel ein Lichtstreif auf den Hof, ab und zu drang ein leises Geräusch aus dem Haus. Noemi und Esther bewegten sich dort drinnen, aber auch sie schienen Angst zu haben, Angst, sich bemerkbar zu machen.

Da stieß jemand das Tor auf, und alle drei, die beiden Frauen und der Knecht, schreckten wie aus einem dumpfen Traum auf.

Es war die Muhme Pottoi, die wieder einmal nach Giacinto fragen kam. Lautlos, wie ein gespenstischer Schatten glitt sie näher. Anscheinend hatte sie jemand auf der Straße zurückgelassen, denn sie blickte sich immer wieder um, während die Damen ärgerlich ins Haus zurückkehrten.

"Fünf Tage ist der junge Mensch schon fort, und niemand weiß, wo er steckt. Lieber Efix, sag doch, wo er ist?"

"Wie kann ich dir das sagen, wo ich selbst es nicht weiß?"

"Bitte, bitte, sag es mir doch", flehte sie, beugte sich über Efix und griff nach ihren Halsketten, als wenn sie sie abnehmen und ihm geben wollte. "Habt ihr ihn fortgeschickt? Hat Fräulein Noemi ihn fortgeschickt? Sag es mir doch, du weißt es schon. Grixenda stirbt mir noch ..."

Immer tiefer beugte sie sich herab, und über ihrem dunklen Rücken sah Efix wie über einem Bergkamm einen Stern glitzern.

"Was soll ich dir denn geben, mein Lieber?"

"Gar nichts, Alte", sagte er laut. "Ich schwöre dir, ich weiß es nicht. Aber sobald er zurückkommt, werde ich dich benachrichtigen ..."

"Du bist so gut, Efix. Der Herr wird dich belohnen. Komm mit auf die Straße, tröste das arme Kind ..."

Sie ergriff seine Hand und zog ihn mit sich fort. Grixenda lehnte draußen an der Mauer und weinte wie vor einem Kerker, der all ihr Glück umschloß und den sie nicht betreten durfte.

"Nun, was hast du denn? Er wird schon wiederkommen."

"Hörst du, Täubchen?" sagte die Alte und zog das Mädchen von der Mauer weg. "Er wird wiederkommen. Er ist nicht für immer fortgegangen, nein."

"Ja, er wird sicher wiederkommen, Kind."

Grixenda haschte nach seiner Hand und küßte sie unter Tränen. Er spürte, wie ihre tränenfeuchten Lippen auf seinen Fingern Spuren hinterließen, wie eine taubenetzte Blüte, und zuckte zusammen und glaubte zu fühlen, wie die Erstarrung, in der er sich seit drei Tagen befand, sich löste.

"Er wird wiederkommen", wiederholte er laut, "und alles wird noch gut werden. Er wird Vernunft annehmen, wird bereuen, ihr werdet glücklich sein, und alles wird sich zum Guten wenden ..."

Getröstet gingen die beiden Frauen fort. Efix ging wieder in den Hof und sah plötzlich Noemi wie einen dunklen, zitternden Schatten vor sich auftauchen.

"Efix, ich habe gelauscht. Efix, bilde dir nicht ein, daß du auch uns ins Grab bringen kannst. Giacinto wird dieses Haus nie wieder betreten."

Efix hielt noch immer den Jasminzweig in der Hand, und die Blüte zuckte wie in tiefem Schmerz im Dunkel.

"Ich – euch ins Grab bringen? Wieso denn?"

"Efix; ich habe gelauscht", wiederholte sie dumpf; dann aber richtete ihre Gestalt sich drohend auf, der dunkle Schatten schien gewaltig zu wachsen, wie eine Tigerin fühlte Efix sie über seinem Haupt.

"Hast du verstanden, Efix? Nie wieder soll er dieses Haus betreten, und auch nicht das Dorf. Du, du allein bist schuld an allem. Du hast ihn herkommen lassen, du hast versprochen, uns vor ihm zu schützen – du ..."

Wie ein reuiger Sünder nahm er die Mütze ab.

"Fräulein Noemi, verzeihen Sie mir. Ich meinte es doch gut – ich dachte: wenn du einmal nicht mehr bist, werden deine Herrinnen wenigstens an ihm einen Beschützer haben ..."

"Du? Du? Du bist und bleibst ein Knecht. Du kannst uns nicht verzeihen, daß wir adlig sind, und möchtest uns am liebsten betteln gehen sehen mit deinem Sack. Aber eher sollst du erblinden. Zwei von uns hast du schon von dannen gehen sehen – aber die letzten beiden nicht. Und du wirst stets der Knecht sein und wir die Herrinnen ..."

Er bekreuzte sich wie vor einer Besessenen und ging seinen Sack holen, um zu fliehen – bis ans Ende der Welt zu fliehen. Aber Fräulein Esther hielt ihn zurück, während Noemi, die ihm gefolgt war, auf der Bank zusammensank, mit geschlossenen Augen und bläulichem Gesicht, wie damals Fräulein Ruth.

Da ging er wieder ins Freie, kauerte sich auf die Treppe und blieb dort die ganze Nacht sitzen, das Gesicht zwischen den Händen.

Gegen Morgen machte er sich auf die Suche nach Giacinto. Höher und höher wanderte er die zunächst graue, dann weiße, dann rosarote Straße empor. Die Morgenröte schien wie roter Rauch aus dem Talgrund aufzusteigen und die kühn geschwungenen Berggipfel am Horizont zu umfluten.

Wie die zackigen Kelchblätter einer gewaltigen, sich im Morgenlicht erschließenden Blüte ragten sie aus der leuchtenden Talmulde in den bleichen Himmel.

Doch in der aufgehenden Sonne verblaßte der bunte Zauber. Die Falken kreisten mit blitzenden Schwingen durch die Luft, der Orthobeneberg schob sich mit seinem düster dräuenden Massiv vor die weißen Mauern von Oliena, die Kuppel des Nuoreser Doms tauchte in der Ferne auf.

Mit stumpfen, vom Fieber getrübten Augen schritt Efix dahin. Ihm war fast, als wäre er gestorben und wanderte nun wie eine sündige Seele in die Ewigkeit hinein; hin und wieder freilich fühlte er sich veranlaßt, wie in stummer Auflehnung stehenzubleiben, sich auf einen Meilenstein zu setzen und in die Ferne zu starren. Die Straße, die sich zwischen eintönig grauen Felsen, Ölbäumen und Feigensträuchern bergauf, bergab schlängelte, erschien ihm wie sein Leidensweg, aber auch wie ein Weg, der vielleicht in die Erlösung führte. Dort oben, dachte er beim Anblick des Orthobenemassivs, dort oben liegt eine steinerne Stadt mit trotzigen, schweigenden Wällen; warum suche ich nicht dort oben Zuflucht und nähre mich von Kräutern und gestohlenem Vieh, frei wie ein Wegelagerer?

Aber da erblickte er auf einem steilen Felsen im Tal den Erlöser mit dem gewaltigen Kreuz, das die graue Erde mit dem tiefblauen Himmel zu verbinden schien, und kniete reuigen Hauptes nieder und schämte sich seiner Hirngespinste.

Giacinto war in Oliena. Er wußte von dem Verhängnis zu Hause, wußte von dem Tod Tante Ruths und hatte Angst, heimzukehren. Kümmerlich lebte er von dem geringen Entgelt, das er beim Einkauf des Weines für Mileses Rechnung verdient hatte, wußte aber noch nicht, was er dann anfangen sollte. Auch er starrte in die Ferne, von dem schmalen Fenster seines Kämmerchens aus, das über einem abschüssigen kleinen Hof lag, durch den man wie durch eine Scharte auf das weite Tal hinabsah, mit der Kuppel des Nuoreser Domes, der zwischen zwei Hügelketten in den rotgemaserten Himmel ragte.

Aber er entschloß sich auch nicht, nach Nuoro zu gehen. Er lebte wie in banger Erwartung auf etwas, was noch geschehen mußte, und trieb sich inzwischen im Dorf umher, berauschte sich an der Sonne vor dem Tor der Kirche. Das Dörfchen, das weiß am Rande der blauen, klaren Berge lag, flimmerte und glühte wie eine Kalkgrube; hin und wieder aber wehte ein kühles Lüftchen, und das Rauschen der Nuß- und Pfirsichbäume in den Gärten mischte sich in das Murmeln der Brunnen und das Gezwitscher der Vögel.

Giacinto betrachtete die Frauen, die zur Messe gingen: ernst und feierlich, mit eckigen, bleichen, von dunkel schimmernden Zöpfen eingerahmten Gesichtern, mit nackten, schlanken Beinen und hellgeblümten Filzschuhen. Und wenn sie dann auf den Fliesen der Kirche knieten, mit roten Miedern, umhüllt von buntbestickten Tüchern, erinnerten sie fast an eine Blumenwiese.

Nach dem Hochamt ging die Menge nach Hause, und auch Giacinto kehrte in seinen Schlupfwinkel zurück und kam unterwegs an einer zerfallenen Kapelle vorbei, die ihn an das Haus seiner Tanten erinnerte. Er dachte noch mehr an Noemi als an Grixenda, wäre am liebsten zu ihr zurückgekehrt, hätte sich am liebsten zu ihr gesetzt und schluchzend den Kopf in ihren Schoß gebettet, unter das Linnen, an dem sie nähte. Doch auch er schämte sich seiner törichten Träume und trat wieder an das schmale Fenster seines einsamen Kämmerchens, um nach dem Nuoreser Dom dort in der Ferne zu sehen. Dort unten war vielleicht seine Rettung.

Schwalbennester, die im Lauf der Jahre grau geworden waren wie die Mauer, liefen wie ein Kranz zwischen dem Dach und den Fensterchen des Hauses entlang. In jedem Nest hauste ein kleines Schwalbenvölkchen. Hin und wieder zeigte sich ein leuchtendes, rundes Köpfchen, eine Schwalbe schlüpfte heraus, dann eine andere, dann zehn, dann zwanzig, und plötzlich wirbelte es von kleinen schwarzen Kreuzen in der Luft, zwitscherte es wehmütig und klagend vor dem Fensterchen Giacintos.

Er versuchte eines von diesen Kreuzen zu haschen, so dicht flogen sie an ihm vorbei, und stand unbeweglich auf der Lauer, und so verging die Zeit. Aber eines Tages sah er die müde Gestalt des Knechtes den Hof heraufkommen und fühlte plötzlich, daß er nur auf ihn gewartet hatte.

Der Knecht blieb unter dem Fensterchen stehen und sah stumm zu ihm empor; er vermochte kaum die Lippen zu bewegen, deutete aber mit einer Kopfbewegung nach der Straße an, daß Giacinto ihm folgen sollte, und Giacinto folgte ihm auch.

Sie gingen hinter die zerfallene Kapelle und lehnten sich an die eingestürzte Mauer, vor sich das weite leuchtende Land.

"Nun?" fragte Efix mit zitternder Stimme.

Dieses Wörtchen reizte Giacinto zum Lachen. Er wußte nicht warum, angesichts der Not des Knechtes fühlte er sich plötzlich wieder stark und spöttisch überlegen.

"Nun, fragst du mich? Das möchte ich eher dich fragen. Was gibt's Neues, daß du mir bis hierher nachgelaufen kommst? Willst du vielleicht Wein für Tante Noemis Hochzeit kaufen?"

"Sprich gefälligst etwas ehrfürchtiger von deinen Tanten! Du wirst sie nie wiedersehen. Fräulein Ruth ist gestorben."

Da senkte Giacinto das Gesicht und starrte auf seine Hände.

"Siehst du? Nicht einmal ein Wort der Trauer findest du. Nicht einmal eine Träne. Und dabei ist sie deinetwegen gestorben. Elender! Ja, aus Kummer über dich."

Giacintos Schultern begannen zu zucken; auch seine Unterlippe zitterte, aber er biß zornig darauf und ballte und öffnete die Fäuste, als wenn er etwas greifen und wieder fortwerfen wollte.

"Was habe ich denn getan?" fragte er dreist.

Da musterte Efix ihn mit einem traurigen und verächtlichen Blick.

"Das fragst du noch? Und warum bist du noch hier, wenn du nicht weißt, was du getan hast? Ich sage kein Wort zu dir, ich fordere nichts von dir, weil du ja nichts hast. Nicht einmal ein Herz. Ich möchte dir nur sagen, daß du nie wieder das Haus deiner Tanten betreten sollst."

"Die Mühe hättest du dir sparen können. Wer denkt denn an ein Zurückkehren?"

"Und sonst hast du nichts zu sagen? Sag wenigstens, was du nun zu tun gedenkst. Du hast deine bedauernswerten Tanten an den Bettelstab gebracht. Was also gedenkst du zu tun?"

"Ich werde alles bezahlen."

"Du? Ja, mit leeren Versprechungen vielleicht! Ah – zum Teufel, genug endlich. Jetzt sollst du uns nicht mehr täuschen, verstanden! Das hat nun ein Ende. Laß das scheinheilige Getue endlich sein; jetzt haben wir ja nichts mehr, was wir dir geben können. Ist dir das klar. Elender?"

Da maß Giacinto ihn seinerseits mit einem tückischen und erstaunten Blick und reckte drohend die Arme, als wenn er sich in die Luft schwingen und sich auf Efix stürzen wollte, wie ein Adler auf seine Beute. Seine Augen und Zähne blitzten in der untergehenden Sonne, sein Gesicht verzerrte sich.

"Hör mal, schämst du dich nicht?" fragte er leise, packte den Knecht bei den Armen und durchbohrte ihn mit seinen Blicken.

Und Efix hatte das Gefühl, seine Pupillen müßten verbrennen unter diesen Blicken. In seine Ohren dröhnte es dumpf:

"Schämst du dich nicht? Elender du! Ich habe vielleicht gefehlt, aber ich bin jung und kann mich bessern. Warum kommst du her und quälst mich? Ich wußte, daß du kommen würdest, und wartete auf dich. Aber du, du solltest mich wenigstens verstehen und nicht verdammen. Verstanden? Aha – jetzt bist du still, jetzt zitterst du. Mörder du! Geh mir aus den Augen, damit ich mich nicht vergreife an dir!"

Er versetzte ihm einen Stoß und wandte sich zum Gehen. Efix eilte ihm nach, hielt ihn an der Hand zurück. "Halt!"

Eine Weile standen sie schweigend da, als lauschten sie auf eine ferne Stimme.

"Giacinto! Eins mußt du mir noch sagen, Giacinto. Ich spreche wie ein Sterbender zu dir. Giacinto, bei deiner Mutter selig, sag mir: woher weißt du es?"

"Was geht dich das an?"

"Sag es mir, Giacinto! Bei deiner Mutter selig, sag es mir!"

Nie vergaß Giacinto die Augen, mit denen Efix ihn in dieser Stunde ansah. Augen, die ihn aus den Tiefen eines Abgrundes anzuflehen schienen, während die Hand, die seine noch immer umklammert hielt, ihn zu Boden zog und die Gestalt des Knechtes zusehends zusammenschrumpfte und langsam auf die Erde glitt.

Aber er schwieg. Efix ließ seine Hand los, knickte zusammen, krallte die Finger in den Boden und begann zu husten und Blut zu spucken; sein Gesicht war schwarzblau, wie zerfallen. Giacinto glaubte, er würde sterben. Er richtete ihn auf, lehnte ihn mit dem Rücken an die Mauer, erhob sich und schaute besorgt auf ihn herab.

"Sag es mir doch", röchelte Efix und streckte flehend die blutüberströmten Hände aus. "Weißt du es von deiner Mutter? Sag mir wenigstens, daß du es nicht von ihr weißt."

Giacinto schüttelte verneinend den Kopf.

Da schien Efix sich etwas zu beruhigen.

"Ja, es ist wahr", sagte er leise. "Ich habe deinen Großvater erschlagen, ja. Wie oft wollte ich schon beichten, auf der Straße, in der Kirche, aber ich tat es nicht um deiner Tanten willen. Wäre ich nicht gewesen, wer hätte ihnen dann geholfen? Aber es war ein unglücklicher Zufall, Giacinto. Das schwöre ich dir. Ich wußte, daß deine Mutter fliehen wollte, und hatte Mitleid mit ihr, denn ich liebte sie heimlich. Das war meine erste Sünde. Ich, ein Wurm, ein Knecht, wagte die Blicke zu ihr zu erheben, und sie nützte meine heimliche Liebe aus, entfloh mit meiner Hilfe ... Er, ihr Vater, durchschaute alles, und eines Abends wollte er mich töten. Ich setzte mich zur Wehr, schlug ihn mit einem Stein den Schädel ein. Wie ein Kreisel drehte er sich um sich selbst und brach dann zusammen, dicht neben der Stelle, wo er mich überfallen hatte ... Ich glaubte, er verstelle sich nur, wartete und wartete, daß er wieder aufstehen sollte ... Dann brach mir der Schweiß aus allen Poren – aber ich konnte mich nicht rühren ... Noch immer glaubte ich, es sei nur eine List, und starrte unbeweglich vor mich hin ... Schließlich raffte ich mich auf, ging auf ihn zu ... Ach, Giacinto! Giacinto!"

rief Efix zweimal mit leiser, keuchender Stimme, als riefe er noch einmal sein armes Opfer. "Ich rief seinen Namen ... Keine Antwort. Und ihn zu berühren, traute ich mich nicht. Und so rannte ich davon, kehrte aber gleich wieder um ... Ja, dreimal machte ich wieder kehrt und wagte doch nicht, ihn zu berühren. Ich hatte solche Angst ..."

Giacinto, der groß und dunkel in den flammendroten Himmel ragte, hörte schweigend zu. Seine Schultern zitterten, und Efix, zu seinen Füßen, glaubte den ganzen Himmel erbeben zu sehen.

Da eilte Giacinto plötzlich ohne ein Wort davon, und der Blick des Knechtes verlor sich im leeren Raum, in dem rötlich glänzenden, von schwarzen Schatten durchfurchten Tal.

Tiefe, unendlich tiefe Stille. Nur der Schrei einer Schwalbe drang hin und wieder aus dem geborstenen Gemäuer, und in der Ferne erklang der Hufschlag eines Pferdes, weiter und weiter weg ...

Es ist Giacinto, dachte Efix. Er hat sich ein Pferd gegriffen und reitet nun heim, verrät den Tanten alles und bereitet ihnen neues Leid ...

Er horchte. Ihm war, als erklänge der Hufschlag des Pferdes an der Mauer, dicht über seinem Kopf, und dann ein wenig tiefer, an seiner Brust, dicht über seinem Herzen.

Plötzlich sprang er auf, als hätte etwas ihn gestochen. Er schüttelte den Staub vom Gewand und rannte davon, an der Kapelle vorbei, die Straße hinab, verfolgt von dem Gedanken, daß Giacinto nach Hause reiten und den Herrinnen neues Leid bereiten könnte.

Doch bei seiner Heimkehr lag das Haus wie immer in tiefem Grabesschweigen da.

Fräulein Esther wusch das Getreide, bevor sie es zum Müller schickte. Auf einem großen Sieb tauchte sie es in einen Trog voll Wasser. So sammelten sich die Steinchen alle in einer Ecke, und mit einem Schwung schüttete sie das Sieb nun aus. Das Getreide war recht staubig und voller Steine; es war der letzte Rest aus dem Sack, den sie noch hatten.

Noch trauriger aber stimmte es Efix, daß Fräulein Noemi das weiße Tuch Fräulein Ruths umgebunden hatte, zum Zeichen der Trauer.

Sie war jäh gealtert und ganz weiß im Gesicht. Weiß wie das geflickte Laken, das sie noch einmal ausbesserte.

Efix setzte sich auf die Bank gegenüber. Alle drei sahen still und ruhig drein, als wenn nichts geschehen wäre.

"Geht er nun fort oder nicht?" fragte Noemi.

"Ja, er geht."

Sie blickte ihn starr an. Er sah so fahl, so abgehärmt aus, er tat ihr fast leid, und sie sagte nichts weiter.

Und acht Tage lebten sie nun in der bangen Hoffnung, daß Giacinto heimkehren und sein Unrecht sühnen, daß Giacinto fortgehen und sich nie wieder sehen lassen möge.

XI.

Eines Tages im Herbst ging Efix zu Don Predu.

Nur die Mägde waren zu Hause: Stefana, die ältere, eine beleibte Frau, die sich eines feierlichen Wesens befleißigte wie die Schwester des Pfarrers, und Pacciana, die jüngere, ein flinkes Ding, das freilich noch etwas angegriffen war vom Sumpffieber. Efix mußte in dem Zimmer im Erdgeschoß warten und blickte zerstreut in den großen Hof, auf die Schilfmatten, auf denen grüne und blaue Feigen, rötliche Trauben und geplatzte Tomaten in der Sonne dörrten. Das ganze Haus atmete Frieden und Wohlstand. Auf den hellen Mauern zitterten die Schatten der Palmen, und im goldenen Laub der Granatapfelbäume schimmerten in den aufgesprungenen, roten Früchten die schneeweißen Kerne wie Kinderzähnchen. Und Efix mußte an das trostlose Haus seiner armen Herrinnen denken, an Noemi, die in ihm verkümmerte wie eine Blume im Dunkeln ...

"Wie mager du geworden bist", sagte die ältere Magd, die vor der Tür saß und strickte. "Hast du Fieber?"

"Ja, bei Gott, das Fieber liegt mir in den Gliedern und zehrt an mir", seufzte er und starrte auf seine schwarzen, zitternden Hände.

"Und deinen Herrinnen, wie geht es denen? Gut? Man sieht sie jetzt überhaupt nicht mehr, nicht einmal in der Kirche."

"Nein, seit dem Schicksalsschlag gehen sie auch nicht mehr in die Kirche."

"Und Don Giacinto, der kommt wohl überhaupt nicht wieder?"

"Nein, der kommt nicht wieder. Der hat jetzt eine Stellung in Nuoro."

"Ja, mein Herr hat ihn neulich gesehen. Aber es scheint nicht weit her zu sein – mit dieser Stellung."

"Hauptsache ist, daß einer sein Auskommen hat, Stefana!" sagte Efix ernst, ohne aufzuschauen. "Ja, sein Auskommen und keine Sünden ..."

"Das ist nicht so einfach, mein Lieber! Wie soll einer durch den Fluß waten, ohne nasse Füße zu bekommen?"

"Indem er über die Brücke geht", rief da die andere Magd, die im Hof saß und einen kleinen Berg Mandeln schälte; dann fragte sie: "Und Grixenda, die trauert wohl auch und geht nicht mehr vors Haus?"

Efix gab keine Antwort.

"Und Don Predu, der kommt jetzt wohl öfter zu euch?"

"Ich weiß nicht, ich bin doch ständig auf dem Gut."

Die beiden Frauen brannten vor Neugierde; denn seit einiger Zeit schickte ihr Herr seinen Basen öfters Geschenke, und obwohl er selbst sich lustig machte über sie, durfte kein anderer sich in seiner Gegenwart eine hämische Bemerkung über sie erlauben. Aber Efix war nicht zum Plaudern aufgelegt. Don Predu hatte ihn zu sich bestellt, und er war nun hier, um ihn zu erwarten, nicht um zu schwätzen. Das Fieber dröhnte in seinen Ohren; es hörte sich fast an wie das Rauschen des Flusses in der Nacht, wie ferner Stimmenlärm, und er lebte in einer eigenen Welt von Träumen und Gedanken, losgelöst von den Dingen dieser Welt.

Ihn bekümmerten weder Giacinto noch Grixenda, ihn bekümmerten nicht einmal mehr seine Herrinnen. Fern, unendlich fern erschien ihm alles, als hätte er sich zu einer weiten Reise eingeschifft und sähe vom grauen, stürmischen Meer das Land am Himmelsrand verschwinden.

Aber da kommt plötzlich Don Predu nach Hause. Er ist nicht mehr ganz so dick wie früher, hat scheinbar etwas abgenommen. Die goldene Kette hängt nun etwas tiefer auf seinen schweratmenden Leib herab.

Efix stand auf und wollte sich nicht wieder setzen.

"Ich muß gleich gehen", sagte er und deutete ins Freie, als hätte er noch einen weiten, weiten Weg vor sich.

"Ei, so viel hast du zu tun? Nun, so eilig wirst du's schon nicht haben. Setz dich, ich muß dich etwas fragen. Wein her, Stefana!"

Aber Efix schob das Glas voll Abscheu von sich. Nein, nur keinen Wein, nur keine Laster mehr! Zwei Monate fastete er schon und trank, wenn ihn bisweilen dürstete, nicht einmal Wasser, wie zur Buße. Demütig setzte er sich wieder und starrte auf seine Hände, und Don Predu, der den Hof nicht aus den Augen ließ, damit die Mägde nicht lauschen sollten, fragte ihn leise: "Sag mal, wie stehen eigentlich die Dinge bei meinen Basen?"

Efix hob die Augen, senkte sie aber gleich wieder. Eine dunkle Röte trat auf sein Gesicht, das nur noch Haut und Knochen war.

"Meine Herrinnen haben kein Vertrauen mehr zu mir und erzählen mir nicht mehr von ihren Dingen. Mit Recht. Warum sollen sie mir davon erzählen? Ich bin doch nur ein Knecht."

"Zum Henker, dann sollen sie dich auch bezahlen! Das kannst du zum mindesten verlangen. Wieviel schulden sie dir eigentlich?"

"Sprechen wir nicht davon, lieber Don Predu! Quälen Sie mich nicht!"

"Quälen tust du dich höchstens selbst, alter Narr! Hör zu, auch ich gehe manchmal zu deinen Damen, aber ich kann nichts aus ihnen herausbekommen. Esther möchte wohl sprechen, aber Noemi ist verschlossen wie ein Grab. Nur an dem Abend, an dem Ruth starb und ich zufällig des Weges kam, vertraute sie sich mir an – aber wohl mehr aus Verzweiflung, hol's der Kuckuck! Später verschloß sie sich wieder in feindseligem Schweigen, und komme ich jetzt hin, so nimmt sie mich wohl freundlich auf, sieht mich aber von Zeit zu Zeit böse an, als wenn ich schuld wäre an ihrem Unglück. Und will Esther dann etwas sagen, so starrt sie sie so drohend an, daß das Wort auf ihren Lippen erstirbt."

"Genau so macht sie es bei mir", sagte Efix. "Ganz genau so."

"Hör mich weiter an. Da ich aus ihnen nichts herausbekommen kann, habe ich Kallina gefragt. Aber auch die alte Hexe schweigt sich aus. Sie versteht ihr Geschäft, hol's der Teufel! Sie tut so, als glaubte sie noch immer, daß Esther tatsächlich Giacintos Wechsel unterschrieben hat, und behauptet, sie verlange nur ihr Recht. Ich weiß, daß du mit Esther bei ihr warst, um alles im Guten zu erledigen, und daß Kallina den Wechsel, samt den Gerichtskosten und den Wucherzinsen, auf drei Monate verlängert und Haus und Hof mit einer Hypothek belehnt hat, möge sie sich in der eigenen Schlinge fangen! Ja, das geht in Ordnung, aber was werdet ihr nun im Oktober anfangen?"

"Ich weiß es nicht. Die Damen sagen mir doch nichts."

"Ich weiß, daß Esther den ganzen Tag herumläuft, um Geld aufzutreiben. Aber da kann sie lange laufen, sie wird die letzten Zähne verlieren und noch immer kein Geld haben! Ich weiß, sie wäre sogar geneigt, zu verkaufen, aber nicht an mich."

Efix betrachtete seine Finger und schwieg. Da schlug Don Predu, gereizt durch seine Gleichgültigkeit, ihn derb mit beiden Händen auf die Knie.

"Was meinst du, alter Graukopf? He, sag doch was!"

"Nun, ich werde Ihnen die Wahrheit sagen. Ich hoffe, daß Giacinto noch zur rechten Zeit bezahlen wird."

Da beugte sich Don Predu lachend auf seinem Stuhl zurück, blähte die Brust, ließ die Zähne zwischen den wulstigen Lippen schimmern. Auch seine um die goldene Kette auf der Brust geflochtenen Finger schienen mitzulachen.

"Giacinto, der nagt doch selbst am Hungertuch! Ich sah ihn neulich in Nuoro. Er sieht wie ein Bettler aus, seine Schuhe sind zerrissen, sein Rad hat er auch verkauft – na, mehr sag' ich nicht!"

"Nicht doch, sagen Sie es ruhig! Hat er gestohlen?"

"Gestohlen? Bist du verrückt? Jetzt verdächtigst sogar du ihn – deinen Liebling, deinen Engel! Und was soll er schon stehlen? Nicht einmal dazu ist er fähig!"

"Und – was sagt er? Will er zurückkommen?"

"Wenn er sich das einfallen läßt, breche ich ihm die Knochen", sagte Don Predu mit finsterem Gesicht. Und Efix hatte plötzlich das Gefühl, daß seine unglücklichen Herrinnen endlich eine Stütze gefunden hatten, einen Beschützer, der stärker war als er. Gottlob, der Herr verläßt die Seinen nicht! Und all die alten Hoffnungen lebten plötzlich wieder auf: daß Don Predu Noemi heiraten, daß das Geschlecht seiner Herrinnen aus dem Verfall zu neuem Leben erstarken würde. Aber seine Freude erlosch ebenso jäh, wie sie aufgeflackert war, und wieder war er allein in der grauenvollen Öde, auf hohem Meer, auf der geheimnisvollen und schrecklichen Fahrt in die von Gott bestimmte Buße. Alle irdischen Güter, auch wenn sie ihm gehörten, auch wenn er der Herr der Welt wäre und die Macht besäße, alle Menschen glücklich zu machen, konnten seine Schuld nicht tilgen, ihn nicht erlösen von der ewigen Verdammnis. Warum also sich freuen? Und wieder starrte er auf seine Hände, wie um diesen klar in seinen Augen stehenden Gedanken zu verbergen. Don Predu aber fuhr fort:

"Giacinto wird nicht wiederkommen, geschweige denn bezahlen, darauf leiste ich einen Eid! Aber vergiß nicht, was ich dir schon soundso oft gesagt habe: das Gut will ich! Ich werde alles bezahlen, und so bleibt euch wenigstens das Haus. Versuche du, diese Starrköpfe zur Vernunft zu bringen. Dann sollst du auch in meinen Diensten bleiben!"

"Warum wollen Euer Gnaden nicht selbst mit ihnen sprechen? Auf mich hören sie doch nicht."

"Auf mich vielleicht? Ich habe es doch schon versucht, aber das heißt, den Steinen Vernunft predigen. Nein, überzeugen mußt du sie", sagte er mit Nachdruck und schlug wieder derb mit der Hand auf Efix' Knie. "Wenn du's wirklich gut mit ihnen meinst, ist das die einzige Rettung. Du mußt es tun, es ist deine Pflicht, ihnen die Augen zu öffnen, wenn sie selbst so blind sind. Hörst du, du mußt – du mußt ... Du hast wohl Wachs in den Ohren?"

Tatsächlich hatte das Gesicht des Knechtes einen verschlossenen, wie tauben Ausdruck angenommen. Du mußt?

Drohte Don Predu ihm? Wußte auch Don Predu etwas? Gleichviel, ihm graute nur noch vor der ewigen Verdammnis. Trotzdem sagte er sich im stillen, daß Don Predu vielleicht recht habe.

"Aber wie soll ich es denn anfangen?"

"Du mußt eben einmal deinen Mann stellen, mußt ihnen sagen, sie sollen dir, wenn nicht mit Geld, so doch mit Dankbarkeit deine treuen Dienste lohnen. Denn ginge das Gut in fremde Hände über, so würdest du wie ein Hund fortgejagt. Na ja, und dann – dann könntest du mit den Bettlern auf den Jahrmärkten umherziehen!"

Efix zuckte zusammen. Von dieser Buße träumte er schon lange. Er stand auf und sagte: "Ich werde alles versuchen. Unter einer Bedingung ..."

"Unter welcher Bedingung?" fragte Don Predu und packte ihn am Ärmel. "Bleib sitzen, Alter, und trink! Unter welcher Bedingung?"

Efix sank auf den Stuhl zurück. Er zitterte und schwitzte und fühlte sich einer Ohnmacht nahe.

"Unter der Bedingung, daß Euer Gnaden Fräulein Noemi heiraten."

Da drohte Don Predu wieder vor Lachen zu bersten. Er lachte aus vollem Halse, hielt aber noch immer Efix fest, wie um ihn am Fortgehen zu hindern.

"Donnerwetter, du bist wirklich ein Spaßvogel! Dich behalte ich zeitlebens um mich, du mußt mich aufheitern, wenn ich schlechter Laune bin! Ich gebe dir Stefana zur Frau! Die ist wohl etwas dick für dich, aber sonst ganz ungefährlich, ist sie doch schon über dreißig und ..."

"Stefana! Stefana!" rief er, während er den Knecht weiter festhielt und das lachende Gesicht der Tür zuwandte. "Hör mal, hier ist ein Bräutigam für dich!"

Dunkel, mit dickem Leib, vollem Busen und feierlich ernstem Gesicht trat die Magd ein. Efix warf ihr einen flehenden Blick zu.

"Don Predu ist heute zum Lachen aufgelegt."

"Ein schlimmes Zeichen. Wenn er zum Lachen aufgelegt ist, müssen die anderen immer weinen", sagte die Magd und wich dem Blick ihres Herrn aus. Hinter ihr stand bleich und rätselhaft, mit schmalem, wie zwischen zwei Grübchen eingezwängtem Mund, Pacciana, die jüngere Magd.

"Ich sage dir, du wirst Efix heiraten, Stefana, wenn du jetzt auch nein sagst! Was gibt's da zu lachen?"

"Dabei lacht er selbst!" brummte Pacciana und stieß die andere an, damit sie dem Herrn eine schnippische Antwort geben sollte. Stefana aber fand es unter ihrer Würde, auf den plumpen Scherz einzugehen, und öffnete erst wieder den Mund, als der Herr und Efix zusammen fortgegangen waren.

Und nun begannen die beiden Mägde über die Basen ihres Herrn herzuziehen.

"Wenn ich mit einem Geschenk im Korb hinkomme, empfangen sie mich immer – na, ich weiß nicht, als wenn ich sie anbetteln wollte. Und dabei bringe ich ihnen doch etwas! Hast du nicht bemerkt, wie verhungert Efix aussieht? Seit zwanzig Jahren zahlen sie ihm schon keinen Lohn, und jetzt geben sie ihm nicht einmal mehr genug zu essen. Aber du hast ja gehört, wie unser Herr sich ereifert, wenn einer seinen lieben Kusinen am Zeug flicken will!"

"Kommt Zeit, kommt Rat! Nichts wird so heiß gegessen, wie es ist," sagte Stefana weise. Aber beide fühlten, wie eine neue, fremde Macht ihr ferneres Schicksal in dem frauenlosen Haushalt bedrohte.

Inzwischen begleitete Don Predu den Knecht die von den letzten Gewitterregen noch aufgeweichte Straße empor.

An den Mauern der verlassenen Häuser grünte das junge Gras. Tiefe, sanfte Stille hüllte alle Dinge ein, gelbe Wolken hingen schwer über dem feuchten Berg, und vom Tor der Damen Pintor aus sah man die weite, von golden leuchtenden Binsen bedeckte Ebene und den grünen, zwischen weißen Sandbänken dahinfließenden Fluß. Die Stille war so groß, daß man die Frauen unter der einsamen Pinie am Ufer die Wäsche schwenken hörte. Die alte Pottoi stand vor der Tür und schaute, die eine Hand an der Mauer, die andere über den Augen, sinnend in die Ferne. Sie sah gebrechlich und elend aus, und der Schmuck fiel noch mehr, noch trauriger auf an ihrem gespenstisch mageren Halse.

"Was machen Sie da?" nickte Don Predu ihr zu.

"Ich warte auf meine Grixenda, die an den Fluß gegangen ist. Ich wollte es wahrhaftig nicht, weil Ihr Neffe es ihr verboten hat und sich sicherlich ärgert, wenn er es erfährt. Aber meine Grixenda handelt stets nach ihrem Kopf."

"Was, hat Giacinto euch geschrieben?"

"Wem? Geschrieben? Nein, kein Wort hat er geschrieben. Man hört und sieht nichts von ihm, aber er wird sicher wiederkommen, er hat es fest versprochen."

"Freilich, sogar die Toten kommen wieder, wenn's nach Ihnen geht!"

Da wandte sich die Alte an Efix, der mit gesenktem Haupt dastand und aufs Pflaster starrte.

"Hat er nicht zu dir gesagt, daß er sie heiraten will? Sprich doch, hat er das gesagt oder nicht?"

Efix sah sie flehend an, genau wie kurz zuvor Stefana, und gab keine Antwort.

"Am meisten wurmt mich der Groll der Damen", sagte die Alte und blickte wieder auf den Fluß. "An uns lassen sie ihn aus, und nur Zuannantò darf sie ab und zu besuchen. Kallina, der alten Hexe – die Pest über sie –, der haben sie verziehen, uns nicht! Aber wenn der junge Herr wiederkommt, wird alles gut werden. Das sagt sogar Fräulein Noemi."

Die beiden Männer gingen weiter. Aber die Alte rief Don Predu zurück und raunte ihm zu: "Möchten Sie nicht so gut sein und Grixenda verbieten, an den Fluß zu gehen? Das schickt sich doch nicht für sie, wo sie einen Adligen heiraten soll!"

Don Predu öffnete die wulstigen Lippen zu einem lauten Lachen und einer hämischen Bemerkung; aber da fiel sein Blick auf die zitternde Alte, auf ihr glitzerndes Halsgeschmeide und ihre funkelnden Ohrringe, und er griff nach seiner goldenen Kette, und sein Gesicht verdüsterte sich wie an dem Abend, da er die Schultern seines Neffen zittern sah.

Er eilte Efix nach, und beide blieben vor dem geschlossenen Tor der Damen Pintor stehen. Brennesseln wucherten auf den Stufen. Don Predu mußte daran denken, wie Noemi damals dort im Dunkel stand und wartete.

"Gut, wir sind uns also einig? Du mußt genau so handeln, wie ich dir gesagt habe, verstanden?"

"Ja, ich werde alles versuchen", sagte Efix.

Er klopfte, aber niemand öffnete. Und Don Predu stand noch immer neben ihm, spielte mit seiner Kette und blickte sinnend aus den Fluß im Tal, als wenn auch er auf jemand wartete.

"Oho, sollten sie auch gestorben sein?"

"Fräulein Esther wird in der Kirche sein, und Fräulein Noemi hat sich vielleicht schon hingelegt."

"Warum, ist sie krank?"

"Ach, wenn ich jetzt herkomme, liegt sie meistens im Bett. Sie hat ständig Kopfweh."

"Oho, dann sollte sie erst recht viel an die frische Luft gehen."

"Ganz meine Meinung. Aber wohin soll sie gehen?"

Wieder blickte Don Predu auf den Fluß. Sein Gesicht war auf einmal wie umgewandelt, fast schön, traurig und verträumt wie das seines Neffen.

"Nun, ich meine, man kann da und dort hingehen. Unter anderem auch nach Badde Saliche, meinem Gut am Meer. Dort gibt's sogar noch weiße Trauben ..."

Das Gesicht des Knechtes hellte sich auf, er wollte etwas sagen. Aber da hörten sie, wie das Tor von innen geöffnet wurde, und schleunigst, ohne sich noch einmal umzusehen, eilte Don Predu im Schutz der Mauer davon.

XII.

Zur großen Verwunderung des Knechts ging Fräulein Esther auf die Vorschläge des Vetters ein. So wurde das Gut verkauft, der Schuldschein bezahlt. Gleichzeitig aber geschah noch etwas, was zu allerlei Klatsch im Dorf führte. Efix blieb wohl im Dienst der Damen Pintor, wurde aber Pächter des kleinen Gutes und brachte nun regelmäßig den ihm zustehenden Ernteanteil ins Haus seiner Herrinnen. Kurz und gut, er war, wie die boshaften Zungen sagten, vom Knecht zum Ernährer und Beschützer der Damen Pintor aufgerückt.

Noch verwunderlicher aber war die Willfährigkeit Don Predus. Seit geraumer Zeit war er wie umgewandelt. Er hatte sogar abgenommen, und es ging ein seltsames Gerücht, daß er verwunschen sei – verwunschen durch einen mit Hilfe der Bibel ausgeübten Zauber.

Wer hatte daran wohl Interesse?

Das wußte kein Mensch. Von solchen Dingen weiß man ja nie etwas Genaues und Bestimmtes, und wüßte man es, so wären sie nicht mehr so sonderbar und rätselhaft. Fest stand nur so viel: Don Predu wurde zusehends magerer, sprach nicht mehr so abfällig von seinem Nächsten und beging zuletzt die Torheit, ein wertloses Gut zu übernehmen und mit ihm den Knecht, den er nach eigenem Gutdünken schalten und walten ließ.

Stefana und Pacciana sagten: "Er will damit ein gutes Werk an seinen unglücklichen Basen tun."

Aber da Don Predu den Damen Pintor auch weiterhin Geschenke über Geschenke schickte, waren sie sich im stillen einig, daß er tatsächlich verwunschen sei, und munkelten mancherlei über Efix. Alles ist möglich auf Erden, und Efix liebte seine Herrinnen so sehr, daß er um ihretwillen sogar imstande war, zu heimlichen Zauberkünsten zu greifen. Vor allem sein ständiges Ein- und Ausgehen bei Don Predu erregte den Argwohn der Mägde. Stefana sah unter der Türschwelle nach, ob dort nicht ein Zaubergegenstand versteckt sei, und Pacciana fand eines Tages eine schwarze Nadel im Bett des Herrn ... Seltsame Ereignisse standen noch bevor.

Im Winter blieben die Damen Pintor den ganzen Tag zu Hause und sprachen nie davon, im Frühling zum Marienfest zu pilgern. Doch als die Tage dann länger wurden und das Gras auf dem alten Kirchhof wieder grünte, wurde scheinbar auch Fräulein Esther von einem Gefühl tiefer Schwermut ergriffen, von einer schleichenden Krankheit, wie sie alljährlich im Frühjahr Noemi blaß und leidend machte. Sie ging fast nicht mehr in die Kirche, schleppte sich müde durchs Haus, setzte sich immer wieder, die Hände im Schoß, und sagte, die Füße schmerzten sie. War die Not im Hause auch nicht mehr so drückend wie in den vergangenen Jahren, da Efix ja für alles Nötige sorgte, so war die Luft doch wie durchtränkt von Trauer.

In der Karwoche gingen die beiden Schwestern beichten. Es war ein schöner, klarer duftiger Morgen. Von der Binsenniederung in der Ebene tönten Kindergeschrei und Herdengeläute herauf, und die Stimme des Flusses, lauter und immer lauter, als drohte sie im Scherz. Am tiefblauen Himmel stand kein Wölkchen, und die Luft war so durchsichtig, daß man auf dem Burgfelsen die einzelnen Steine glänzen und ein leeres Fenster blau zwischen dem dichten Efeugerank gähnen sah.

Hochwürden Paskal saß in seiner Beichtzelle und machte keine Miene, aufzustehen, obwohl Natòlia in der Sakristei mit dem Kaffee und einem Körbchen Backwerk auf ihn wartete.

Als sie die beiden neuen Büßerinnen kommen sah, machte die Magd eine verzweifelte Gebärde und dachte, daß es wohl besser sei, wenn sie zu ihrer Freundin Grixenda ginge und den Kaffee von ihr noch einmal warm machen ließe. Mit dem Körbchen auf dem Kopf trat sie aus der Kirche und schritt den schmalen Pfad zwischen den tauglitzernden Brombeersträuchern hinab.

Durch die offene Tür im Häuschen der alten Pottoi sah man, wie Grixenda sich über die Glut auf dem Herd beugte und Kaffee kochte für die Großmutter, die krank im Bett lag.

"Du wirst täglich dünner", sagte Natòlia beim Eintreten.

Grixenda sah wirklich recht schmal und blaß aus, jung noch, aber wie verwelkt; manche Bewegungen ihres dünnen Halses und ihres gelblichen Gesichtes erinnerten geradezu an die Großmutter. Nur ihre Augen schimmerten groß und klar in einem traurigen und zugleich tückischen Glanze, wie das Wasser in den Tümpeln zwischen der Binsenniederung im Tal.

"Der Kaffee ist schon ganz kalt, und nun, wo deine Patinnen gekommen sind, wird er zu Eis werden", sagte Natòlia und nahm die Kaffeekanne aus dem Korb. "Da will ich lieber selbst schnell einen Schluck trinken!"

"Meine Patinnen! Gott strafe sie, und dich mit ihnen! Wenn sie alle ihre Sünden auspacken, wirst du deinen Herrn nachher sicher mit gebrochenem Herzen tot in seiner Zelle finden ..."

"Was für Redensarten! Man merkt, daß eine Schlange dich gebissen hat. Da – iß etwas Süßes, zur Besänftigung deines Herzens ..."

Aber Grixendas Herz war wirklich wie vergiftet, sie ging nicht auf den Scherz der anderen ein.

"Bilde dir nicht ein, daß du mir weh tun kannst, Natòlia. Nein, Dornen hast du nicht, denn du bist wahrhaftig keine Rose. Außerdem kann kein Mensch mir weh tun, kein Mensch mich kränken; ich bin stark wie die Pinie am Fluß unten. Und bald kommt der Tag, wo du zu mir schicken und mich bitten wirst, dich als Magd zu mir zu nehmen."

"Wen willst du denn heiraten? Den alten Burgherrn?"

"Ich werde einen Lebenden heiraten, keinen Toten! Die Toten überlasse ich dir."

"Mir scheint, du hast Don Predu verhext."

"Wenn ich will, kann ich auch Don Predu bekommen", sagte Grixenda und hob hochmütig das vergrämte, kindliche Gesicht. "Aber ich habe anderes im Sinn!"

Natòlia sah sie an und hatte Mitleid mit ihr. Die Bedauernswerte erschien ihr wie von Sinnen, und deshalb quälte sie sie nicht länger. Sie nahm ein anderes Stück Gebäck und brachte es Muhme Pottoi in ihr Kämmerchen. Durch das Dach fiel ein Lichtstreif in das niedrige Stübchen, auf das Bett, in dem die Alte in ihren Kleidern lag, mit der Halskette und den Ohrringen, abgezehrt und unbeweglich wie ein zum Begräbnis geschmückter Leichnam.

Natòlia glaubte, sie schlafe, und berührte leise ihre fieberheiße Hand. Da zog die Alte sie zu sich und raunte ihr ins Ohr: "Hör zu, Natòlia, du mußt mir einen Gefallen tun. Geh zu Efix Maronzu und sag ihm, ich müßte ihn sprechen. Aber daß Grixenda nichts merkt! Geh, mein Täubchen, geh!"

"Und wo finde ich Efix? Ob er im Dorf ist?"

"Er kommt gerade vom Gut herauf – ja, ganz deutlich sehe ich ihn heraufkommen", sagte die Alte und legte den Finger an den Mund, da Grixenda mit dem Kaffee eintrat.

"Da siehst du's, Natòlia. Heute morgen wollte sie aufstehen, obwohl sie hohes Fieber hat. Schnell, deck dich zu, Großmütterchen!"

"Schon gut, ich decke mich schon zu. Einmal deckt uns ja alle das Leichentuch", sagte die Alte, und schweren Herzens ging Natòlia fort.

Und seltsam, als sie am Haus der Damen Pintor vorbeikam, sah sie tatsächlich Efix die einsame Straße heraufkommen. Gebückt, tief gebückt, als wenn er etwas am Boden suchte, schritt er unter der Last des Sackes dahin.

Die Alte muß sterben und sieht schon in die Ferne, dachte Natòlia.

Mit stumpfen Augen, wie ein Tier, sah der Knecht sie an und sagte nicht, ob er zu der Alten gehen würde oder nicht. Als er erfuhr, daß seine Herrinnen beim Beichten waren, warf er den Sack auf die Stufen, setzte sich und wartete. Die Brennesseln sengten seine Hände.

Da kehrte die Magd in die Kirche zurück und sah nach, ob sie den Damen nicht sagen könnte, daß der Knecht gekommen sei – dann hätte Hochwürden doch wenigstens Ruhe vor ihnen. Aber auf der einen Seite des Beichtstuhls kniete noch immer Fräulein Esther in ihrem dunklen Tuch, dessen Zipfel wie ein schwarzer Fittich durch die Dämmerung ragte, auf der anderen Fräulein Noemi mit gebeugtem Rücken, der hin und wieder leicht erschauerte unter dem schwarzen, glanzlosen Gewand.

Die anderen Büßerinnen kauerten da und dort auf den grünlichen Fliesen und beteten. Tiefe Stille, ein bläulicher Schein, ein Duft nach frischem Grün fluteten durch die Basilika, in der es feucht und düster war wie in einer Grotte. Die Magdalena in dem schwarzen Rahmen schien den Stimmen des Frühlings zu lauschen, die mit der duftgetränkten Luft hereinwehten, und auch Noemi fühlte, wie ihr durch die rostigen Gitterstäbe ein Hauch vom Leben und Todessehnsucht, von leidenschaftlicher Inbrunst und Demut entgegendrang: all die Trauer und Reue, all der Kummer und Schmerz der liebenden Sünderin.

Als die beiden Schwestern nach Hause kamen, sahen sie, wie Efix sich mühsam aufzurichten versuchte. Da bemerkte Noemi, die Gottes Liebe und Barmherzigkeit noch in sich glühen fühlte, zum erstenmal, wie elend, wie alt und grau der Knecht in seinen zu weit gewordenen Kleidern aussah, und streckte die Hand aus, um ihm beim Aufstehen zu helfen. Aber er war schon aufgestanden und achtete nicht auf ihre mitleidige Geste.

Und als sie dann in der Küche standen und Fräulein Esther sich nach dem Gut erkundigte, als wenn es noch immer ihnen gehörte, zuckte er nur schroff die Achseln und ging an den Brunnen, um sich zu waschen.

Der April tauchte auch den düsteren Hof in ein helles, freundliches Licht. Die Schwalben streckten ihre schwarzen Köpfchen aus den Nestern unter der Veranda und sahen nach den Gefährten, die tief über das dichte Gras des alten Friedhofs flogen, als jagten sie hinter ihren Schatten her.

"Efix, mir scheint, du fühlst dich nicht ganz wohl. Du solltest etwas einnehmen oder dir wenigstens ein paar Tage Ruhe gönnen", sagte Noemi.

"So, meinen Sie, Fräulein Noemi? Und dabei gedenke ich doch eine weite Wanderung zu tun!"

"Spaß beiseite! Ich sage dir, du siehst schlecht aus. Was fehlt dir eigentlich?"

Er sah sie mit lebhaft blitzenden Augen an, und seine Freude war so groß, daß die Fältchen um seine Augen wie Strahlen aussahen.

"Ich werde eben alt", sagte er und klatschte in die Hände, und seine Freude verlor sich so schnell wie sie gekommen.

Er war nur ins Dorf gegangen, weil Don Predu ihn hatte holen lassen; sonst hätte er sich nicht von dem Gut gerührt. Was vermochte Noemis Mitleid gegen seine Qual? Sie verschärfte sie höchstens.

Und so ging er denn zu seinem neuen Herrn und sah ihn auf einer Leiter stehen und den wilden Wein vom Geäst eines Granatapfelbaumes schneiden, der im goldenen Schmuck des jungen Laubes prangte.

Auch hier wirbelten die Schwalben eilig, aber höher über den blaßblauen Himmel. Im Haus drinnen hörte man die Mägde die Stuben fegen und alles zum Osterfest rüsten, und tiefer Frieden lagerte in der Runde.

Nie vergaß Efix diese Stunde. In der Gewißheit, daß heute etwas Ungewöhnliches geschehen würde, war er vom Gute aufgebrochen; doch als er nun zu der Leiter emporblickte, schien ihm, daß auch Don Predu traurig, fast krank war und absichtlich auf der Leiter verweilte, in der einen Hand die blitzende Sichel, in der anderen eine abgeschnittene Rebe, aus deren bläulichem Stiel wie aus einem abgehackten Finger rötliche Blutstropfen quollen.

"Warte, bis ich fertig bin! Oder hast du's besonders eilig?" sagte Don Predu, besann sich aber gleich darauf eines anderen, kam schwerfällig die Sprossen herunter und ließ Efix die Leiter ins Haus tragen.

"Also", begann er, als sie dann in dem sonnigen Zimmer im Erdgeschoß saßen, durch das die Schatten der Schwalben huschten, "also, ich muß dir etwas sagen ... Wieder zögerte er und betrachtete seine Nägel. "Also – ich möchte Noemi heiraten ..."

Da begann Efix so heftig zu zittern, daß seine Hand auf dem Tisch zu hüpfen schien, und Don Predu brach in ein schallendes Hohngelächter aus wie früher.

"Du selbst willst sie doch hoffentlich nicht heiraten? Du weißt doch, dir habe ich Stefana zur Frau bestimmt!"

Efix schwieg und sah ihn an, und seine Augen erstrahlten in einem so leidenschaftlichen, so erschrockenen und freudigen Glanz, daß Don Predu wieder ernst wurde. Zu scherzen versuchte er freilich noch immer.

"Warum bist du so verstört? Hoffst du etwa, ich werde dir den Lohn vergüten, den sie dir schulden?

Nein, hör mal, das mußt du schon mit Esther abmachen. Übrigens ..."

Er schabte sorgfältig mit dem Nagel einen Fleck von seinem Wams.

"Wird sie mich überhaupt nehmen?"

"Ach, was nicht gar!" stammelte Efix.

"Oh, nur nicht zu sicher sein! Und jetzt wollen wir einmal ein ernstes Wort reden. Ich habe reiflich überlegt, ehe ich mich dazu entschloß. Glaub mir, ich tu's mehr aus Pflichtgefühl als aus bloßer Laune. Auf was warte ich noch? In meinem Alter wäre eine junge Frau wohl kaum das Richtige. Aber das tut nichts zur Sache, mein Entschluß steht fest. Und ich leugne nicht: Noemi ist hübsch und gefällt mir! Gefallen hat sie mir, ehrlich gesagt, von jeher. Aber das ist nun mal nicht anders. Das Leben verrinnt, und der Mensch läßt es verrinnen wie Wasser im Fluß, und erst, wenn es versiegt, fällt es ihm auf. Na, genug davon", setzte er hinzu, schlug sich auf die Schenkel, stand auf und setzte sich dann wieder. "Wissen muß ich vor allem eins: ob Noemi mich nimmt. Ich werde feierlich um sie anhalten, wie sich's gehört, werde Hochwürden Paskal zu ihr schicken oder den Arzt oder wen sie will; aber einen Korb möchte ich mir keinesfalls holen – nein, Gott soll mich schützen, nur keinen Korb! Verstehst du, Efix?"

Efix verstand sehr gut und nickte: Ja, ja, mit blitzenden Augen.

"Soll ich mit Fräulein Noemi reden?"

Don Predu schlug ihm mit der Hand auf die Knie.

"Ausgezeichnet! Ja, das sollst du. Je früher, desto besser, Efix. Solche Dinge soll man nicht auf die lange Bank schieben. Du mußt zu ihr sagen: ›Wen soll er als Brautwerber schicken? Hochwürden Paskal oder dessen Schwester oder wen sonst?‹ Um so besser, wenn sie dann sagt: ›Niemand soll er schicken!‹ Ja, um so besser, glaub mir! Dann werden wir alles andere im Handumdrehen erledigen. Wir sind ja keine Kinder mehr. Was meinst du? Ich werde im September achtundvierzig, sie ist Mitte der dreißig – na, was meinst du? Du kennst doch ihr genaues Alter? Na ja, du mußt ihr dann eben sagen, sie soll sich um nichts sorgen: das Haus stehe bereit, die Mägde seien auch schon da – zwei Schandmäuler, ja, aber sie sind doch einmal da und werden gut bezahlt! Wäsche ist auch da, alles ist in Hülle und Fülle da. An Essen und Trinken wird's, so Gott will, auch nicht fehlen – na, kurz und gut, darüber können wir ja dann noch ausführlicher mit Esther sprechen. Nur eins tut mir leid – dir kann ich es ja sagen: daß Ruth unter so traurigen Umständen verschieden ist. Vielleicht hätte sie sich auch gefreut ..."

Efix stand auf. Er fühlte, wie es wie ein Ruck durch seinen ganzen Leib ging, wie es ihn drängte, davonzueilen und den Lauf des Schicksals zu beschleunigen.

"Nicht so hitzig, zum Teufel! Erst sollst du noch mit mir anstoßen. Was willst du? Ein Gläschen Korn? Oder ein Anisschnäpschen? Stefana! Kreuzdonnerwetter, Stefana! Dein Bräutigam ist hier!"

Man hörte, wie die Frauen oben eifrig die Möbel klopften. Schließlich tauchte die ältere Magd auf, mit einem Staubtuch auf dem Kopf und einem anderen in der Hand, ernst und würdevoll, doch mit unterwürfigen Blicken. Sie öffnete den Schrank, schenkte den Anisschnaps ein und betrachtete Efix mit bangen Gefühlen, um zu ergründen, ob er die grausamen Späße ihres Herrn ernst nähme. Efix aber war so verwirrt und eingeschüchtert, daß sie wieder nach oben ging und zu der jüngeren Magd sagte: "Wenn er ihn wirklich verhext hat, dann hat er seine Sache verteufelt gut gemacht. Wie aus heiterem Himmel fällt das Glück dieser Sippschaft in den Schoß. Mach gründlich sauber, daß uns die Mühe bei der Hochzeit erspart bleibt."

"Deiner mit Efix?" fragte Pacciana. "Denn was Don Predu angeht, so muß es sich erst zeigen, ob Noemi ihn überhaupt nimmt!"

Aber Stefana streckte beschwörend die Hände aus, so lächerlich erschienen ihr diese Worte.

Als Don Predu ihn wie einen Freund ans Tor begleitet hatte und er wieder auf der Straße stand, sah Efix sich um und seufzte.

Alles war wie umgewandelt. Weit und leuchtend tat sich das Tal vor ihm auf, wie nach einem Gewittersturm, wenn die Nebelschwaden sich lichten und verziehen. Die Burg am blauen Himmel, die zerfallenen Mauern, auf denen das taubeperlte Gras im Winde wogte, die Ebene dort unten mit dem rostroten Binsengebüsch, alles war wie belebt von trauten Kindheitserinnerungen, von längst verlorenen Dingen, die man lange Zeit beweint, zurückersehnt und dann vergessen hat und nun endlich wiederfindet, wo man ihrer nicht mehr gedenkt, nicht mehr um sie trauert.

Alles ist zauberhaft und schön und wundersam. Dort vor der Basilika die Brombeersträucher, eingehüllt in blau und rötlich glitzernde Taugespinste, dort das graue Gemäuer, das wurmstichige Tor, der alte Kirchhof mit den weiß durch die Quecken und Brennesseln schimmernden Gebeinen, dort der schmale Weg und die Hecke mit den lila Schmetterlingen und den roten Schildläusen, die wie Blüten und Beeren zwischen den Blättern leuchten, all das ist frisch und rein und schön wie in fernen Kindheitstagen, da man morgens fröhlich aus dem Hause eilte – in die weite, die wunderbare Welt hinein ...

Die Basilika war in der Karwoche den ganzen Tag geöffnet, und Efix trat ein und kniete wie immer unter der Kanzel nieder.

Auch die Magdalena schaute heute gnädig auf ihn herab, auch sie verspürte den Frühling, war frohen Herzens, obwohl es die Leidenstage Unseres Herrn waren.

"Vater im Himmel, ich danke dir, Vater im Himmel, nimm meine Seele nun zu dir! Ich bin froh, daß ich gelitten, daß ich gesündigt habe, ward ich doch Zeuge deiner göttlichen Barmherzigkeit, deiner Gnade, deiner Hilfe, deiner Allmacht. Ja, nimm meine Seele nun zu dir, wie ein Vöglein die Ähre vom Feld, zerstreue mich in alle Winde, ich werde dich doch ewig loben, weil du mein Gebet erhört ..."

Doch als er sich nun mühsam, mit schmerzenden Knien wieder aufrichtete, überkam ihn tiefe Trauer, als wenn der Schatten einer Wolke durch die Kirche glitte und das Antlitz der Magdalena verschleierte.

Auch auf dem Gesicht Noemis, die im Hof saß und nähte, lag ein dunkler Schatten.

Efix pflückte ein Vergißmeinnicht am Brunnen und reichte es ihr. Verwundert sah sie auf, nahm die Blume aber nicht.

"Erraten Sie, wer Ihnen das Blümlein schickt? Nehmen Sie es doch."

"Du hast es gepflückt, behalt es ruhig."

"Nein, im Ernst, Fräulein Noemi, nehmen Sie es!"

Demütig, mit gekreuzten Beinen, setzte er sich vor ihr auf den Boden und nahm die Füße in die Hand. Er wußte nicht, wie er beginnen sollte, wußte nur, daß seine Herrin schon alles ahnte. Noemi hatte das Vergißmeinnicht in eine Falte des weißen Linnens fallen lassen, ihr Herz pochte laut; ja, sie erriet alles.

"Wo ist Fräulein Esther?" sagte Efix und beugte sich über seine Füße. "Wie wird sie sich freuen, wenn sie es erfährt! Nur deshalb ließ Don Predu mich ins Dorf kommen ..."

"Was redest du da, Unglücklicher?"

"Nein, sagen Sie nicht ›Unglücklicher‹ zu mir! Wo ich doch so glücklich bin – ja, so glücklich, als stürbe ich in diesem Augenblick im Herrn und sähe den Himmel offen. Bevor ich zurückkam, war ich in der Kirche, um Gott zu danken. Auf Ehre und Gewissen, es ist so, wie ich sage, ich bin glücklich ..."

"Warum denn, Efix?" sagte sie mit unsicherer Stimme und zerstach das Vergißmeinnicht mit der Nadel. "Ich verstehe dich nicht."

Efix hob die Augen. Bleich, mit zitternden Lippen und bläulichen Lidern, wie eine Tote sah er sie da sitzen. Vor Glück, freilich – nur vor Glück ist sie so blaß. Und er fühlt, wie er erschauert, wie es ihn drängt, sich ihr zu Füßen zu werfen und zu sagen: "Ja, es ist wirklich ein großes, großes Glück, Fräulein Noemi ..."

"Sie willigen also ein, Herrin? Sie freuen sich, nicht wahr? Darf ich ihm sagen, daß er kommen soll?"

Mühsam hielt sie an sich, biß sich auf die Lippen, schlug die Augen wieder auf, und langsam färbte das Blut wieder ihr Gesicht, aber nur ganz schwach, nur um Lippen und Lider herum. Schweigend starrte sie Efix an, und wie in den grauenvollen Tagen der Vergangenheit sah er wieder Haß und Hochmut aus ihren Augen blitzen.

"Seien Sie nicht zornig, Fräulein Noemi, wenn ich zuerst mit Ihnen darüber spreche. Ja, ich bin ein armer Knecht, aber stumm wie das Grab. Wenn Sie ja sagen, wird Don Predu durch den Herrn Pfarrer um Sie anhalten lassen oder durch wen Sie wollen ..."

Noemi warf das zerstochene Vergißmeinnicht fort und nähte weiter. Scheinbar war sie ganz ruhig.

"Wenn Predu Lust zum Spotten hat, soll er ruhig spotten! Mich trifft es nicht."

"Fräulein Noemi!"

"Ja doch! Ich sage ja nicht, daß er es nicht ernst meint. Sonst wärst du wohl nicht hier. Aber steh jetzt bitte auf und geh!"

"Fräulein Noemi!"

"Nun, was hast du denn? Steh auf, knie nicht so verzweifelt mit gerungenen Händen vor mir! Du machst dich lächerlich!"

"Fräulein Noemi! Was haben Sie denn, Sie sagen doch nicht nein?"

"Doch, ich sage nein!"

"Nein? Warum denn, liebes Fräulein Noemi?"

"Warum? Hast du das vergessen? Ich bin alt, Efix, und im Alter macht man ungern solche Scherze. Genug, sprechen wir nicht mehr davon!"

"Ist das Ihr letztes Wort?"

"Ja, das ist mein letztes Wort."

Sie schwiegen. Noemi nähte, Efix hatte die Knie hochgezogen und preßte die verschlungenen Hände dazwischen. Er glaubte zu träumen, er begriff noch immer nicht. Schließlich hob er die Augen und blickte um sich. Nein, er träumte nicht, alles war wahr. Der Hof war voll Sonne und Schatten, ab und zu fiel ein Holzsplitter vom Balkon, wie im Herbst die Nadeln von den Pinien, und dort über der Mauer sah man den Berg, weiß wie aus Zucker, und alles war sanft und zauberhaft wie heute morgen, als er aus Don Predus Haus trat. Noch immer glaubte er die Frauen oben die Möbel klopfen zu hören, aber nun sausten die Schläge wie auf ihn herab; ja, irgend etwas traf ihn hart und grausam auf Rücken, Schultern, Arme, Knie und Fingerknöchel. Und dort saß bleich Fräulein Noemi und nähte und nähte und stach die Nadel durch sein Herz, und über ihren Köpfen kreisten unaufhörlich die Schwalben, wie ein wirbelnder Kranz aus schwarzen Blumen, aus kleinen schwarzen Kreuzen. Ihre Schatten stoben über den Boden wie Blätter im Wind, und er erinnerte sich plötzlich wieder an die tiefe Trauer, die er beim Aufstehen unter der Kanzel empfunden hatte, und an den Schatten auf dem Antlitz der Magdalena. Er seufzte laut auf. Er begriff. Es war die Strafe Gottes, die auf ihm lastete.

Da griff er nach Noemis Rocksaum und begann zu sprechen, ganz leise und zaghaft, ohne zu wissen, was er sagte; aber seine Worte mußten nicht sehr überzeugend sein, denn die Herrin nähte weiter und gab ihm keine Antwort, sah wieder still und ruhig vor sich hin, mit einem rätselhaften Lächeln auf den Lippen.

Erst als er alles gesagt, ihr alle Not der Vergangenheit und alle Herrlichkeit der Zukunft ausgemalt zu haben glaubte, sprach auch sie, ganz leise wie er, ohne aufzuschauen, als spräche sie nur mit den Augen.

"Mach dir nicht soviel Gedanken, Efix, misch dich nicht weiterhin in unsere Dinge. Du weißt doch, wir haben bisher auch gelebt, und ist es uns bisher nicht ganz gut gegangen? Was hat uns gefehlt? Mit Gottes Hilfe werden wir uns weiter durchs Leben schlagen, an Brot wird es uns schon nicht fehlen. Und dort, in Predus Haus, gibt es zu viele Dinge, die könnte ich gar nicht alle übersehen."

Verzweifelt überlegte Efix hin und her. Was blieb ihm anderes übrig, als zu einer Lüge zu greifen?

Wieder zupfte er sie am Rock.

"Dann muß ich Ihnen noch ernstere Dinge sagen, liebes Fräulein Noemi. Ich wollte es nicht, aber Sie mit Ihrem Starrsinn zwingen mich dazu. Don Predu ist so verliebt in Sie, daß er sich zu Tode grämen wird, wenn Sie ihn nicht nehmen. Ja, er ist wie verzaubert, er schläft fast keine Nacht mehr. Sie, liebes Fräulein Noemi, wissen nicht, was Liebe ist. Liebe vermag zu töten, und es ist gewissenlos, einen Menschen zu töten ..."

Da lachte Noemi laut auf, und ihre kräftigen Zähne blitzten wie die eines übermütigen jungen Mädchens. Dieses Lachen tat Efix weh, erzürnte ihn, machte ihn böse und verlogen.

"Und etwas noch viel Ernsteres, Fräulein Noemi! Ja, Sie zwingen mich, es Ihnen zu sagen. Es besteht Gefahr, daß Don Giacinto zurückkehrt ... Verstehen Sie?"

Sie hörte auf zu nähen, richtete sich starr auf, beugte weit das Gesicht zurück und rang nach Luft. Ihre Finger krallten sich in das Linnen.

Erschrocken sprang Efix auf und glaubte, sie würde ohnmächtig werden.

Doch ein kurzer Augenblick nur, und sie sah ihn wieder mit finsteren Augen an und sagte ruhig: "Mag er ruhig kommen, zu verlieren haben wir nichts mehr! Und deshalb brauchen wir auch keinen Beschützer."

Er hob das Vergißmeinnicht vom Boden auf und setzte sich dann auf die Treppe, wie in der Nacht nach Fräulein Ruths Tod. Nun fragte er sich nicht mehr, weshalb Noemi das Leben von sich wies, nun glaubte er zu begreifen. Es war die Strafe Gottes, die auf ihm, die auf dem ganzen Hause lastete. Er war die Made in der Frucht, war der Wurm, der am Geschick des uralten Geschlechts nagte. Ja, wie ein Holzwurm hatte er in der Stille gewirkt, hatte genagt und genagt, und da wunderte er sich nun, daß alles um ihn her zusammenbrach? Er mußte fortgehen, soviel begriff er nun. Aber noch hielt ihn ein schwacher Hoffnungsschimmer aufrecht, wie der noch frische Stengel das blasse Vergißmeinnicht in seiner Hand. Der Herr würde die armen Herrinnen nicht im Stich lassen. Und war er erst fortgegangen, dann würde Fräulein Noemi, die sich vielleicht nur an der Form der Werbung stieß, schon nachgeben. Ganz allein können zwei Frauen doch nicht leben.

Ja, er mußte fortgehen. Warum hatte er das nicht schon längst begriffen? Ihm war, als riefe eine Stimme ihn; und eine Stimme rief ihn auch wirklich, hinter der Mauer dort, aus dem Schweigen der Straße.

Er stand auf und ging. Dann kehrte er wieder um und nahm den Sack von dem Holzpflock unter der Veranda. Der Holzpflock, der dort schon viele Jahrhunderte stak, löste sich und rollte in den Kies des Hofes, wie ein großer schwarzer Finger. Er zuckte zusammen. Ja, er mußte fortgehen, auch der Holzpflock fiel von der Wand, als wollte er den Sack nicht länger tragen.

Und zum Erstaunen Noemis, die verstohlen sein Tun beobachtet hatte, befestigte er ihn nicht wieder in der Wand, sondern schritt davon.

"Efix? Gehst du schon?"

Mit gesenktem Kopf blieb er stehen.

"Willst du nicht auf Esther warten? Kommst du zu Ostern wieder her?"

Er schüttelte das Haupt.

"Bist du böse, Efix? Habe ich dich beleidigt?"

"Nein, Herrin. Ich muß nur gehen, es ist Zeit ..."

"Nun, dann geh mit Gott."

Er dachte noch eine Weile nach. Ihm war, als hätte er noch etwas vergessen, wie jemand, der zu einer weiten Wanderung aufbricht und sich fragt, ob er auch mit allem Nötigen versehen ist.

"Fräulein Noemi, haben Sie noch irgendwelche Befehle?"

"Nein. Aber mir scheint, du fühlst dich wirklich nicht ganz wohl. Bist du krank? Bleib doch hier, wir werden den Arzt holen, deine Beine zittern ja."

"Ich muß gehen."

"Hör zu, Efix, sei bitte nicht böse wegen dem, was ich gesagt habe. Es ist eben so, glaub mir, ich kann nicht anders. Ich weiß, es tut dir weh, aber ich kann wirklich nicht anders. Erzähl Esther nichts davon. Und nun geh in Gottes Namen, wenn du willst. Aber komm wieder, wenn du dich krank fühlst. Vergiß nicht, daß hier dein wahres Heim ist."

Er schob den Sack auf den Schultern zurecht und ging. Auf den Stufen vor dem Tor streifte er die Füße ab, erst den einen, dann den anderen, als wollte er nicht einmal den Staub des Hauses mitnehmen, das er nun verließ – für immer verließ ...

XIII.

Draußen erwartete ihn Zuannantò.

"Dreimal habe ich Sie schon gerufen. Kommen Sie, Großmutter geht es sehr schlecht, Sie möchte Sie noch einmal sprechen. Warum kommen Sie nicht mit? Wir stehlen Ihnen doch nicht das Brot aus dem Sack."

Die Alte lag noch immer in ihren Kleidern auf dem Bette, mit bloßen, heißen, rotgefleckten Handgelenken. Sie schien zu schlummern, doch als Efix sich über sie beugte, sagte sie mit schwacher Stimme: "Siehst du? Nun ist sie wieder zum Waschen an den Fluß gegangen, weil sie Geld verdienen muß. Und dabei hast du gesagt, er würde sie heiraten."

"Geduld, Muhme Pottoi! Wir sind zum Leiden geboren."

Die Alte streckte den Arm aus und zog ihn ganz nah zu sich. Ein Geruch von Moder und Verwesung schlug ihm aus dem Bett entgegen; aber er trat nicht zurück, obwohl er spürte, wie die heiße Halskette Muhme Pottois sein Gesicht streifte und ihr glühender Hauch über sein Haar glitt, fast wie eine Spinne.

"Hör mich an, Efix, im Beisein Gottes. Ich rüste mich zur Wanderung in die Ewigkeit, Don Zame selbst wird mich abholen, wie wir einander gelobten in unserer Jugend. Es ist nun Zeit, zusammen fortzugehen, und auf der Straße werde ich ihm sagen, daß er nicht stehenbleiben soll, wo er zusammenbrach, wo du ihn erschlagen hast – nein, daß er dir verzeihen soll um all der Liebe willen, die du seinen Töchtern entgegengebracht hast. Und er wird dir sicher verzeihen, Efix, du hast schwer genug getragen an deiner Schuld. Aber dann mußt du auch meine Grixenda retten, Efix. Sie droht sich zu verlieren, wartet nur auf meinen Tod, um zu entfliehen, und ich kann die Augen nicht in Frieden schließen. Geh du zu dem jungen Herrn und sag ihm, er möge sie nicht unglücklich machen, möge sich erinnern, daß er versprochen hat, sie zu heiraten. Ja, sag ihm, daß er sie heiraten soll, und dann wird auch Fräulein Noemi nicht mehr an ihn denken. Geh nun!"

Sie schob ihn von sich, und er riß erschrocken die Augen auf. Aber sie waren wie geblendet, wie bedeckt von Asche, als käme er aus der Hölle. Die Alte hatte die Augen nicht wieder geöffnet. Mit steifen Händen, die starren Finger weit gespreizt, lag sie auf dem Bett und bewegte noch immer lautlos die bläulichen, schwarz umrandeten Lippen. Aber sie sprach nicht mehr.

Durch eine Ritze im Dach fiel ein goldener Strahl, der auf ihrem dunklen Leib und ihrem Halsgeschmeide flimmerte, aber alles andere in dem armseligen Kämmerchen im Dunkeln ließ.

Wic aus der Tiefe eines Brunnens schaute Efix zu diesem Lichtspalt dort oben in der Ferne empor. Da war ihm plötzlich, als glitte der Strahl auf ihn zu und tauche ihn in eine Flut von Licht. Und klar erkannten seine staunenden Augen nunmehr alles: die finsteren Sünden ringsum, und dazwischen diesen Lichtspalt – das zürnende Auge Gottes. Schweigend lud er seinen Sack wieder auf die Schultern und ging fort.

Als er an Don Predus Haus vorbeikam, rief er Stefana heraus und sagte ihr, daß er dringend verreisen müßte und nicht wüßte, wann er zurückkäme.

"Sag wenigstens, wohin du gehst."

"Nach Nuoro."

Er brauchte zwei Tage, um nach Nuoro zu gelangen. Ganz allmählich, in kleinen Wegstrecken, wanderte er das Tal empor und rastete an der Straße, wenn er müde war. Er schloß die Augen, schlief aber nicht; und öffnete er sie dann wieder, so sah er das gelblichgraue Band der Straße im Grün und Blau der Ferne sich verlieren, bergauf gegen die Nuoreser Alpen, bergab gegen die Bucht von Baronia zu; und ihm war, als hätte er schon immer so gelebt, am Rande einer Straße, die er zur Hälfte hinter sich, zur Hälfte vor sich hatte. Dort unten, tief unter ihm, lag die Stätte der Schuld – dort oben, gegen die Berge zu, der Ort der Buße.

Das Wetter war schön, das Tal war schon bedeckt von hohem Gras, und rings prangten die Myrtensträucher im Schmuck der Blüte.

Weit verzweigte Wässerchen glitzerten zwischen dem Grün der Hänge, und zwischen den Erlen rauschte der Fluß. Hin und wieder rollte ein Fuhrwerk auf der Straße vorbei, und Efix hätte am liebsten gefragt, ob er nicht mitfahren könnte; aber gleich darauf bereute er den heimlichen Wunsch.

Nein, er mußte zu Fuß wandern, wie zur Sühne, mußte sein Ziel ohne fremde Hilfe erreichen.

In der ersten Nacht kehrte er in einer einsamen Schenke im Tal ein, konnte aber nicht schlafen. Die Nacht war klar und mild, am weißen Himmel über den Felssäulen am Ende des Tals hing wie eine goldene Ampel der Mond. Aber ein Kranker stöhnte in der unwirtlichen Schenke, und des Menschen Leid störte den Frieden der Natur.

Vor Sonnenaufgang brach Efix wieder auf, noch müder als zuvor. Und wieder sieht er die Berge von Oliena auftauchen aus den grauen Nebelschwaden, die wie Weihrauchgewölk den Felsaltar des Orthobene umbranden, über der ganzen Landschaft liegt es wie ein Hauch von Heiligkeit, und von dem höchsten Felsen herab hemmt der Erlöser den eilenden Schritt mit seinem Kreuz, das die schwarzen Arme mahnend in den blaßgoldenen Himmel reckt.

Und Efix kniet nieder, betet aber nicht. Er kann nicht beten, die Worte fehlen ihm. Aber seine Augen, seine zitternden Hände, sein ganzer vom Fieber geschüttelter Leib ist ein einziges Gebet.

Als er sich Nuoro nun allmählich näherte, hörte er es lauter, immer lauter wie ein großes Herz über dem Tale pochen.

Das ist die Mühle, und dort ist auch Giacinto, dachte er voll Freude.

Dies steile, schmutzige, glitschige Gäßchen, auf dem zwischen all dem Unrat eine tote Katze lag und auf das der Himmel flammendrot zwischen hohen, grasbewachsenen Mauern herabschaute – dies Gäßchen war die letzte Strecke seiner Erdenwanderung, die letzte Steigung auf seinem Leidensweg.

Auf halbem Wege drehte er sich um. Der Talschatten wanderte in einem braunen Bogen langsam die rötlichen Hänge des Orthobene empor und erreichte schließlich auch ihn auf dem Gäßchen. Von oben tönte das Stampfen der Mühle herab, ein dumpfes Pochen im Gegensatz zum hellen Stimmchen einer Glocke, die den Abend einläutete, und auf der Straße unten schritten Bauern mit Ochsengespannen vorbei, wohlhabende Grundbesitzer wie Don Predu und Frauen mit Krügen auf dem Kopf. Andere Frauen mit bleichen Gesichtern saßen müßig auf den Hofmauern zu beiden Seiten des Gäßchens. Efix, der müde mit dem tiefer und tiefer über seine Schultern herabgleitenden Sack dastand, sprach sie an.

"Wo wohnt Don Giacinto?"

"Wer? Der aus der Mühle? Dort, etwas weiter oben. Was bringst du ihm in deinem Sack? Bist du sein Knecht?"

"Ja. Und was macht Don Giacinto?"

"Ach, der ist fleißig und guter Dinge. Ein netter Junge. Alle Frauen sind hinter ihm her und raufen sich um ihn ..."

Da mußte Efix an das Marienfest denken, an Natòlia und Grixenda, die den Fremdling im Tanze umwarben, und es ging wie ein stechender Schmerz durch seine Brust, aber auch wie ein leidenschaftliches Verlangen, irgend etwas gegen das Schicksal zu tun.

"Wo treffe ich ihn jetzt am besten? Ist er noch in der Mühle?"

"Da kommt er gerade."

Und richtig kam dort Giacinto ohne Hut, mit mehlbestäubtem Haar und Gewand, das Gäßchen herabgeeilt. Irgend jemand hatte ihn schon benachrichtigt von der Ankunft des Knechts.

"Was suchst du denn hier?" fragte er, packte Efix bei den Schultern und schüttelte ihn.

Efix sah ihn stumm an und ließ sich willig die Gasse emporziehen, bis zu einem kleinen, zwischen zwei Häuschen eingezwängten Hof hoch über dem Tal. Ein kleiner Mann, ein Zwerg fast, mit großen traurigen Augen und weißem Gesicht, schöpfte Wasser am Brunnen, und Giacinto stellte ihn als seinen Hauswirt vor.

"Ich muß dich sprechen", sagte Efix.

"Hier bin ich, sprich!"

Sie setzten sich in die Küche, aber das Männlein bereitete gerade das Abendbrot, und in seiner Gegenwart wollte Efix nicht sprechen. Giacinto aber scherzte und lachte und ließ keine ernste Unterhaltung aufkommen.

Durch das Fensterchen sah man auf den Felsen des Orthobene den Erlöser, klein wie eine Schwalbe, und aus dem Garten wehte ein Duft nach Goldlack herauf, der an den Hof der Damen Pintor erinnerte.

Efix fühlte, wie ihm das Herz schwer wurde, aber sprechen konnte er nicht. Er sagte nur: "Mir scheint, du bist recht vergnügt geworden, Giacinto."

"Was hätte ich sonst tun sollen? Mich aufhängen vielleicht?"

Da hob das Männlein, das emsig die Nudeln umrührte, die traurigen Augen, und Giacinto lachte und sah nach dem Gebälk des Daches.

"Hör zu, Efix, gleich als ich herkam und bei dem wackeren Mann dort Unterkunft fand, versuchte ich tatsächlich mich aufzuhängen. Erinnern Sie sich noch daran, Micheli?" Das Männlein nickte und schüttelte dann vorwurfsvoll den Kopf. "Und er hat mich gerettet und mich ins Bett gebracht wie ein kleines Kind. Er band mich immer fest, wenn er fortging, ich hatte hohes Fieber. Aber Gott sei Dank lief alles gut ab, und nun bin ich vergnügt und glücklich. Nicht wahr, Micheli? Das bin ich doch? Also sprich, Efix. Du bist doch sicher hergekommen, um meine Heiterkeit zu trüben."

"Die alte Pottoi ist gestorben", sagte er schließlich, und Giacinto fuhr ihm unwillkürlich mit der Gabel ins Gesicht, als wenn er ihn stechen wollte.

"Ach, du Unglücksbote! Ich wußte doch, daß du eine Trauerbotschaft bringen würdest. Und was noch?"

"Und Grixenda rüstet sich, uns zu verlassen. Du wirst sie in wenigen Tagen hier eintreffen sehen. Das wollte ich dir nur sagen."

Wie früher machte Giacinto ein trauriges und erschrockenes Jungengesicht.

"Oh, nicht doch, nicht doch! Ich will nicht, daß sie herkommt."

"Du willst es nicht? Und wie willst du sie daran hindern? Übrigens ist sie deine Braut, du hast versprochen, sie zu heiraten."

"Ich kann sie nicht heiraten. Nein, wirklich nicht. Nicht wahr, Micheli? Ich kann nicht, und ich will nicht. Ich bin nicht in der Lage, zu heiraten, ich bin bettelarm, ich habe andere Pflichten, das weißt du doch, Efix. Nun ja, vor diesem Manne kann ich ruhig sprechen, er weiß alles von mir, genau wie du, und er bedauert mich. Erst muß ich die Schuld bei meinen Tanten bezahlen. Nur deshalb, weil ich voll Verzweiflung war, wollte ich mir das Leben nehmen. Da sagte dieser Mann zu mir: ›Du sollst umsonst bei mir wohnen und essen, aber du mußt auch arbeiten und deine Schuld bezahlen‹."

Halb verwundert, halb argwöhnisch schielte Efix nach dem Männlein und schien es mit den Augen zu fragen: Warum dieser Edelmut? Und der Mann, der das Gesicht tief über den Teller beugte und schweigend aß, hob plötzlich die Augen und sagte: "Weil wir Christen sind."

Da stieg Efix wie in die Tiefen seines Herzens hinab und erinnerte sich, warum er hergekommen war.

"Giacinto, du mußt Grixenda dennoch heiraten. Sie wird in wenigen Tagen hier sein. Schick sie dann nicht fort, mach sie nicht unglücklich!"

"Barmherziger Gott! Du bist wohl taub? Ich sage dir doch, ich kann sie nicht hier behalten, kann sie nicht heiraten. Erst muß ich die Schuld bei meinen Tanten bezahlen."

"Die wirst du am besten bezahlen, wenn du sie heiratest."

"So? Hast du soviel geerbt inzwischen?" lachte Giacinto. Aber Efix sah ihn ernst an und wiederholte zweimal: "Ich bin nur hergekommen, um darüber mit dir zu reden."

Der Hauswirt begriff, daß seine Gegenwart störte, und ging stumm hinaus, obwohl Giacinto Einspruch erhob und ihn zurückrief.

"Laß ihn doch", sagte Efix. "Was ich dir zu sagen habe, braucht niemand zu hören."

Doch als sie dann allein waren, verspürten sie beide ein Gefühl von Verlegenheit und Scheu; das Licht lag wie ein Hindernis zwischen ihnen. Sie gingen in den Hof, setzten sich auf die Stufen, und Giacinto machte die Tür hinter sich zu, wie um Licht und Feuer am Lauschen zu hindern. Efix suchte nach Worten, um das quälende Geheimnis hervorzuzerren aus seinem Herzen. Ach, es erschien ihm so groß, so schwer, daß er es nicht auf einmal hervorzuzerren vermochte. Höchstens in Stücken, in blutigen Fetzen. Immer mehr sank er in sich zusammen und wühlte und zog, als gälte es eine Felsplatte aus einem Brunnen zu heben. Schließlich richtete er sich seufzend wieder auf, matt und kraftlos. "Siehst du, Giacinto, so geht es auf der Welt. Jetzt möchte Don Predu Fräulein Noemi heiraten, und Fräulein Noemi will ihn nicht. Schuld daran bist – du."

Giacinto antwortete nicht. Aber er umklammerte den Arm des Knechts als wollte er ihn zerbrechen; dann ließ er ihn wieder los.

Efix hörte ihn leise stöhnen, wie im Fieber, und auch er rang gequält nach Luft, während er seinen Arm rieb, der noch brannte von dem eisernen Griff.

"Ja, schuld daran bist du – du ganz allein", fuhr er fast feindselig fort. "Wußtest du das nicht? Gottlob, das hat die Alte dir wenigstens nicht verraten. Jetzt aber mußt du dir klar darüber werden, hörst du? Jetzt mußt du deine Tante befreien von diesem törichten Wahn, verstanden?"

"Was kann ich denn tun?" sagte Giacinto schließlich und schien wieder in seine einstige Trauer zurückzusinken. Gebrochen saß er im Dunkel, starrte zu Boden und sah einen tiefen Abgrund vor sich gähnen.

"Was du tun kannst? Du weißt es doch, ich habe es dir schon gesagt. Tue du zunächst deine Pflicht, dann wird sie auch die ihre tun ..."

"Was kann ich denn tun? Du glaubst demnach noch immer, es stehe in unserer Macht, das Schicksal zu meistern? Erinnere dich, was ich dir damals auf dem Gut sagte – erinnerst du dich noch daran? Und hast du inzwischen das Schicksal meistern können?"

Und auch Efix sank wieder in sich zusammen. Ganz nahe, Schläfe an Schläfe, saßen sie nebeneinander, als wenn sie einer Stimme unter der Erde lauschten.

"Es ist leider wahr. Wir können das Schicksal nicht meistern", gab Efix zu.

"Und glaubst du denn, sie würde glücklich, wenn sie Onkel Pietro heiratete? Nein, Brot allein macht nicht glücklich, das sehe ich am besten an mir selbst ..."

"Aber sag mal, du – du ..."

"Ich?"

"Ja, du wußtest es also?"

"Was soll ich dir darauf erwidern? Ein Mann merkt so etwas sehr bald. Aber ich schwöre dir bei meiner Mutter selig, ich habe Noemi stets verehrt, wie eine Heilige verehrt ... Doch einmal – ja, ich sage es dir, ich weiß, dir kann ich es ja sagen – ein einziges Mal nur, als sie ohnmächtig wurde und ich über ihren Augen weinte, begegneten sich plötzlich unsere Blicke, und damals – damals ... Nun, ich weiß nicht, mehr kann ich dir nicht sagen. Aber vielleicht bin ich deshalb fortgegangen – ja, mehr deshalb als wegen all des Unheils, das ich angerichtet hatte."

"Eine Frage noch. Als du damals zum letztenmal auf das Gut kamst, wußtest du es da schon?"

"Ja, da wußte ich es schon."

"Nun", sagte Efix und stand auf, "du bist ein Mann."

"Was heißt: ein Mann?" erwiderte Giacinto geschmeichelt. "Ich kenne das Leben ein wenig, nichts weiter. Man lernt es zeitig kennen, wenn man dort zur Welt kommt, wo ich zur Welt kam. Aber auch du kennst das Leben, auf deine Weise, und deshalb haben wir uns immer verstanden, auch wenn wir eine andere Sprache redeten. Weißt du noch, wie ich eines Abends zu dir auf das Gut kam .... Damals hatte ich gespielt und die Unterschrift gefälscht, aber nur, weil ich dem Reeder sein Geld zurückbezahlen und bei der Heimkehr einen guten Eindruck machen wollte. Dann hätte er gesagt: Sieh an, der Unglückliche hat sich herausgemacht. Aber statt dessen ging es tiefer und tiefer mit mir bergab ... Ich war verblendet, jetzt erst sind mir die Augen aufgegangen, jetzt erst sehe ich, wo die wahre Rettung ist. Wo hast du die wahre Rettung gefunden, Efix? Im Leben für die anderen. Und dort will auch ich sie suchen, Efix", flüsterte er ganz nah am Gesicht des Knechts. "Du hast mich gerettet, ich will so werden, wie du bist ... Antworte, habe ich recht? Damals, in Oliena habe ich dich zu Boden geworfen, aber auch die Heiligen mußten Qualen erdulden und blieben dennoch Heilige. Antworte, habe ich nicht recht?" fuhr er fort und schüttelte den anderen an den Schultern. "Erinnerst du dich noch an die Dinge, die wir damals auf dem Gut besprachen? Ich denke ständig daran und sage mir im stillen: Efix und ich sind zwei Unglückliche, aber doch zwei Menschen, zwei wirkliche Menschen, mehr als Onkel Pietro, mehr als der Milese! Onkel Pietro – was ist denn Onkel Pietro? Jahrelang ließ er die Tanten darben und leiden, gab sie dem Elend und dem Gespött des ganzen Dorfes preis, und nun glaubt auch er gut zu handeln, weil er Noemi heiraten will! Das will er doch nur, weil sie ihm als Frau gefällt, genau wie mir Grixenda. Ist das Liebe, ist das Mitleid? Und sie hat recht, vollkommen recht, wenn sie ihn nicht nimmt! Ich kann sie durchaus verstehen. Wahre Liebe hast nur du ihnen bewiesen; und wenn sie irgend jemandlieben und heiraten müßten – ich sage absichtlich: heiraten –, so wärst du es, nicht Onkel Pietro ... Statt dessen haben sie dich aus dem Haus gejagt wie einen alten Hund, der zu nichts mehr zu gebrauchen ist. Du aber liebst sie noch immer, liebst sie erst recht, weil dein Herz ein wahres Menschenherz ist. Was hast du denn auf einmal? He, Alter! Schäm dich! Hast du nicht genug geweint? Nicht doch, Alter, Kopf hoch!"

Wieder packte er ihn an den Schultern und schüttelte ihn. Aber Efix schluchzte still vor sich hin, den Kopf zwischen den Knien, und während sein Schluchzen durch die schweigende Nacht tönte, erinnerte er sich wieder an das Blut, daß er vor der zerfallenen Kapelle in Oliena hervorgesprudelt hatte, nach der ersten Auseinandersetzung mit Giacinto. Auch jetzt war ihm, als sprudelte all sein Blut aus seinen Augen: all das böse Blut der Sünde. Leer blieb sein Leib zuletzt zurück, und in ihm irrte seine Seele ängstlich hin und her, in einem toten Raum, schwarz wie die Nacht. Aber Giacintos tröstliche Worte leuchteten in der Finsternis, und seine eigenen Tränen umglänzten und umstrahlten ihn wie Sterne.

Eine Woche blieb er in Nuoro.

Sowohl er wie Giacinto erwarteten jeden Augenblick die Ankunft Grixendas. Aber die Tage vergingen, und sie kam nicht.

Giacinto hatte noch keinen klaren Entschluß gefaßt. Aber er machte einen ruhigen Eindruck, arbeitete, kam nur zur Tischzeit nach Hause, scherzte mit seinem Hauswirt und fragte ihn um Rat, wie er das Mädchen empfangen solle.

"Unglücklich will ich sie gewiß nicht machen, die arme Waise. Wie wär's, wenn wir sie mit Ihnen verheiraten würden? Eine Frau tut schon lange im Hause not."

Das Männlein sah ihn vorwurfsvoll an, erwiderte aber nichts, wenigstens nicht in Efix' Gegenwart. Und dieser wollte das Schicksal nicht zwingen und dachte, daß es Sünde sei, sich den weisen Ratschlüssen der Vorsehung zu widersetzen. Unbedenklich soll man sich ihr anvertrauen, wie der Same dem Wind. Gott weiß, was er tut.

Doch er konnte sich auch nicht entschließen, fortzugehen, und wartete noch immer auf Grixenda. Wenn Giacinto nicht zu Hause war, ging er das Gäßchen hinunter, setzte sich an den Rand des Tales und blickte auf die weiße Straße am Fuß des Berges. Das Pochen der Mühle weckte in seinem Herzen ein Gefühl von Rührung, fast von Bestürzung. Es klang wie das ungestüme Hämmern eines Herzens, eines jungen Herzens, das die alte Erde neu belebt. In diesem Pochen schlug stürmisch Giacintos Blut, und beim Gedanken an ihn traten Efix Tränen in die Augen. Und plötzlich glaubte er ihn vor sich stehen zu sehen: groß, heiter, weißbestäubt von Mehl wie eine junge, reifbedeckte Pflanze, geläutert von der Arbeit und den guten Vorsätzen. Alle haben ihn gern, und er ist freundlich zu jedermann. Die Frauen, die das Getreide zum Mahlen bringen, drängen sich um ihn, der emsig Mehl abwiegt, betrachten ihn mit mütterlichen und verliebten Blicken. Eines Abends hatte Efix ihn in der Mühle besucht, und beim Stampfen der Kolben, beim Anblick der bleichen Gestalten, die sich gespenstisch vor dem flammenden Abendhimmel bewegten, beim Durcheinanderhuschen der Schatten und beim Klirren der Gewichte glaubte er plötzlich wie in einen Höllenpfuhl zu blicken, in dem Giacinto zwischen den Verdammten litt, aber in der Hoffnung auf baldige Erlösung.

Nm Sonntag nach Ostern ging er zu einem kleinen ländlichen Fest in dem Kirchlein von Balverde.

Es war ein kalter Nachmittag, und in dem vom Nordwind durchfegten Isalletal, mit dem Alboberg in der Ferne, der wie ein im stürmischen Meer verlorenes Schiff aus den Wolken ragte, schien noch der Winter zu herrschen.

Efix folgte einer Schar von Bäuerinnen, die sich dicht in ihre schweren Mäntel hüllten, und mit dem Wind, der gegen seine Brust wehte, fühlte er eine neue, fremde Kraft sein Herz durchdringen. Traurig und still, wie in einem Pilgerzug, schritten die Frauen dahin, als gingen sie nicht zu einem Fest, sondern zu einem Wallfahrtsort. Eine Ziehharmonika in der Ferne griff die fromme Weise ihrer Lobgesänge auf, und der Knecht fühlte, daß seine Buße erst jetzt begonnen hatte.

Als er vor dem Kirchlein auf dem Kamm des steinigen Hangs angelangt war, setzte er sich neben die Tür und begann zu beten. Ihm war, als schaute die kleine Mutter Gottes fast erschrocken aus ihrer feuchten Grotte auf die Menge herab, die sie störte in ihrer Einsamkeit, als wehte der Sturm immer heftiger, als sänke die Sonne rasch in das Tal hinab, wie um die Störenfriede zum Aufbruch zu drängen. Und wirklich mummten sich die Frauen noch dichter in ihre Mäntel und machten sich, nachdem sie den Rosenkranz gebetet hatten, auf den Heimweg.

Zurück blieben nur eine Frau, die Mandelkringel und überzuckerte Lebkuchenherzen feilbot, und zwei Männer, die unter der zerfallenen Halle vor der Tür des Kirchleins saßen.

Efix kauerte sich abseits auf den Boden und betrachtete sie ernst. Er erkannte sie wieder, er hatte sie schon auf dem Marienfest gesehen. Es waren zwei Bettler in weiten blauen Hosen und langen Wollkitteln. Der eine, noch ziemlich jung, groß und gebeugt, mit gelbem, hohlwangigem Gesicht, das nur noch Haut und Knochen war, bettelte noch immer, bewegte aber kaum die aschgrauen Lippen über den vorstehenden großen Zähnen, als wenn er schliefe und im Traum redete, losgelöst von dieser Welt. Der andere, alt, aber noch rüstig, mit ziegelrotem, schlagflüssigem Gesicht, geschüttelt von einem heftigen Zittern, das geheuchelt wirkte, hatte den Hut zwischen die gespreizten Beine gelegt und beugte sich ab und zu vor, um die kleinen Münzen darin zu betrachten.

Der Abend brach schnell herein, und die Menge hatte sich längst verloren. Auch die Kuchenverkäuferin machte ihre noch vollen Blechschachteln zu und begann ärgerlich mit den Bettlern zu plaudern.

"Der weite Weg hat sich wahrhaftig nicht gelohnt. Ein klägliches Fest, Kinder."

"Ein Hungerleben, ja", sagte der Alte, schüttete die Münzen in ein Schnupftuch und setzte den Hut wieder auf. Aber als er aufstehen wollte, fiel er zurück, als wenn seine Füße ausglitten auf den Steinfliesen, und schlug mit dem Kopf gegen die Mauer, mit den Händen auf den Boden.

Als der andere Bettler die Münzen gegen den Stein klirren hörte, hob er das fahle Gesicht und riß erschrocken die gläsernen Augen auf.

Der Alte stöhnte. Die Frau und Efix waren zu ihm geeilt, aber es gelang ihnen nicht, seinen Kopf aufzurichten.

"Wir müssen ihn hinlegen", sagte die Frau. "Ich werde ihm etwas Schnaps zu trinken geben. Faß doch an, hilf mir!"

Er lag nun flach ausgestreckt am Boden, aber die Tropfen eines grünen Schnapses, den die Frau ihm durch die zusammengebissenen Zähne einzuflößen versuchte, rannen sein Kinn herab.

"Er ist wie tot. He du, willst du nicht aufstehen?" sagte sie zu dem anderen Bettler. "War er denn krank? Kannst du nicht antworten?"

Der Bettler versuchte zu sprechen, aber nur ein leises Wimmern kam über seine Lippen. Dann brach er in Tränen aus.

"Los, steh auf! Hol die Hirten aus dem Wäldchen dort unten ..."

"Wohin schickst du ihn? Er ist doch blind", sagte Efix, der am Boden kniete, die eine Hand auf dem Herzen des Alten. Das Herz zuckte noch in kurzen Stößen, als wenn es wieder schlagen wollte, aber immer wieder stehenbliebe.

Und schnell ballte sich die Dunkelheit zusammen. Jede Wolke, die über den nahen Himmel fegte, ließ einen Schleier zurück, der Sturm heulte hinter der Kirche, ein Zittern lief durch die Sträucher ins Tal hinab, und es sah fast aus, als wollten sie flüchten, metallgrün schimmernd, erschauernd in Schmerz und Grauen.

Auch der Frau graute vor der Einsamkeit und diesem jähen Sterben. Sie türmte die Blechschachteln auf den Kopf und sagte: "Ich muß nun gehen. Ich werde den Arzt in Nuoro verständigen."

So blieb Efix allein zurück zwischen dem Sterbenden und dem Blinden.

"Mein Gefährte war herzkrank", erzählte der Bettler. "Auch in den letzten Tagen ging es ihm sehr schlecht, aber niemand wollte daran glauben. Uns glauben die Leute ja nie ..."

"War er verwandt mit dir?"

"Nein, wir haben uns vor zehn Jahren auf dem Himmelfahrtsfest getroffen. Ich hatte damals einen anderen Begleiter, Juanne Maria mit Namen, der mich mißhandelte, wie einen Hund mißhandelte. Da nahm der gute Alte mich mit. Er war wie ein Vater zu mir, ließ niemals meine Hand los, wenn ich nicht geborgen in einem sicheren Winkel saß. Das ist nun vorbei..

"Und was willst du nun anfangen?"

"Was soll ich anfangen? Ich werde hier sitzenbleiben und warten, bis der Herr mich zu sich nimmt."

"Ich kann dich ja nach Nuoro zurückführen", sagte Efix.

Noch immer beugte er sich über den Sterbenden, versuchte ihn wieder zu beleben, befeuchtete seine Lippen mit dem Schnaps, den die Frau zurückgelassen hatte, und seine Stirn mit einem in Wein getauchten Leinenfetzen. Aber das abgezehrte Gesicht färbte sich grün und blau, wurde im mer härter und starrer im düsteren Dämmerschein. Auch das Herz hörte auf zu schlagen. Noch einmal durchlebte Efix die schrecklichste Stunde seines Lebens. Er mußte plötzlich an die Brücke in seinem Heimatdorf denken, an die im Mondlicht wogenden Binsen, und wie er ängstlich am Herzen seines erschlagenen Herrn horchte ...

Dennoch fühlte er sich gleichsam erleichtert, wie jemand, der nach langem Umherirren in einer unwegsamen Gegend den verlorenen Pfad wiederfindet, die Stelle, von der er ausgegangen ist.

"Gehst du denn nicht fort?" fragte der Blinde, der noch immer regungslos auf seinem Platze saß.

"Ich werde gehen, wenn der Herr es mir befiehlt. Jetzt aber werde ich Feuer machen, denn wir müssen wohl hier übernachten."

Er ging Holz suchen. Der Sturm tobte immer heftiger, und die Wolken am Orthobeneberg wallten auf und nieder wie Lavaströme, wie Rauchschwaden, die allmählich das ganze Tal erfüllten. Nur über den Höhen von Nuoro schimmerte noch ein Streifen lasurblauen Himmels, und der Neumond ging rötlich zwischen zwei Felsen auf.

Als Efix unter das schützende Dach zurückkehrte, sah er, daß der Blinde aufgestanden war, sich über den Toten beugte und seinen Namen rief. Er weinte und suchte den Beutel mit den Münzen. Als er ihn gefunden hatte, verwahrte er ihn an der Brust und weinte leise weiter.

So verbrachten sie dort die Nacht. Der Blinde erzählte aus seinem Leben, flocht hin und wieder eine Legende aus der Bibel ein, und sein Schmerz verlor sich rasch, wie eine kurze schwere Krankheit.

"Was glaubst du wohl, Bruderherz? Ich bin aus reichem Hause, mein Vater war reich wie Jakob, nur daß er nicht so viele Söhne hatte. Er sagte immer: ›Es macht nichts, wenn mein Sohn blind ist, hat er doch Augen von Gold‹ – damit meinte er seinen Reichtum – ›und er wird uns trotzdem sehen.‹ Und meine Mutter, die eine so sanfte Stimme hatte, sagte: ›Wenn mein Istène nur reinen Herzens bleibt, dann ist alles andere gleichgültig.‹ Aber so wahr ich hier sitze, Bruderherz, nach dem Tode meiner Eltern hat man mir alles fortgenommen, wie eine Traube haben mich die lieben Verwandten und Freunde geplündert, Gott möge ihnen verzeihen. Aber mein reines Herz habe ich trotzdem bewahrt, so wahr ich hier sitze. Ich habe nie einem Menschen etwas zuleide getan. Deshalb hat Gott mir auch immer geholfen. Erst durch Juanne Maria, der Herr sei seiner Seele gnädig, dann durch den Toten dort. Sie waren meine Leidensgenossen, meine Brüder, waren wie die Engel, die Tobias begleiteten. Und jetzt ..."

"Auch jetzt soll es dir nicht an einem Gefährten fehlen", sagte Efix ernst. "Aber was willst du damit sagen, daß du noch reinen Herzens bist?"

"Daß ich auf die Ewigkeit zuwandere", sagte der Blinde leise. "Ja, ich wandere wie auf ein großes Tor zu, das sich einst weit vor mir auftun wird, und denke an nichts anderes. Hab' ich Brot, so esse ich, hab' ich keins, so schweig' ich still. Noch nie habe ich mich an fremdem Gut vergriffen, noch nie habe ich ein Weib berührt. Juanne Maria führte mir wohl einmal eines zu. Aber ich fühlte das Sündige in ihr und warf mich zu Boden wie vor einem Sturm. Was sollte ich sonst wohl tun, mein Lieber? Was würde mir wohl bleiben, wenn ich meine Seele nicht rettete, Bruderherz?"

"Und trotzdem hast du dem Toten dort sein Geld genommen", sagte Efix.

"Das gehörte mir. Was soll dem Toten das Geld? Nein, so wahr ich hier sitze, ich habe noch nie gestohlen, noch nie Blut vergossen. Auch die Brüder Josephs vergossen kein Blut. Judas sagte zu ihnen: ›Lieber wollen wir ihn an die Ismaeliter verkaufen, ehe wir ihn töten.‹ Und so verkauften sie ihn. Kennst du die Geschichte des Juden Joseph überhaupt? Schade, daß du fortgehst, sonst würde ich sie dir erzählen."

"Ich gehe doch nicht fort", sagte Efix. "Nein, ich werde dich in Zukunft begleiten. So werden wir einer den anderen führen."

Der Blinde senkte einen Augenblick das Haupt und fühlte nach dem Geldbeutel auf seiner Brust. Er schien sich nicht zu wundern über den Entschluß des Fremden. Er fragte nur: "Bist du auch ein Bettler?"

"Ja", sagte Efix, "hast du das nicht gleich gemerkt?"

"Nun gut, dann nimm du das Geld an dich."

Und er reichte ihm den Beutel.

XIV.

Von dort pilgerten sie zu dem Heiligengeistfest. Der Blinde wußte genau, wie die einzelnen Feste fielen und welchen Weg sie einschlagen mußten, und eigentlich führte er den Gefährten, nicht der Gefährte ihn.

Als sie durch Nuoro kamen, ging Efix mit ihm zur Mühle, ließ ihn an der Mauer lehnen und ging Giacinto Lebewohl sagen.

"Ich geh' nun weit, weit fort. Leb' wohl. Vergiß dein Versprechen nicht."

Giacinto wog gerade einen Sack gemahlener Gerste. Er blickte unter den mehlbestäubten Lidern auf und lächelte.

"Was für ein Versprechen?"

"Richtig zu wägen", sagte Efix rätselhaft und ging.

Als er den Sack gewogen hatte, eilte Giacinto ins Freie und sah, wie die beiden Bettler sich Hand in Hand entfernten, bleich und zitternd wie zwei Kranke. Er rief ihnen nach, aber Efix winkte ihm nur mit der Hand ein letztes Lebewohl zu, ohne sich umzudrehen.

Gleich hinter dem Ort gerieten sie in Streit, weil der Blinde, obwohl er noch einen vollen Sack hatte, die Vorübergehenden anbetteln wollte, indes Efix meinte: "Wozu betteln, wo wir noch genug haben?"

"Und morgen? Denkst du nicht an morgen? Du bist ein schöner Bettler. Man sieht, daß du ein Neuling bist."

Da merkte Efix, daß er nur nicht betteln wollte, weil er sich schämte, und wurde rot vor Scham.

Das Wetter war inzwischen schlecht geworden. Gegen Abend begann es zu regnen, und die beiden gingen auf eine Schäferhütte zu. Aber drinnen wollte man sie nicht dulden, und so mußten sie unter einem Laubdach neben dem Schafpferch Schutz suchen. Die Hunde heulten, ein grauer Schleier lag über der feuchten Ebene, und Regen und Wind löschten immer wieder das kleine Feuer aus, das Efix anzufachen versuchte.

Der Blinde verzog keine Miene unter seiner starren Leidensmaske. Die Arme um die Knie geschlungen, mit großen, gelb im Schein des Feuers schimmernden Zähnen und bläulichen, gesenkten Lidern saß er da – er legte sich niemals hin – und erzählte eine Geschichte nach der anderen.

"Du mußt wissen, daß es volle dreizehn Jahre dauerte, bis das Haus des Königs Salomo fertig dastand. Es lag in einem großen Wald, dem Libanon, so genannt nach den hohen Zedern, die dort wuchsen. Ein kühler, schattiger Ort. Das ganze Haus bestand aus goldenen und silbernen Säulen, mit reich geschnitzten Balken darüber, und Marmorfliesen wie in den Kirchen. Mitten im Haus war ein Springbrunnen, aus dem Tag und Nacht Wasser floß, und die Wände waren aus kostbaren, hell geschliffenen Steinen. Die Schätze, die es dort gab, lassen sich gar nicht aufzählen. Die Teller waren aus Gold, die Schüsseln waren aus Gold, und das ganze Haus war geschmückt mit goldenen Äpfeln und Lilien. Auch die Halsbänder der Hunde waren aus Gold, das Geschirr der Pferde aus Silber, die Decken aus schwerem Purpurstoff. Und eines Tages kam die Königin Saba angezogen, die von diesen Dingen am anderen Ende der Welt hatte erzählen hören und neidisch war; denn auch sie war reich und wollte sehen, wer wohl der Reichere sei. Die Frauen sind bekanntlich neugierig ..."

Herbeigelockt durch die Erzählungen des Blinden, kam nun ein Hirte auf den Laubschuppen zugelaufen, tief geduckt, um nicht naß zu werden. Die anderen Hirten folgten ihm.

Ermuntert durch den Erfolg, richtete sich der Blinde lebhaft auf und gab die Geschichte von Tamar und den Eierkuchen zum besten.

Die Hirten lachten und stießen sich mit den Ellenbogen an. Sie brachten Milch und Brot, gaben dem Blinden sogar Geld.

Efix aber war traurig, und kaum waren sie allein, da zankte er den Gefährten aus wegen seiner Arglist und seines schlechten Beispiels.

"Du sprichst genau wie meine Mutter", sagte der Blinde und schlief im Regen ein.

Auf dem Heiligengeistfest war nur eine kleine, aber auserwählte Schar von Leuten: reiche Hirten mit dicken Frauen und schönen schlanken Töchtern. Hoch zu Pferd kamen sie angeritten: die Männer stolz und wettergebräunt, im Gürtel ein langes, in einer gepreßten Lederscheide steckendes Messer; die jungen Burschen groß und sehnig, mit blitzenden Zähnen und Augen, flink wie Beduinen; die Mädchen gertenschlank, sanft wie die biblischen Frauengestalten in den Mären des Blinden.

Das Wetter war noch immer neblig, und das braune Kirchlein zwischen dem Felsgeröll und Buschwerk der Ebene war umlagert von unendlich tiefer Stille, von würzigem Waldgeruch. Die über den grauen Himmel jagenden Wolken ließen die Landschaft noch seltsamer erscheinen.

Den ganzen Vormittag tauchten neue Reiter im Nebelgrauen auf dem Pfade auf. Schweigend stiegen sie ab, als kämen sie zu einer heimlichen Versammlung in diese entlegene Gegend. Efix, der mit dem Blinden vor dem Eingang der Kirche saß, glaubte zu träumen.

Auch hier gab es keine anderen Bettler, und als die kräftigen, stolzen Männer, aus deren Mund und Nüstern ein heißer Dunst von Leben quoll, an ihm vorbeischritten, beschlich ihn ein Gefühl von Furcht, von Scham, von Neid. Das waren wirklich Männer. Ihre Hände waren wie gewaltige Pranken und bereit, das Glück zu greifen, wo immer es sich bot. Wie Räuber, wie vogelfreie, über das Gesetz erhabene Gesellen sahen sie alle aus. Sie bereuten sicherlich nicht ihre Schuld, sofern sie eine hatten, machten sich keine Gewissensbisse, wenn sie sich mit der Faust ihr Recht im Leben erzwangen. Ihm war, als sähen sie ihn verächtlich an, während sie ihm ein paar Münzen zuwarfen, als schämten sie sich seiner und wollten ihn mit dem Fuß beiseitestoßen wie einen schmutzigen Lumpen.

Dann aber schweiften seine Blicke in die Ferne. Und hinter jener Nebelwand, so schien ihm, fing eine andere Welt an, tat sich das große Tor auf, von dem der Blinde gesprochen hatte, das Tor zur Ewigkeit. Da bereute er seine Anwandlung von Scham.

An seiner Seite sagte der Gefährte unermüdlich seine Bettelsprüche auf oder wandte sich an ihn, damit die Vorübergehenden es hören sollten: "Wozu sind wir wohl auf der Welt? Als Last für die Mitleidigen, die uns ein Almosen spenden?"

"Ja, lieber Bruder, wozu sind wir wohl auf der Welt?"

"Nun, guter Freund, alles geschieht auf Gottes Willen. Wir sind nur Werkzeuge in seiner Hand, und er bedient sich unser, um das Herz der Menschen zu prüfen, wie der Bauer sich des Spatens bedient, um das Land umzugraben und zu sehen, ob es fruchtbar ist. Ja, Leute, seht in uns nicht zwei arme Wesen, trauriger als welkes Laub, unreiner als Aussätzige, seht in uns Werkzeuge Gottes, um euer Herz zu rühren."

Wie harte, klingende Blumen fielen die Kupfermünzen vor ihnen zu Boden. Zwei schmucke junge Burschen aus Nuoro begannen, um den Mädchen Eindruck zu machen, Heller nach dem Blinden zu werfen. Aus der Ferne zielten sie auf seine Brust und lachten jedesmal, wenn sie ihn trafen. Dann nahmen sie Efix aufs Korn und hatten ihre Kurzweil wie auf einem Schützenfest. Efix zuckte bei jedem Wurf zusammen und ihm war, als steinigten sie ihn. Aber er hob die Münzen fast gierig auf, und als das Spiel zu Ende war, bereute und schämte er sich wieder.

Unterdessen bereiteten die Frauen das Mahl. Sie hatten ein Feuer unter einem einsamen Baum angezündet, und der Rauch mengte sich mit dem Nebel. Die roten Tupfen ihrer Mieder leuchteten durch das eintönige Grau, noch lebhafter als die Flammen. Es wurde weder gesungen noch zum Tanze aufgespielt auf diesem Fest, das dem Knecht wie eine Versammlung von Hirten und Wegelagerern erschien, die sich eingefunden hatten, um ihre Frauen wiederzusehen und die heilige Messe zu hören.

Mittags lagerten sich alle um das Feuer unter dem Baum, und der Priester setzte sich in ihre Mitte. Das Wetter klärte sich auf, ein goldener Sonnenstrahl brach durch die Wolken und fiel durch das Geäst des Baumes auf die Schmausenden. Die Hirten am Boden, die Frauen mit den Körben in der Hand, der Priester, der zum Schutz gegen die Nässe einen Sack um die Schultern geworfen hatte, die lachenden Kinder, die schweifwedelnden Hunde, die in der Erwartung eines Knochens keinen Blick von ihren Herren wandten, all das gemahnte an die beschauliche Ruhe eines biblischen Bildes.

Die mitleidigen Frauen brachten den beiden Bettlern große Teller mit Fleisch und Brot, und als der Blinde ihre Schritte im Gras rascheln hörte, hob er die Stimme und erzählte.

"Ja, es war einmal ein König, der Bäume und Tiere anbeten ließ, und sogar das Feuer. Da verwirrte Gott in seinem Zorn die Knechte dieses Königs, daß sie sich verschworen, ihren Gebieter zu erschlagen. Und sie erschlugen ihn auch. Ja, er ließ einen goldenen Götzen anbeten, und daher rührt die Geldgier in der Welt, daher kommt es, daß selbst ein Verwandter den anderen umbringt, nur um des Geldes willen. Auch mir haben die lieben Verwandten alles fortgenommen, als sie sahen, daß ich blind war. Wie der Sturm im Herbst die Bäume plündert, so plünderten sie mich."

Die Leute ritten bald wieder fort, und wieder blieben die beiden Männer allein zurück in der öden Gegend. Der Nebel zerteilte sich, am lichtblauen Horizont tauchten schwarze Büsche auf. Dann wurde es auf einmal strahlend hell, als wenn geisterhafte Hände die Nebelschleier zerrissen, und ein großer, siebenfarbiger Regenbogen wölbte sich über dem Land, und darunter ein zweiter, der aber kleiner und blasser war. Große, gelbe, wie von Tau benetzte Hahnenfüße leuchteten auf den silbernen Wiesen, und die ersten Sterne, die inzwischen am Abendhimmel aufgegangen waren, lächelten den Blumen zu. Himmel und Erde schienen sich zu spiegeln ineinander. Auf dem einsamen, noch vom Rauch umschleierten Baum schluchzte eine Nachtigall.

Da rannen Efix plötzlich große Tränen über die Wangen. Er wußte nicht warum. Er fühlte sich ganz allein auf der Welt, mit der Nachtigall als einzigem Gefährten. Noch immer glaubte er zu spüren, wie die Münzen der jungen Burschen aus Nuoro seine Brust trafen und zuckte zusammen, als steinigten sie ihn. Aber es war eher wie ein Freudenschauer, wie die Wollust des Leidens. Sein Gefährte, der an der geschlossenen Tür lehnte, die Hände um die Knie geschlungen, schlief und schnarchte.

Von dort pilgerten sie nach Fonni zum Märtyrerfest. Sie legten stets nur kleine Strecken zurück und rasteten häufig in den Schäferhütten, wo der Blinde an den Hirten aufmerksame Zuhörer fand. Er schien sie alle wiederzuerkennen – "am Geruch", wie er sagte. Den einfältigeren und gottesfürchtigen erzählte er die rührendsten Geschichten aus dem Alten Testament, den jungen und aufgeklärten allerlei Abenteuer, die in seinem Munde fast anstößig wirkten.

Dieses Verhalten des Gefährten betrübte Efix tief. Manchmal fühlte er sich so heftig abgestoßen, daß er sich vornahm, ihn zu verlassen. Dachte er dann aber näher darüber nach, so dünkte ihm, daß seine Buße dadurch um so vollkommener sei, und er sagte sich im stillen: Es ist, als führte ich einen Kranken, einen Aussätzigen. Um so höher wird Gott mir mein barmherziges Werk anrechnen.

Unterwegs schlossen sich ihnen andere Bettler an, die auch zu dem Fest wanderten. Alle begrüßten den Blinden wie einen alten Bekannten; Efix aber betrachteten sie mit argwöhnischen Blicken.

"Du bist doch noch gesund und rüstig", sagte ein junger Lahmer. "Wie kommt es, daß du betteln gehst?"

"Ich habe ein heimliches Leiden, das an mir zehrt und mich am Arbeiten hindert", antwortete Efix, aber er schämte sich seiner Lüge.

"Der Herr befiehlt, daß man arbeiten soll, solang man kann. Könnte ich doch auch arbeiten! Ach, glücklich ist, wer arbeiten kann."

Da mußte Efix an Giacinto denken, der frohen Muts und gut geworden war, seitdem er Arbeit gefunden hatte, und er fragte sich bekümmert, ob er sich nicht wieder versündigt hatte, als er seine Herrinnen verließ.

So wanderte er weiter und weiter des Weges, fand aber keinen Frieden. Seine Gedanken weilten stets dort in der Ferne, zwischen dem Schilfrohr und den Erlen auf dem Gut. Zumal am Abend, wenn die Nachtigallen sangen, quälte ihn das Heimweh.

Was wird Don Predu denken, der mich noch immer mit Fräulein Noemis Antwort erwartet? Aber Gott wird schon weiterhelfen, wird alles zum Guten wenden – nun, wo ich mit meiner Todsünde und meinem Fluch fern von ihnen bin.

Weiter und weiter wanderte er inmitten der Bettlerschar durch das grüne Mammojadatal. Höher und höher, gegen Fonni zu, auf steinigen Pfaden, über denen im Abendgewölk die zerklüfteten Berge von Gennargentu dräuten: wie gewaltige Mauern und Burgen, wie silberne Städte und blaudunstige Wälder. Aber ihm schien, als wäre sein Leib nur ein leerer Sack, hin und her gebeutelt vom Wind, zerfetzt, beschmutzt, nur noch wert, zu den Lumpen geworfen zu werden.

Und seine Gefährten waren nicht besser daran als er. Sie wanderten und wanderten, wußten nicht wohin, wußten nicht warum. Die Jahrmärkte, zu denen sie zogen, waren ohne tieferen Sinn für sie, nicht fröhlicher, nicht trauriger als die einsamen Gegenden, in denen sie Rast machten, um sich auszuruhen oder zu essen.

Trotzdem zankten sie sich, schrien sich häßliche Worte zu, lästerten Gott, beneideten einander und hatten all die Leidenschaften glücklicher Menschen. Efix, todmüde, mit dem schleichenden Fieber in den Gliedern, versuchte nicht, sie zu bekehren. Nicht einmal Mitleid hatte er mit ihnen. Wie im Traum schritt er dahin, fühlte sich entführt von einer Geisterschar, wie so oft in den Nächten auf dem Gut. Er war längst tot und irrte noch immer ruhelos durch die Welt, ausgestoßen aus dem Reich des Jenseits.

In Fonni, wo die Bettler sich im Gedränge der bunten Menge vor der Kirche sammelten, kam eine neue Qual hinzu. Er hatte Angst, daß jemand ihn wiedererkennen könnte, und versuchte sich hinter seinem Gefährten zu verstecken.

Neben ihnen saßen zwei andere Bettler: ein alter Blinder und ein junger Mensch, der sich vor der Ankunft die Brust unter der rechten Warze aufgeritzt und dann mit dem Saft eines giftigen Krautes eingerieben hatte, um eine künstliche Geschwulst zu erzeugen, die er vor den Leuten als bösartiges Geschwür ausgab.

Efix war zornig über diesen Betrug, und als die Münzen in den Hut seines Gefährten fielen, errötete er bei dem Gefühl, daß auch er die Mitleidigen betrüge.

Und die Münzen fielen und fielen. Nie hätte er gedacht, daß es soviel Mitleidige gäbe auf der Welt. Die Frauen besonders waren sehr freigebig, und ein sanfter Schatten trübte jedesmal ihre Augen, wenn das künstliche Geschwür des jungen Bettlers, eitrig und schwarz, blau wie eine Feige, zwischen den Falten des aufgeknöpften Hemdes hervorsah.

Fast alle blieben mit vorgebeugtem, forschendem Gesicht stehen. Die einen waren groß und zart und sahen mit ihren grün und gelb gestickten

Schürzen und ihren purpurroten Mänteln fremd und seltsam aus, als kämen sie von weither, wie aus dem alten Ägypterland. Die anderen hatten breite Hüften, volle, rotwangige Gesichter und schwellende Lippen, die feucht schimmerten wie der Rand eines Honignapfes.

Efix antwortete mit gesenkten Augen auf ihre Fragen und nahm die Almosen traurig entgegen.

Aber auch einige Männer scharten sich um den alten Blinden und den falschen Kranken, und einer beugte sich zu ihm herab, um das Geschwür aus der Nähe zu besehen.

"Gott soll mich schützen", sagte er, "bei ihm war's genau so. Und er lebte nur noch ein Jahr."

"Ein Jahr nur?" rief ein anderer. "Ach, in einem Jahr könnte ich kaum drei von den Dingen erledigen, die ich im Sinn habe. Da – nimm!"

Und er warf dem Kranken eine Silbermünze zu. Da erhob sich ein Wettstreit, wer dem armen Teufel, der so bald sterben mußte, wohl am meisten gäbe. Die Münzen regneten in seinen Sack, so daß Efix' Gefährte gelb wurde vor Neid. Mittags weigerte er sich, zu essen. Stumm saß er da und schien Böses zu sinnen. Als die Menge schließlich wieder auf dem freien Platz zusammenströmte und die Frauen im Vorbeigehen in die Tasche griffen, um dem vermeintlichen Kranken ein Almosen zu geben, begann er plötzlich zu rufen: "Seht ihn doch näher an! Er ist gesünder als ihr alle! Er hat sich absichtlich mit einer vergifteten Nadel geritzt!"

Da beugte sich einer über ihn, um die künstliche Geschwulst aus der Nähe zu betrachten, und der Bettler ließ es bleich und stumm geschehen, sagte kein Wort. Aber der alte Blinde, sein Begleiter, richtet sich plötzlich drohend auf, schwankend wie ein Baumstämmchen im Wind, machte ein paar unsichere Schritte auf Istène zu und ließ die Fäuste wie zwei Hämmer auf seinen Kopf herabsausen.

Zunächst duckte Istène den Kopf bis auf die Knie, schnellte dann hoch, packte seinen Gegner bei den Beinen und versuchte ihn zu Boden zu reißen. Als ihm das nicht gelang, biß er ihn ins Knie. Sie sprachen kein Wort, und ihr Schweigen ließ den Auftritt noch gefährlicher erscheinen. Im Nu ballte sich ein dichter Menschenknäuel um sie zusammen, und das Kreischen der Frauen mischte sich mit dem Gelächter der Männer.

"Ich möchte nur wissen, wie er ihn gesehen hat!"

"Ach, der ist doch gar nicht blind! Der Teufel hol die ganze Bande, sie sind allesamt Heuchler ..."

"Und ich habe ihm gleich dreimal etwas gegeben! He du, wie hast du dir das Geschwür beigebracht? Sag es mir, und ich gebe dir noch mehr. Dann mache ich's nach, um mich vom Militär zu drücken!"

"Achtung! Da kommen die Gendarmen!"

Die Menge machte den Gendarmen Platz. Groß, mit rot und blau am Hute wehenden Federn, standen sie vor den am Boden verkrallten Bettlern. Der Alte zitterte vor Wut, öffnete aber nicht den Mund. Der andere hatte seine Fassung wiedergefunden und beteuerte mit kläglicher Stimme, daß er nichts wüßte. Er hätte nichts getan, hätte nur plötzlich gefühlt, wie ein anderer über ihn herfiel wie eine einstürzende Mauer.

Die Gendarmen befahlen ihnen aufzustehen und führten sie ab. Die Menge folgte ihnen in einem langen Zuge. Auch Efix ging mit, aber seine Beine zitterten, über seinen Augen lag ein Schleier.

"Jetzt werden sie auch mich verhaften, werden erfahren, wer ich bin, werden alles herausbekommen und mich bestrafen."

Aber niemand kümmerte sich um ihn, und als die beiden Blinden in der Wache verschwunden waren, verlief sich die Menge, und er blieb allein auf einem Stein sitzen und wartete. Er hatte Angst, aber um nichts in der Welt hätte er den Blinden im Stich gelassen. Drei Stunden blieb er dort sitzen. Es war totenstill, die Leute waren alle unten auf dem Fest, und das Dörfchen war in diesem Winkel wie ausgestorben. Die Sonne glühte auf die Schindeldächer der niedrigen Hütten herab, der Nachmittagswind trug aus der Ferne würzigen Kräuterduft herüber, ein paar verwehte Stimmen, eine fröhliche Weise ...

Die tiefe Ruhe verwirrte ihn noch mehr. Zum erstenmal sah er klar, wie die Felszinnen dort auf den Bergen in der durchsichtigen Luft, den gewaltigen Irrtum seiner Buße. Nein, so hatte er sich das bestimmt nicht vorgestellt! Und seine armen Herrinnen, die dort in der Ferne einsam und verlassen litten? Zum erstenmal dachte er daran, heimzukehren, seine letzten Tage wie ein treuer Hund zu ihren Füßen zu beschließen. Heimkehren, auch die eigene Seele opfern, aber sie nicht leiden lassen: das war die wahre Buße! Aber er konnte seinen Gefährten nicht im Stich lassen. Und schon öffnet sich das Tor der Wache wieder und die beiden Blinden treten heraus, Hand in Hand wie Brüder.

Efix ging auf sie zu, nahm seinen Gefährten bei der Hand. So kehrten sie zu dritt auf den Kirchplatz zurück und suchten dort überall den falschen Kranken. Die Menge tanzte und sang, die untergehende Sonne überflutete den Kirchturm, die Dächer und die hohen Bäume ringsum mit ihrem roten Schein, aus der Kirche tönte frommer Lobgesang, und der Weihrauchduft mischte sich mit dem Duft der blühenden Gärten. Aber so eifrig sie auch suchten, der falsche Kranke war nicht wiederzufinden: weder auf dem Platz selbst, noch in der Kirche, noch auf den Straßen in der Umgebung. Jemand sagte, er sei aus Angst vor den Gendarmen ausgerissen. Und so blieb Efix bei den beiden Blinden zurück.

XV.

Lange Zeit führte er sie hinter sich her.

Sie pilgerten von Fest zu Fest, allein oder gemeinsam mit anderen Bettlern, wie auf einen unerreichbar fernen Ort der Strafe zuwandernde Verdammte.

Die Feste waren eines wie das andere. Die meisten fielen in den Frühling oder Herbst und spielten sich im Umkreis der kleinen Kirchen ab, auf Bergen, auf Hochebenen, am Rand der Täler. Und dann war es immer, als begänne es mit einemmal zu blühen in der das ganze Jahr verlassenen Gegend, als ergösse sich eine Flut von Leben und Freude über die unwirtlichen Heideflächen. Die bunten Farben der Trachten, das Scharlachrot der Mieder, das Gelb der Kopftücher, das tiefe Blau der Schürzen leuchteten wie viele Blumen durch das Grün der Sträucher und das Gold der Stoppeln.

Und allenthalben wurde getrunken, gesungen, getanzt, gelacht ...

Efix, der nun auch wie die anderen Bettler gekleidet ging, zog die beiden Blinden hinter sich her, und ihm war, als seien sie sein Schicksal: seine Schuld und seine Sühne. Er mochte sie nicht, aber er ertrug sie mit unendlicher Geduld. Im August und September ging es mühselig bergauf, bergab durchs Land. Zunächst stiegen sie auf den Orthobeneberg, zum Fest des Erlösers.

Es war August, der Vollmond tauchte blutrot aus dem Meer auf und übergoß die Wälder mit seinem Licht. Von dort oben konnte Efix auch seinen Heimatberg in der Ferne sehen, und im Gebet verbrachte er die Nacht unter dem schwarzen Kreuz, das den blauen Himmel mit der grauen Erde zu verbinden schien. Gegen Morgen tönte eintöniger Bittgesang aus dem Tal herauf. Dort nahte ein Wallfahrerzug, und im Nu fleckten sich die Felsen weiß und rot, lachende Kindergesichter tauchten zwischen den Sträuchern auf, und unter den Eichen knieten die alten Hirten wie bekehrte Drudenpriester nieder.

Auf dem in den kahlen Fels gemeißelten Altar schimmerte der Kelch in der Sonne, und der Erlöser dort schien seine Fahrt gen Himmel noch aufzuschieben und hielt wie zur ewigen Mahnung das Kreuz zwischen die graue Erde und den blauen Himmel. Da ertönte plötzlich ein leises Schluchzen. Es kam aus dem Munde eines Bettlers, der zwischen zwei Blinden hinter einem Strauch kniete. Es war Efix.

Und im September stiegen sie auf den Gonareberg. Das Wetter war wieder trüb und stürmisch, wie aufgewühlt von heftigen Gewittern. Unter den sturmgepeitschten Büschen flossen schlammige Bächlein die Hänge hinab, und der ganze Berg erzitterte unter dem Rollen des Donners. Trotzdem strömten die Gläubigen von allen Seiten auf den gewundenen Pfaden und Straßen zu dem Kirchlein empor, wie das Blut durch die Adern zum Herzen strömt.

Von einer Felsgrotte, in der er mit seinen Gefährten Schutz gesucht hatte, sah Efix die Gestalten im Nebel vorüberschreiten, wie über den Wolken, und die Geschichte der Sintflut, die der junge Blinde erzählte, erschien ihm wie ihre eigene Geschichte. Ja, nur die Erzväter waren den Fluten entronnen und flüchteten nun auf den Berg. Mit ihren Frauen und Söhnen kamen sie die Hänge herauf und waren traurig und froh zugleich, weil sie alles verloren und alles gerettet hatten.

Efix hatte ständig Angst, wiedererkannt zu werden, obwohl er nun wie ein Städter gekleidet ging und einen grauen, struppigen Bart hatte, der fast aussah wie eine Maske aus Eselsfell. Scheu sah er nach den auf dem Pfad vorüberschreitenden Gestalten, ob nicht irgendein Bekannter darunter sei, und duckte sich dann und schloß die Augen wie ein Kind, das sich verstecken will.

Ein einsamer Reiter auf einem schwarzen Pferd kam langsam den Hang herauf, dicht eingehüllt in seinen weiten, dunkelrot gefütterten Flauschmantel. Der Wind wehte den Mantel hoch und ließ den gestickten Quersack und die plumpen Beine des Reiters mit den silberglänzenden Sporen sehen. Die Kapuze beschattete ein gutmütiges und leicht spöttisches Gesicht, das sich nun den Bettlern zuwandte und zu einem Grinsen verzog, während die Hand ihnen ein paar Münzen zuwarf.

Efix öffnete die Augen wieder und richtete sich vorsichtig auf.

"Weißt du, wer das war?" sagte er zu dem jungen Blinden. "Mein ehemaliger Herr!"

Als der Regen aufgehört hatte, stiegen die drei Gefährten weiter bergan, stumm und gebückt, als suchten sie einen verlorenen Gegenstand auf dem Weg. Die Wolken jagten über die Felsen, und die Sträucher und Bäume bogen sich im Wind, als wenn sie sich losreißen wollten aus der Erde und den Wolken folgen. Der Donner grollte noch immer, alles war in wilder Bewegung, und auch Efix fühlte sich von dem Aufruhr erfaßt wie ein welkes Blatt. Sie stellten sich neben einem Wegweiser auf.

Der Sturm tobte noch immer, aber später brach die Sonne durch das Gewölk, jagte es auseinander und trieb es bis zum Horizont zurück.

Ringsum leuchteten nun die Berge und die Täler, in denen der Nebel sich zusammenballte, wie zu silbrig schimmernden Seen.

Die Bettler wärmten sich im Sonnenschein, Efix nahm die Almosen entgegen und zitterte beim Klang jedes Schrittes vor Angst, Don Predu wiederzusehen; dennoch hob er ab und zu das Haupt, als lauschte er einer fernen Stimme.

Er glaubte wieder vor seiner Hütte auf dem Gut zu sitzen, hörte das Schilfrohr rauschen, und eine Stimme in seinem Herzen rief ihm zu:

"Efix, wenn du wirklich zur Buße hier bist, warum fürchtest du dann, wiedererkannt zu werden? Steh auf, wenn dein Herr vorbeikommt, und begrüße ihn."

Und auf einmal ließ ein Gefühl der Freude ihn erschauern und durchdrang ihn wie die Sonne, die seine Kleider trocknete und seine frosterstarrten Glieder wärmte. Ja, er dachte nun wieder an seine Herrinnen, liebte sie noch immer und wartete auf Don Predu, um sich nach ihrem Befinden zu erkundigen.

Aber Don Predu kam nicht wieder vorbei.

Statt seiner kam nach dem Hochamt eine Schar von hübschen Bauernmädchen in einer langen Kette lachend den Hang herabgelaufen.

"Hast du den dicken Mann gesehen, der das Abendmahl nahm", sagte eine. "Das ist ein Adliger, ein reicher, verwunschener Gutsbesitzer."

"Ja, ich weiß. Den hat ein armes Mädel, das er heiraten sollte und nicht geheiratet hat, verwünschen lassen."

"Unsinn, Maria, was faselst du da? Sie ließ ihn im Gegenteil verwünschen, damit er sie heiraten sollte."

"Deshalb brauchst du mich nicht zu stoßen! Den Hals sollst du dir brechen, Franziska Bè!"

Mit schimmernden Zähnen und einem Schwall loser Worte eilten sie an Efix vorbei. Eine blieb flüchtig stehen, um den Bettlern eine Münze zuzuwerfen, und der Wind blähte ihr gesticktes Tuch.

Efix wartete weiter auf Don Predu. Auch die "Erzväter", die schweigsamen Frauen, die jungen Burschen mit den federnden Knien, die kleinen Hirten mit den traurigen Augen, sie alle stiegen wieder zu Tal. Nur Don Predu war nicht zu sehen.

Efix wartete und wartete. Aber gegen Mittag waren die Leute schon längst alle wieder zu den Hütten auf der schmalen Lichtung im Tal zurückgekehrt, und Don Predu war noch immer nicht vorbeigeritten.

Da führte Efix seine Gefährten zu dem Kirchlein empor, vor dem nur noch etliche junge Burschen sich an dem steil abfallenden Felsen festklammerten, um dem Wettrennen der Berberhengste am Hang zuzusehen. Der Sturm schien die langgestreckten Rosse mit den weitvorgebeugten, in wallende Mäntel gehüllten Reitergestalten den Weg entlangzuwirbeln.

Efix ließ die Blinden an der Mauer sitzen, betrat das Kirchlein und näherte sich auf den Fußspitzen den Stufen des Altars, auf denen Don Predu regungslos im Gebet kniete: mit erhobenem Gesicht und bläulich im goldenen Kerzenschein schimmernden Haar, den rot gefütterten Mantel weit zurückgeschlagen, die Sporen an den Füßen, ein getreues Ebenbild der Kreuzfahrer, die der Knecht auf einem alten Bild in der Basilika gemalt gesehen hatte.

Er betete inbrünstig, aber als Efix ihn an der Kapuze zupfte, drehte er sich um, erst überrascht, dann zornig, ohne den Bettler wiederzuerkennen.

"Zum Teufel! Nicht einmal hier hat man Ruhe vor euch!"

"Don Predu! Herr! Ich bin's, Efix, erkennen Sie mich nicht?"

Don Predu sprang auf und breitete den bauschigen Mantel weit auseinander, als wenn er seinen Knecht in die Arme schließen wollte. Und wie zwei alte Freunde sahen sie sich in die Augen.

"Nun?"

"Nun?"

"Ja", sagte dann Don Predu, der zuerst die Fassung wiederfand, "Giacinto hat mir erzählt von deinen Heldenstücklein, Alter. Nun, ich muß sagen, du hast da ein recht bequemes Gewerbe ergriffen, alter Faulpelz! Ein feines Gewerbe, ja! Da – nimm!"

Er reichte ihm eine Münze, aber Efix sah ihn nur traurig mit seinen treuen Hundeaugen an und seufzte, ohne sich gekränkt zu fühlen.

"Don Predu, Herr, erzählen Sie mir von meinen Damen."

"Deine Damen? Wer bekommt die noch zu Gesicht? Die vergraben sich doch wie Maulwürfe in ihrem Bau."

"Und Giacinto?"

"Den Hungerleider habe ich neulich in Nuoro gesehen. Warum hast du ihn nicht mitgenommen zum Betteln? Und weißt du, was er nun plant? Grixenda will er heiraten – ja, diese andere Hungerleiderin will er heiraten, der Narr!"

"Das ist schön von ihm. Er hatte es versprochen", sagte Efix und fühlte sich wieder freudig bewegt. "So wird ihr nun doch noch die Gnade zuteil, um die sie stets gefleht hat, Herr", meinte er und lächelte bei den Verwünschungen, mit denen Don Predu, ärgerlich über die flüchtige Anwandlung von Güte, ihn überschüttete und fühlen ließ, daß er nur ein Bettler war.

Nach dem Fest des Heiligen Cosimo und Damiano in Mamojada pilgerten Efix und die Blinden nach Bitti, zur Mutter aller Gnaden. Vor der Ankunft machten sie in der Nähe von Orune Rast, aber trotz seiner Müdigkeit schlief Efix nicht ein, aus Angst, daß ihm sein Sack samt den auf den letzten Festen gesammelten Almosen gestohlen werden könnte. Er betete leise und öffnete immer wieder die Augen, um nach seinen Begleitern zu sehen, die unter einer Eiche schliefen.

Es war noch Nacht, aber im Osten stahl sich schon ein bleicher Schimmer über die gegen das Meer zu offenen Berge: dort graute schon der Morgen. Und plötzlich glaubte Efix, übermannt vom Schlaf, nicht länger die Augen offen halten zu können und zu träumen. Er sieht, wie der alte Blinde sich aufrichtet, wie er sich lauschend vorbeugt, die Hand an den Stamm der Eiche legt und aufsteht, wie er nach kurzem Zögern auf ihn zugeschlichen kommt und mit gekrümmter Hand den Sack aus dem Dunkel fischt.

Efix rührt sich nicht, sagt kein Wort, und langsam, ohne sich umzublicken, schreitet der Alte zwischen den Sträuchern und Felsen davon, hebt sich schwarz und groß gegen die blaue Berglehne ab.

Erst als er ihn nicht mehr sah, merkte er, daß er nicht geträumt hatte, und sprang auf. Aber da war ihm plötzlich, als zöge eine unsichtbare Hand ihn zu Boden und zwänge ihn, sich wieder zu setzen und regungslos auf seinem Platz zu verharren. Und nach und nach verwandelte sich die Überraschung in eine ungestüme Freude, in den Wunsch, laut aufzujubeln. Leise lachte er in sich hinein, und ringsum färbte sich der Himmel rot und blau, und im Dickicht zwitscherten die Meisen.

Sieh an, dachte er. Der Herr hat mich befreit von meinem einen Gefährten. Oh, welche Last hat er von mir genommen! Er weckte den anderen und erzählte ihm von dem Vorfall.

"Siehst du, Efix? Bist du nun überzeugt? Ich wußte stets, daß er ein Heuchler ist. Habe ich's nicht gleich gesagt? Und du hast ihn mit dir herumgeschleppt, hast mich Tag und Nacht mit ihm gequält. Jetzt werden wir ihn anzeigen, werden ihn suchen und ihm die Knochen brechen."

Efix lächelte. Auf dem Fest war er fast glücklich. Eine unübersehbare Menge erfüllte die Kirche, die Fluren ringsum, den Pfad, der zu dem Dörfchen führte. Eine Prozession wand sich ununterbrochen um die Wallfahrtskapelle wie eine rot und weiß, gelb und schwarz gefleckte Schlange. Wie große Falter flatterten die Fahnen durch die Luft, und fromme Choräle, das Schellengeläute der zum Rennen aufgezäumten Pferde und fröhliche Rufe mischten sich in den ernsten Bittgesang der Pilger.

Efix hatte sich abseits von dem Kirchlein aufgestellt, in einem Winkel, an dem nicht viele Leute vorbeikamen. Der Blinde brummte ständig vor sich hin zwischen seinen eintönigen Klagen und trug ein finsteres, drohendes Gesicht zur Schau.

Gegen Abend – die Einnahme war heute sehr gering gewesen – machte er seinem Zorn Luft und beschuldigte Efix, daß er den anderen Gefährten umgebracht hätte, um sich seiner zu entledigen und ihn zu berauben.

Efix lächelte.

"Komm", sagte er und nahm ihn bei der Hand, und nachdem sie eine Weile gegangen waren: "Hörst du?" Und wirklich hörte der Blinde die Stimme des anderen Gefährten, der dort, vor ihnen, um ein Almosen bettelte. "Aber macht es jetzt nicht wie neulich", sagte Efix. "Wenn ihr euch wieder prügelt und sie euch verhaften, wasche ich meine Hände in Unschuld."

Da beugte sich der wahre Blinde über den falschen und fragte ihn leise, zwischen den Zähnen: "Warum hast du das getan, Verräter?"

"Weil es mir in den Sinn kam."

Efix lächelte. Der Blinde sah gleichsam dieses Lächeln und geriet in Wut. All sein Zorn auf den diebischen Gefährten kehrte sich gegen den anderen, den guten.

"Ich will nicht länger mit dir herumziehen. Lieber werfe ich mich auf den Boden und verhungere. Du bist ein Narr, ein elender Tropf, du begleitest mich nur, um dich lustig zu machen und mich zu quälen. Scher dich zum Teufel! Häng dich auf!"

"Das sagst du nur, weil du weißt, daß ich dich nicht verlasse", erwiderte Efix. "Du kennst mich genau, obwohl du blind bist, und ich dich nicht, obwohl ich sehe. Aber wenn du glaubst, einen anderen und besseren Gefährten finden zu können, so such ihn ruhig. Ich werde dir sogar helfen dabei."

Der falsche Blinde preßte den gestohlenen Sack ängstlich an sich und hörte schweigend zu. Nun packte er Istènes Hand und sagte: "Zum Teufel, bleib doch bei mir!"

Hand in Hand, wie Efix sie aus der Wache in Fonni hatte kommen sehen, fast herausfordernd, standen sie da und schienen darauf zu warten, daß er etwas sagen sollte. Da nahm er den kleinen Beutel mit den gesammelten Münzen heraus, schwenkte ihn vor ihren Gesichtern und sah sie lächelnd an. Dann ließ er ihn in die Hand des wahren Blinden fallen und schritt davon.

Frei! Endlich wieder frei! Dennoch hatte er das Gefühl, er zöge die beiden Gefährten noch immer hinter sich her, und machte sich Sorgen um sie.

Die ganze Nacht und den ganzen folgenden Tag wanderte er das Isalletal hinab, bis er ans Meer gelangte. Dort warf er sich zwischen zwei Linden ins Gras, und ihm war, als hätte er endlich heimgefunden nach seiner Wanderung um die ganze Welt.

Aber im Traum erschien ihm wieder der Blinde, der mit aschgrauen, über den vorstehenden Zähnen geöffneten Lippen neben ihm kauerte und ihn verhöhnte und bemitleidete:

"Du glaubst heimgefunden zu haben, glaubst auszuruhen von dem beschwerlichen Weg. Paß auf, Efix, jetzt erst fängt deine Wanderung wirklich an!"

Während er allmählich auf der Straße zu dem Gut emporstieg, hörte er in weiter Ferne die klagenden Töne einer Ziehharmonika, die ihm fast wie eine Sinnestäuschung seiner an den Festtrubel gewöhnten Ohren erschienen.

Soviel längst entschwundene Dinge kamen ihm wieder in den Sinn, und durch die Blätter um ihn her ging ein Flüstern und Raunen, als wenn sie ihn begrüßen wollten. Und dort war auch schon die Hecke, der Fluß, der Hügel, die Hütte. Er war nicht etwa gerührt, aber die sanft verhaltene Klage, die wie aus den Tiefen des stillen, grünen Wassers kam, lockte ihn wie ein Ruf.

Er ging weiter, blickte auf und sah plötzlich, daß das Gut ziemlich verwildert war. Es sah fast aus, als fehlte ihm schon lange ein Herr. Die Bäume waren fast alle schon ihrer Früchte beraubt, und da und dort hing ein geknickter Ast zu Boden.

Zuannantò, der unter der schattigen Laube vor der Hütte saß, spielte Ziehharmonika, und einschläfernd breitete sich die eintönige Weise über die verlassene Gegend.

Beim Anblick des Fremdlings, der gebückt näher kam, um in die Hütte zu sehen, hörte der junge Bursche auf zu spielen, und seine sanften Augen blitzten drohend auf.

"Was wünschen Sie?"

Der Fremde nahm die Mütze ab.

"Gevatter Efix!" rief der junge Bursche, spielte weiter und sprach und lachte in einem Atemzug. "Sie sind also doch nicht tot? Und es hieß doch, Sie wären nach Amerika ausgewandert, wären reich geworden und hätten Ihren Herrinnen viel Geld geschickt. Jetzt betreue ich das Gut, und wenn ich will, kann ich Sie wie einen Dieb von dannen jagen. Aber ich tu's nicht. Wollen Sie ein paar Trauben? Greifen Sie zu. Don Predu, mein Herr, pfeift auf dieses Stückchen Land, er hat so viele andere Güter. Das große, Badde Saliche, das wirft wenigstens etwas ab. Die Erträgnisse hier schickt mein Herr meistens seinen Basen, Ihren Herrinnen, zum Geschenk. Die aber schließen sich ständig in ihr Haus ein, wie ein Igel in sein Stachelkleid. Ach, Gevatter Efix, ich muß Ihnen was erzählen. Neulich nachts – ich schließe mich bei Nacht immer in der Hütte ein, weil ich mich vor den Geistern fürchte und Großmutter immer an der Tür kratzen höre – nein, dieser Schreck neulich nachts! Ich fühlte plötzlich, wie sich etwas Weiches an meinen Füßen bewegte. Ich schrie auf, der Schweiß brach mir aus allen Poren, aber morgens merkte ich dann, daß es nur ein verletzter Hase gewesen war. Ja, der hatte sich in der Schlinge gefangen, hatte sich losgerissen und saß nun mit gebrochenem Pfötchen da und sah mich mit flehenden Augen an – wie ein Mensch. Ich verband ihm das Pfötchen, aber dann bekam er Fieber und starb mir schließlich unter den Händen."

Efix hatte sich vor die Hütte gesetzt und schaute in die Ferne.

"Was meinst du?" fragte er nach einer Weile ernst. "Wird Don Predu mich wieder in seinen Dienst nehmen?"

Da blitzten die Augen des jungen Burschen wieder drohend auf.

"Und mich soll er wohl fortjagen? Und was soll ich dann anfangen? Grixenda heiratet doch bald und zieht fort. Und was soll ich dann tun? Betteln gehen? Nein, machen Sie, daß Sie fortkommen, Sie sind doch alt!"

"Du hast recht", sagte Efix und senkte das Haupt. Aber seine Gefügigkeit nahm den jungen Knecht für ihn ein.

"Don Predu ist so reich, daß er Sie trotzdem anstellen kann. Er kann Sie auf eins von seinen anderen Gütern schicken, denn ich möchte hierbleiben. Es ist so hübsch hier, das sagt auch Grixenda."

"Was macht Grixenda?"

"Die näht ihr Brautkleid."

"Sag mal, Zuannantò, war Don Giacinto schon wieder einmal im Dorf?"

"Mein Schwager?" sagte der Junge stolz. "Ja, der war hier, im vergangenen Juli. Grixenda ging es damals so schlecht, es hätte nicht viel gefehlt, und sie wäre gestorben. Ja, und so kam er her ..."

Er schwieg, das Gesicht über die Ziehharmonika gebeugt, die Augen verdüstert von Erinnerungen.

"Sag mir alles, Zuannantò. Mir kannst du es ruhig sagen, ich gehöre doch wie zur Familie."

"Nun gut, ich werde es Ihnen sagen. Also – Grixenda ging es damals sehr schlecht, sie schwand dahin wie ein Lichtlein. Nachts hatte sie Fieber, und wie im Wahn stand sie auf und sagte: ›Ich will nach Nuoro gehen.‹ Aber als sie die Tür öffnen wollte, konnte sie es nicht. Sie verstehen, draußen stand die Großmutter und stemmte sich gegen die Tür und hinderte sie am Fortgehen. Nun, und so ging ich eines Tages nach Nuoro. Ich fand meinen Schwager an einem Ort, der wie die Hölle ist: in der Mühle. Ich erzählte ihm alles, und er ließ sich drei Tage Urlaub geben und kam mit. Er hatte sich einen Gaul gemietet, weil das billiger ist als ein Wagen, und ließ mich hinter sich aufsitzen. Oh, es war herrlich, so über den Boden zu fliegen, man kam sich wie ein Riese vor. Und dann hat er um Grixenda angehalten, und zu Allerheiligen werden sie heiraten."

"Bei wem hat er um sie angehalten?"

"Ich weiß nicht. Bei ihr selbst wohl?"

"Sag mal, Zuannantò, war Don Giacinto damals auch bei seinen Tanten, bei meinen Herrinnen?"

Wieder zögerte der junge Bursche.

"Ja", sagte er dann, "er war dort. Ich glaube, sie haben sich gezankt, denn er kam mit roten Augen heraus, als wenn er geweint hätte. Grixenda sah ihn an und lachte gezwungen. Da sagte er: ›Jetzt haben sie mich zum letztenmal gesehen!‹"

Efix stellte keine weiteren Fragen. Er übernachtete in der Hütte, und da sich inzwischen ein heftiger Wind erhoben hatte und das Schilfrohr am Hang wie eine verdammte Seele seufzte und der junge Knecht sich fürchtete, begann Efix Legenden aus der Bibel zu erzählen, in ähnlichem Tonfall wie der Blinde.

"Ja, es war einmal ein König, der die Bäume anbeten ließ, unter dem Vorwand, daß es verzauberte Wesen seien. Ja, die Bäume und die Tiere und das Feuer. Da verwirrte der Herr in seinem Grimm die Knechte dieses Königs so sehr, daß sie sich verschworen, ihren Gebieter zu erschlagen. Ja, er ließ sie einen goldenen Götzen anbeten, und daher rührt die Geldgier in der Welt, daher kommt es, daß selbst ein Verwandter den anderen umbringt, nur um des Geldes willen. Sogar die unschuldigsten Gemüter beten ja das Geld an."

Dann begann er den Tempel und die Paläste des Königs Salomo zu schildern. Zuannantò schlummerte ein, während er noch immer erzählte. Draußen rauschte das Schilfrohr heftig im Wind, als kämpfte es eine gewaltige Schlacht.

Und als Efix im Morgengrauen vor die Hütte trat, sah er wirklich an die hundert Rohre geknickt zu Boden hängen, und um sie her gestreut die langen Blätter, wie zerbrochene Schwerter. Und die Überlebenden schienen sich traurig über ihre toten Gefährten zu beugen, schienen sie zu liebkosen mit ihren zerfetzten Blättern.

"Nehmen Sie sich ein paar Trauben mit, Gevatter Efix", sagte der junge Bursche und verabschiedete sich nachdenklich von ihm. "Wenn Don Predu Sie wieder herschicken sollte, würde ich mich freuen. Dann könnten wir uns zum Zeitvertreib Geschichten erzählen. Und gehen Sie auch zu Grixenda und grüßen Sie sie von mir."

Und wie einst steigt Efix wieder die Straße zum Dorf empor. Der Morgen ist fast kalt, die weißen Hügel sind wie von Schnee bedeckt, die Berge über den in der Ebene verstreuten Dörfern rauchen wie Kohlenmeiler, und still, wie ausgestorben liegt das Land im Frührot da.

Da schöpfte Efix neuen Mut und glaubte heimzukehren zur Wiege seines Leids, wie der verlorene Sohn, nachdem all seine Hoffnungen zerronnen waren.

Kurz entschlossen ging er zu der Wucherin und mußte lachen, als die Alte, obwohl sie ihn nicht gleich erkannte, ihn freundlich empfing, im Glauben, daß er ein Fremder sei, ein Knecht, den irgendein Gutsbesitzer zu ihr schickte, um sie um Geld zu bitten.

"Kallina, alte Hexe, erkennst du mich nicht? Aber auch du bist mächtig zusammengeschrumpft!"

Sie hielt die kleinen Filzschuhe in der Hand, ließ erst den einen fallen, dann den anderen, und bückte sich, um sie wieder aufzuheben.

"Siehst du, Efix? Mein Fluch ist in Erfüllung gegangen. Weißt du noch, wie du mich damals umbringen wolltest?"

"Dazu bin ich noch immer bereit, wenn du nicht gleich still bist! Sag mal, wie geht's dir eigentlich?"

"Nicht sehr gut. Seit einer Weile habe ich immer Kopfweh, und die Schmerzen und die Schlaflosigkeit haben mich so klein, so gebeugt gemacht ..."

Geschieht dir recht! dachte Efix; aber er sprach es nicht aus.

"Ein teuflischer Schmerz – der Kopfschmerz, lieber Efix. Ich habe ein Gelübde getan, im Oktober zum Heiligen Franziskus zu wallfahren ..."

"Hör zu", sagte Efix, der sich an den Herd gesetzt hatte und keine Miene machte, zu gehen, "es hat keinen Sinn, daß du eine Wallfahrt machst. Wenn du Buße tun willst, dann büße zu Hause!"

"Ich brauche nicht zu büßen! Wenn ich hingehe, gehe ich aus Frömmigkeit. Meine Seele hat mit Gott zu tun, nicht mit einem Sünder deinesgleichen."

Efix senkte das Haupt.

"Hör mal", fuhr er fort, "ich brauche Kleider und Geld. Du mußt mir helfen, Kallina. Du kannst schon, wenn du willst. Ich bin wie ein Soldat, der im Krieg war. Ich kehre heim, aber ich kann nicht dieses Gewand anbehalten."

"Sag mir wenigstens, wo du warst."

"Ach, überall. Ich wollte mir ein wenig die Welt ansehen. Ich bin bis ins Morgenland gekommen, wo einst der Tempel und Palast des Königs Salomo standen. Dieser Palast war ganz aus Gold, an den Türen waren statt der Klinken goldene Äpfel, und auch die Teller und Schüsseln waren aus Gold, ja sogar die Schlüssel und die Riegel an den Toren ..."

Die Frau schielte ihn mißtrauisch an, während sie neue Senkel in die kleinen Schuhe flocht, ohne deshalb die alten fortzuwerfen, die sich vielleicht noch einmal zum Zusammenschnüren eines kleinen Bündels verwenden ließen. Warum redete er so wunderliches Zeug, im singenden Tonfall eines Bettlers? Machte er sich lustig über sie? Oder hatte er Fieber?

"Lieber Efix, bei deinem Umherzigeunern haben wohl nicht nur deine Schuhe gelitten, sondern auch dein Verstand?"

Trotzdem borgte sie ihm das Geld.

Aber er ging noch immer nicht.

"Ich kann doch nicht so durchs Dorf gehen und mich zum Gespött von Don Predus Mägden machen. Du mußt mir die Kleider besorgen. Geh, gib deinem Herzen einen Stoß, zeig, daß auch du ein guter Christ bist!"

"Wieso auch ich? Ich bin ein besserer Christ als du, mein Lieber. Ich habe nicht Haus und Heimat verlassen, um mich auf meine alten Tage in der Welt herumzutreiben ..."

"Wenn du nicht gleich still bist, greife ich nach der Eisenstange dort, verstanden, Kallina!"

Den ganzen Tag fuhren sie fort, einander zu beschimpfen, halb im Scherz, halb im Ernst. Trotzdem ging die Alte am Nachmittag fort und kaufte ein fast neues Gewand von einer Frau, deren Mann nach Amerika gefahren war.

Gegen Abend kehrte Efix heim zu seinen Herrinnen. Ja, erst gegen Abend, wie nach einem freien Tag, verbracht in müßigem und unbefriedigendem Umherstreifen. Dort oben war es sehr still und traurig. Der Berg hing über das dunkle Haus, am blaßgrünen Abendhimmel glitt der junge Mond tiefer und tiefer, darüber glitzerte der Abendstern.

Das Tor war geschlossen, längs der Mauer und auf den Stufen wucherte das Gras wie vor einer längst verlassenen Behausung, und Efix hatte Angst, zu klopfen.

Er sah Grixendas schmale Tür, die wie ein goldener Spalt in der schwarzen Mauer leuchtete, und erinnerte sich an Zuannantòs Auftrag.

Grixenda stand am flackernden Feuer und trocknete ihre nassen Röcke. Sie war barfuß, und ihre schlanken Beine schimmerten kupferbraun. Als sie den Alten erblickte, ließ sie die Röcke fallen, lachte und schrie freudig auf, als sie ihn erkannte.

"Was, Grixenda! Du gehst noch immer an den Fluß? Läßt dein Bräutigam das zu?"

"Arbeitet er nicht auch? Ist er vielleicht zu vornehm zum Arbeiten? Nein, wenn er das wäre, läge ich längst unter der Erde ... Nun, wollen Sie nicht nähertreten? Setzen Sie sich, der Sack drückt doch sicher. Der ist wohl voll Gold? Haben wohl heimlich Ihr Glück gemacht, alter Schlaukopf?"

Er setzte sich und stellte den Sack auf den Boden. Dann schaute er Grixenda an, und Grixenda ihn, mit einem spöttischen Blinzeln, als wenn sie ihm zu verstehen geben wollte, daß sie die Wahrheit wüßte.

"Aber auch wir, Gevatter Efix, auch ich und Giacinto werden es noch zu etwas bringen. Wer weiß, vielleicht werden auch wir noch reich, Gevatter Efix. Alles ist möglich auf der Welt, ich glaube es wenigstens."

"Und seid ihr nicht schon reich? Wer ist wohl reicher als ihr?"

Sie beugte sich ganz nah zu ihm, anmutig und kindlich wie früher.

"Das habe ich schon immer gesagt! Als Ihre Damen nicht wollten, daß Giacinto und ich heirateten, weil ich arm bin, da sagte ich: Bin ich nicht jung? Habe ich ihn nicht lieb? Und sind Fräulein Noemi und Don Predu mit all ihrer Habe vielleicht reicher als wir? An Jahren vielleicht, aber sonst nicht."

Efix zuckte zusammen.

"Heiraten die beiden denn?"

"Ja, sie heiraten. Er verzehrte sich, wie ich mich im vorigen Frühjahr verzehrte. Es hieß, er wäre behext. Und das war er ja auch – ja, von Liebe behext! Er ritt sogar nach Oliena, um eine alte Zauberin um Rat zu fragen, und neulich, in der vorigen Woche erst, pilgerte er zu Unserer Lieben Frau nach Gonare und opferte drei Taler, damit sie ein Wunder wirken möge. So erzählen sich die Klatschbasen im Dorf."

Efix sah sinnend zwischen seinen Knien zu Boden.

"Soll ich wirklich heimkehren?" fragte er sich im stillen. "Werden sie nicht glauben, daß nur der günstige Wind mich nach Hause lockt?"

Und plötzlich, einen kurzen Augenblick lang, tat es ihm fast leid, daß Noemi vor seiner Heimkehr in die Heirat eingewilligt hatte. Aber er bereute es gleich und stand auf. Ach, welch ein Sünder war er noch immer!

"Glaubst du, daß Don Predu jetzt dort ist?" fragte er und drehte sich noch einmal um, ehe er ging.

"Ich bin hier, nicht dort, Gevatter Efix", sagte Grixenda und lief ihm lachend nach. "Ich kann es Ihnen nicht sagen. Gehen Sie hin, sehen Sie selbst nach, denn wenn Ihre Herrinnen mich sehen, verriegeln sie immer doppelt und dreifach das Tor."

Er ging. Aber wieder krampfte sich ihm das Herz zusammen, als er vor dem Eingang stand, und ihm war, als hallten seine Schläge gegen das Tor bang und unheimlich durch sein Inneres.

XVI.

Noemi öffnete. Efix sah sie aus dem blaugrünen Dunkel des Hofes auftauchen: groß, schlank, mit bleichem Gesicht.

Forschend, wie einen Fremden, musterte sie ihn, ehe sie ihn eintreten ließ. Dann sagte sie nur: "Ach, du bist's?" Aber dieser erstaunte, halb mißtrauische, halb spöttische Ausruf genügte, um seine Bestürzung und Zerknirschung noch zu steigern.

"Nun ja, Fräulein Noemi, ich bin heimgekehrt", sagte er, trat ein und folgte ihr durch den Hof. "Der Landstreicher ist heimgekehrt. Und wie geht's Fräulein Esther? Darf ich ihr guten Abend sagen?"

Dort im blaugrünen Dunkel waren die Dinge noch unverändert an ihrem Platz: der schwarze Balkon an der grauen Mauer, der Brunnen mit den roten Blumen, das Seil an der Treppe.

In der Küche brannte Licht, aber kein helles Licht wie in Grixendas Häuschen. Nein, ein düsteres Lämpchen, das auf der alten Bank inmitten eines großen Schattens stand.

Ja, alles war unverändert, alles war tot wie früher, und Efix dachte bekümmert: Es ist sicher nicht wahr, daß Fräulein Noemi eingewilligt hat.

Unwillkürlich wollte er den Sack an den Holzpflock hängen, aber der Holzpflock war nicht mehr da, niemand hatte ihn wieder eingerammt. Und er nahm den Sack mit in die Küche, wie ein Gast, der bald wieder aufbrechen muß.

Esther saß auf einem niedrigen Schemel vor der alten Bank und las. Da sprang der Kater, der in ihrem Schatten neben der Lampe gesessen und ihr beim Umblättern zugesehen hatte, plötzlich auf ihren Schoß und dann unter die Bank, wie um sich zu verstecken. Sie hob das Haupt, sah den Fremden und starrte mit flimmernden Augen erst ihn an, dann das Buch, das in ihren Händen zitterte.

"Ja, ich bin's wirklich, liebe Herrin! Ich bin heimgekehrt. Der Landstreicher ist heimgekehrt. Was sagen Sie dazu, Fräulein Esther? Und wie geht's gesundheitlich?"

"Efix – Efix – Efix ..." stammelte sie.

"Efix, ja! Haben Sie kranke Augen, daß Sie eine Brille tragen?"

"Efix, du! Setz dich. Ja, ich bekam kranke Augen vom vielen Weinen."

Noemi aber sah die beiden mit ihren finsteren Augen an und schien sich lustig zu machen über das rührende Bild.

"Ja, Esther! Du trägst eine Brille, weil du nun alt bist."

"Setz dich!" forderte auch sie ihn auf und klopfte mit der Hand auf die Bank, und Efix setzte sich neben seine alte, vor Überraschung heftig zitternde Herrin. Zunächst wußten sie nicht, was sie einander sagen sollten. Er preßte den Sack dicht an sich und senkte beschämt den Kopf; sie nahm die Brille ab, legte sie zwischen die Seiten des Buches, schien sich anlehnen zu wollen an den Knecht.

Schließlich wandten sie beide das Gesicht und schauten sich an, und sie schüttelte tadelnd das Haupt.

"Gut so! Nach all dem Wandern bist du nun endlich heimgekehrt. Aber warum hast du nie eine Zeile, nie einen Gruß geschrieben? Andere Leute bekamen doch auch Briefe aus Amerika!"

Efix öffnete den Mund zu einer Antwort. Da sah er, wie Noemi lachte, als wüßte auch sie die Wahrheit, und er schwieg, noch zerknirschter als zuvor.

"Und ohne ein Wort bist du gegangen, Efix! Als wenn wir dich beleidigt hätten, Efix! Denk an, ich fragte mich immer im stillen: Warum hat Efix das getan? Darf man endlich erfahren, warum?"

"Der Lauf der Welt! Man wird alt, wird kindisch", erwiderte er mit einer müden Geste. "Jetzt bin ich ja wieder hier – sprechen wir nicht mehr davon ..."

"Und was gedenkst du nun zu tun? Wirst du zu Don Predu zurückkehren? Oder ist es wahr, was die Leute sich erzählen? Bist du wirklich reich geworden? Warum nimmst du den Sack nicht ab? Einen kleinen Imbiß wirst du doch wenigstens zu dir nehmen?"

"Nein, ich muß gleich wieder gehen, Fräulein Esther. Ich wollte Ihnen nur schnell guten Abend sagen."

"Nicht doch, du bleibst bis morgen hier", sagte Noemi, haschte nach seinem Sack und stellte ihn auf das Ende der Bank.

Sie sahen sich an, und er fühlte, daß sie sich aussprechen, daß sie ein unterbrochenes Gespräch wieder anknüpfen mußten.

"Hör mal, Efix, erzähl uns wenigstens von deinen Erlebnissen, wo du nie geschrieben hast. Wie viele Dinge wirst du uns nun zu erzählen haben! Ach, Efix, Efix, wer hätte je gedacht, daß du im Alter noch die Welt durchstreifen würdest!"

"Besser spät als nie, Fräulein Esther! Aber zu erzählen habe ich nur wenig."

"Nun, dann erzähl das Wenige ..."

"Gut. Ja, ich werde Ihnen erzählen ..."

Noemi deckte schweigend den Tisch. Dort stand noch immer der schadhafte, im Lauf der Zeit schwarz angelaufene Brotkorb. Dort war auch noch das gleiche Brot, der gleiche Aufstrich. Efix aß und erzählte, mit unsicheren Worten, die wie verschleiert waren von zaghaften Lügen. Aber als er die Brotkrumen vom Tisch gestreift und den Rest Wein aus seinem Glas auf den Boden geschüttet hatte – denn auch die Erde soll etwas abbekommen von des Menschen Nahrung –, richtete er sich auf, und seine Augen umgaben sich mit strahlenden Fältchen.

"Also, wir waren lauter arme Teufel auf der Überfahrt. Weiter und weiter ging es, keiner wußte wohin, aber jeder hoffte auf guten Verdienst. In einer langen Reihe, wie Sträflinge, zogen wir ..."

"Ja – seid ihr denn nicht auf dem Meer gewesen?"

"Doch, auf dem Meer, natürlich, was rede ich? Und auf einem recht stürmischen Meer. Ich wurde soundso oft naß bis auf die Knochen. Nein, Hunger litten wir nicht, und dann, wer hatte Hunger? Ich bestimmt nicht. Manchmal hatte ich allerdings ein Gefühl, als wenn eine Hand meinen Magen packte und herausreißen wollte, und dann stillte ich meinen Hunger. Bei der Ankunft ging's dann gleich munter an die Arbeit ..."

"Was für eine Arbeit war es?"

"Oh, eine ganz leichte Arbeit eigentlich – man schaufelte nur Erde von einem Platz auf den anderen."

"Es stimmt also, daß dort ein großer Schiffahrtskanal angelegt werden soll? Dringt da denn nicht das Wasser gleich in den Kanal ein?"

"Doch, es würde eindringen, wenn dort nicht gewaltige Maschinen wären und es zurückhielten. Sie sind wie große Pumpen – näher kann ich sie leider nicht beschreiben!"

Noemi hörte schweigend zu und streichelte das Fell des Katers, der behaglich auf ihrem Schoß schnurrte. Ja, sie hörte zu, aber ihre Gedanken weilten in der Ferne.

"Ihr waret also sozusagen auf dem Lande? Es soll dort drüben doch sehr teuer sein. Weißt du noch, was die Auswanderer damals auf dem Marienfest erzählten? Außerdem soll es ein recht freudloses Land sein."

"Oh, vergnügen kann man sich auch dort! Ich meine, wenn man vergnügungssüchtig ist! Der eine singt, der andere tanzt, ein dritter betet und wieder ein anderer trinkt sich einen Rausch an, und dann gehen alle wieder fort ..."

"Fort? Wohin denn?"

"Ach, ich wollte sagen – heim! Ja, heim in ihre Baracken, um sich tüchtig auszuschlafen!"

Und welche Sprache sprechen sie?"

"Welche Sprache? Ach, alle möglichen Sprachen. Ich allerdings sprach meistens sardisch mit meinen Kameraden ..."

"Was, Landsleute trafst du dort auch?"

"Ja, Landsleute traf ich auch. Einen alten und einen jungen. Nichts für ungut, Herrinnen, aber mir ist fast, als säßen sie noch immer neben mir."

Noemis Augen funkelten boshaft.

"Na, ich hoffe, wir sind sauberer als sie", sagte sie und packte ihn am Arm.

"Ja, ein alter und ein junger. Sie zankten sich ständig. Sie waren böse, neidisch, eifersüchtig, aber im Grunde waren sie doch gut. So ist der Mensch nun mal: gut und böse, böse und gut, und vor allem immer unglücklich. Auch die Reichen sind oft unglücklich. Ach ja!"

Da erinnerte ihn der harte Griff Noemis an den eisernen Griff, mit dem Giacinto damals in dem kleinen Hof in Nuoro seinen Arm umklammert hatte, und an das Geheimnis, das seine Herrin hinderte, Don Predus Werbung anzunehmen.

"Don Predu zum Beispiel", entschlüpfte es ihm fast unwillkürlich. Dann setzte er mit einem Blick auf die junge Herrin rasch hinzu: "Ist er vielleicht nicht reich und trotzdem unglücklich?"

Da lachte die Herrin wieder, und er ereiferte sich fast gegen seinen Willen.

"Was gibt's dabei zu lachen? Na ja, ist Don Predu etwa nicht unglücklich? Solange Sie, liebes Fräulein Noemi, kein Mitleid mit ihm haben ... Und trotzdem ist er ein guter Mensch."

"Ach was, ein guter Mensch!" rief Noemi zornig. "Alt ist er und kann sich nicht mehr lustig machen über die anderen, nichts weiter! Sprechen wir nicht von ihm."

"Doch, nun erst recht!" sagte Fräulein Esther mit Nachdruck. "Bitte, Efix, erklär mir deine Worte."

"Was soll ich Ihnen denn erklären, liebes Fräulein Esther? Daß Don Predu Ihre Schwester heiraten will?"

"Ah, du weißt es also auch schon? Woher eigentlich?"

"Ich war doch der erste Brautwerber!"

"Der erste und der letzte!" rief Noemi und schüttelte den Kater von den Knien wie einen Knäuel Garn. "Genug endlich. Er spricht doch auch nicht mehr davon!"

Aber Efix lehnte sich auf.

"Nur weil ich ihm nie Ihre Antwort brachte, liebes Fräulein Noemi! Wie konnte ich sie ihm denn bringen? Ich traute mich nicht, und deshalb bin ich geflohen."

Fräulein Esther setzte sich wieder zu ihm, und er fühlte, wie sie am ganzen Leibe zitterte.

"Ach, Efix", murmelte sie. "Er trug sich also schon damals mit dem Gedanken? Und du hast mir nichts gesagt? Und bist geflohen? Warum denn? Wahrhaftig, mir erscheint alles wie ein Traum. Ich habe nie etwas erfahren, nur die anderen, die Fremden, erzählten mir davon. Und du, liebe Schwester, du ..."

"Was hätte ich dir sagen sollen? Hat er etwa jemals um mich angehalten? Hat er sich jemals deutlich erklärt? Ja, er schickt Geschenke, kommt hin und wieder her, setzt sich an den Herd und plaudert mit dir. Mich aber beachtet er kaum. Habe ich ihn vielleicht jemals fortgejagt?"

"Fortgejagt nicht! Aber du treibst es viel schlimmer. Du lachst ihn aus, wenn er herkommt, machst dich lustig über ihn ..."

"Geschieht ihm ganz recht! Wie man sät, so erntet man."

"Noemi, warum sagst du das? Seit einiger Zeit bist du wie von Sinnen. Warum behauptest du, er mache sich nur lustig über dich, wo er dir doch sagen ließ, daß er dir gut ist?"

"Ja, durch einen Knecht!"

Esther sah Efix an, aber Efix schwieg mit gesenktem Haupt, genau wie früher, wenn seine Herrinnen sich zankten. Sicher rechnete er damit, daß Noemi trotz ihrer Verachtung später zu ihm kommen und das Gespräch unter vier Augen fortsetzen würde.

"Hörst du, Efix, wie sie redet? Und glaub mir, nicht du allein hast es ihr gesagt. Auch Giacinto ..."

Aber bei diesem Wort schien sich ein schrecklicher Abgrund vor ihnen aufzutun. Efix sah, wie Noemi heftig aufsprang, kreidebleich vor Zorn und Haß.

"Esther!" rief sie mit heiserer Stimme. "Du hast doch geschworen, seinen Namen nicht mehr über die Lippen zu bringen!"

Und wütend eilte sie hinaus, als müßte sie ersticken an ihrem Zorn.

"Ja", raunte Esther ganz nah an Efix' Ohr, "sie haßt ihn so sehr, daß sie mich schwören ließ, seinen Namen nicht mehr zu nennen. Als er neulich hier war, um uns zu sagen, daß er Grixenda heimführen werde, und um Noemi zur Heirat mit Predu zu raten, da jagte sie ihn fort, schrecklich in ihrem Zorn, wie du sie eben sahst. Und weinend ging er. Sag selbst, Efix", fuhr sie bekümmert fort, "ist unser Schicksal nicht furchtbar? Giacinto, der richtet uns zugrunde und heiratet diese Bettlerin, und Noemi, die stößt das Glück von sich. Warum all das? Efix, du bist weit in der Welt herumgekommen, sag du mir: ist es überall so? Warum zerbricht das Schicksal uns wie schwache Rohre?"

"Ja", sagte er da, "wir sind wirklich wie Schilfrohr im Winde, liebes Fräulein Esther. Ja, das ist es. Wir sind das Schilfrohr, und das Schicksal ist der Wind."

"Nun gut, aber warum gibt es ein solches Schicksal?"

"Und warum gibt es einen Wind? Das weiß Gott allein."

"Und sein Wille geschehe immerdar", sagte sie und neigte das Haupt auf die Brust. Und als er sie so gebrochen, so alt und traurig neben sich sitzen sah, fühlte Efix sich fast stark. Wie um sie zu trösten, begann er ihr eine von den vielen Mären des Blinden zu erzählen.

"Zufrieden ist der Mensch ja übrigens nie. Kennen Sie die Geschichte von der Königin Saba? Die war schön und hatte ein großes Reich am anderen Ende der Welt, mit herrlichen Gärten und einem goldenen Palast. Nun, und eines Tages hörte sie erzählen, daß der König Salomo noch reicher sei als sie, und konnte fortan nicht mehr schlafen. Der Neid verzehrte sie, nagte so heftig an ihr, daß sie sich schließlich aufmachen und die halbe Erde durchqueren wollte, nur um zu sehen ..."

Fräulein Esther neigte sich zur Seite und griff nach dem Buch, in das sie vorhin die Brille gelegt hatte.

"Diese Geschichten stehen da drinnen; in der Bibel ..."

Efix betrachtete beschämt das Buch und verstummte.

Als er allein war, legte er sich auf den Strohsack. Aber trotz seiner großen Müdigkeit konnte er nicht einschlafen. Ihm war, als lägen die Blinden an seiner Seite und als erstrecke sich ringsum und draußen in der Finsternis ein unbekanntes Land. Seine Herrinnen aber saßen dort auf der Bank und sahen ihn an, Fräulein Esther alt, mit flehendem Blick, Fräulein Noemi lachend, aber noch drohender, als wenn sie ernst war.

Und seltsam, nun verspürte er keine ehrfürchtige Scheu mehr vor Fräulein Esther, keine Angst mehr vor Fräulein Noemi; nun war er wirklich wie ein frei und reich gewordener Knecht vor seinen armen Herrinnen.

Ich kann ihnen helfen, kann ihnen noch immer helfen, auch wenn sie es nicht wollen. Morgen früh ...

Bang wartete er auf den Morgen, nur deshalb fand er keinen Schlaf. Morgen wird er sprechen mit Fräulein Noemi, morgen werden sie das vor vielen Monaten unterbrochene Gespräch fortsetzen, und dann kann er Don Predu vielleicht doch noch eine gute Antwort bringen.

Und er begann zu beten, erst leise, dann immer lauter, bis sein Gebet anzuschwellen schien zu einem eintönigen Gesange, wie die Pilger ihn gesungen hatten vor der Mutter aller Gnaden.

Morgen ... Alles wird gut gehen morgen, alles wird sich klären und erfüllen morgen. Endlich glaubte er nun zu begreifen, warum Gott ihn bewogen hatte, das Haus seiner Herrinnen zu verlassen und durch die Welt zu schweifen. Damit Giacinto zur Einsicht kommen, damit Noemi genesen sollte von ihrem törichten Wahn.

Hätte ich Don Predu gleich die Antwort gebracht, so wäre alles aus gewesen, dachte er mit einem Gefühl der Erleichterung und träumte sich in den Schlaf.

Ein heller Schein ergießt sich plötzlich über das Land ringsum, grenzt einen weißen Lichthof ab in einem großen dunklen Kreise. Es ist Morgen, die Blinden erheben sich von der Streu, fassen sich bei den Händen, beugen sich über ihn und nötigen ihn, sich auf ihre Hände zu setzen und die Arme um ihren Nacken zu schlingen. Dann heben sie ihn hoch und tragen ihn hinein in den Morgen, unter fröhlichem Gesang, wie Kinder bei ihren Spielen.

Er lachte. Noch nie war er so glücklich gewesen. Aber im Hintergrund, in der düsteren Küche, rührten sich Fräulein Esther und Fräulein Noemi nicht von der Bank; und mit einemmal verspürte er wieder ehrfürchtige Scheu vor der einen, Angst vor der anderen. Da schloß er die Augen und spielte gleichfalls den Blinden. Und so bewegten sie sich alle drei über den weichen Boden und sangen das Lob des Herrn. Doch plötzlich hielt eine Hand ihn von rückwärts am Mantel fest und brachte auch die anderen beiden zum Stehen. Erschrocken glitt er zu Boden, öffnete die Augen und sah Fräulein Noemi vor sich stehen, mit der Lampe in der Hand.

"Hast du schon geschlafen, Efix? Entschuldige, aber Esther sagte mir, du würdest morgen sehr früh aufbrechen und nicht wiederkommen."

Er setzte sich auf den Strohsack auf, zu Füßen Fräulein Noemis, die groß und hochaufgerichtet dastand, mit der Lampe in der Hand. Ein dunkler Kreis mit einem weißen Lichthof umgab sie beide, genau wie in seinem Traum.

"Außerdem wollte ich dich allein sprechen, Efix. Esther begreift manche Dinge nicht. Und du hast schlecht daran getan, mit ihr zu reden. Auch du begreifst eben so manches nicht."

Er schwieg. Oh, er begriff schon, aber er mußte schweigen und sich verstellen, wie es sich geziemt für einen Knecht.

"Ja, du begreifst nicht, und deshalb sagst du oft ein Wort zuviel, Efix. Hättest du damals nur deinen Auftrag ausgerichtet, ohne mir gute Ratschläge zu geben, so wäre es besser gewesen. Statt dessen haben wir viel zwecklose Dinge gesagt. Jetzt aber will ich nur wissen, ob du Predu wirklich nichts erzählt hast von unserem Gespräch."

"Nein, kein Wort, liebes Fräulein Noemi."

"Und noch etwas möchte ich dich fragen, Efix, aber du mußt mir die Wahrheit sagen. Hast du ..." Sie zögerte einen Augenblick, dann fuhr sie mit erhobener Stimme fort: "Hast du Giacinto von diesem Vorfall erzählt? Sag mir die Wahrheit."

"Nein", log er mit fester Stimme. "Ich schwöre Ihnen, ich habe ihm nicht davon erzählt."

"Du glaubst also, daß Predu es ihm gesagt hat?"

"Ja, liebes Fräulein Noemi."

"Und noch etwas. Sag mir: warum bist du eigentlich fortgegangen?"

"Ich weiß es nicht. Erst vorhin, beim Einschlafen, dachte ich darüber nach. Ich dachte: vielleicht hat der Herrgott dich fortgeschickt. Ich hatte Angst und schämte mich, mit dieser Antwort vor Don Predu hinzutreten. Ja, Fräulein Noemi, denn Don Predu hatte mich nur deshalb in seinen Dienst genommen, das fühlte ich. Er hatte Sie lieb und wollte, daß ich alles ins reine bringen sollte. Und als Sie dann immer wieder nein sagten, ging ich eben fort ..."

Noemi brach in ein Lachen aus, aber in ein fröhliches, ein gutes Lachen, das ganz anders klang als das böse Lachen kurz zuvor. Es entsprang dem Mitleid mit Efix, dem Mitleid mit Don Predu, aber auch der eigenen Freude und Ergriffenheit. Noch nie hatte Efix sie so lachen hören.

"Nur eine Frage noch und dann genug. Sag mal, glaubst du, daß Giacinto wirklich Grixenda heimführen wird?"

"Ja, es ist so gut wie sicher."

"Und wann?"

"Noch in diesem Jahr."

Stolz, Leidenschaft, der Wunsch, ihr altes elendes Leben zu zerstören und aus seinen Trümmern ein anderes, ein neues und starkes Leben aufzubauen, flammten in Noemis Augen.

"Paß auf, Efix", sagte sie und zog die Lampe zurück. "Du wirst morgen zu Predu gehen und ihm sagen, daß ich ihn heiraten will. Aber es muß gleich sein, bevor die beiden heiraten."

XVII.

Efix weilte nun wieder auf dem Gut. Am Ende der Sommerszeit, nach der Fruchtlese war Zuannantò, dem sein Herr aufgetragen hatte, eine Schafherde auf die Binsenniederung am Rande des Dörfchens zur Weide zu treiben, im Guten gegangen.

Und so sitzt Efix nun wieder auf seinem Lieblingsplätzchen vor der Hütte, unter dem blaugrünen Schilfrohr am Hang. Rot wölbt sich der Himmel über dem weißen Lande, ein sanfter Wind weht, und das Schilfrohr flüstert und raunt: Weißt du noch, Efix, weißt du noch ... Bist fortgegangen, bist heimgekehrt, weilst nun wieder unter uns, wie unter Wesen deinesgleichen. Der eine beugt sich im Wind, der andere zerbricht, ein dritter hält sich noch, doch morgen beugt auch er sich, übermorgen zerbricht auch er. Weißt du noch, Efix, weißt du noch ...

Er flocht eine Binsenmatte und betete. Hin und wieder ließ ein stechender Schmerz in der Seite ihn jäh auffahren, als stieße ihm jemand eine Eisenstange ins Kreuz; dann sank er wieder in sich zusammen, bleich und zitternd, wie ein Rohr im Wind. Doch nach dem quälenden Schmerz verspürte er immer eine große Schwäche, eine fast köstliche Ermattung, denn er hoffte, bald zu sterben. Sein Tagewerk war vollbracht.

Aber solange er konnte, harrte er aus auf dieser Scholle, die all seine Kraft, all seine Tränen aufgesogen hatte.

Der Herbst zog ins Land, mit sanften Oktobertagen, mit ersten Novemberfrösten. Die Berge am Anfang und Ende des Tals schienen Feuer zu speien; von fahlen Flammen durchzüngelte Rauchwolken, blaue Lavaströme und rötliche Feuersäulen stiegen dort aus dem Meer empor.

Gegen Abend klärte sich der Himmel auf, alles Silbererz der Welt schien sich am Horizont zu gewaltigen Blöcken und Wällen aufzutürmen, unsichtbare Hände formten es zu Häusern, Palästen, ganzen Städten und rissen sie dann wieder ein; Ruinen über Ruinen, überwuchert von goldenem Gras und rötlichem Buschwerk, schimmerten dort fahl im Dämmerschein; Rudel von grauen und schwarzen Rossen jagten vorbei, ein gelber Fleck erglänzte hinter einer zerfallenen Burg, wie das Feuer eines dort verborgenen Einsiedlers oder Strauchdiebes – es war der aufgehende Mond.

Allmählich überflutete sein Licht die ganze Landschaft, und aller Zauber verwehte, wie ausgelöscht von Geisterhand. Ein blauer See überschwemmte den Horizont, die kalte, klare Herbstnacht wölbte sich von den Bergen zum Meer, mit großen Sternen am Himmel und fernen Feuern auf der Erde. In der Stille rauschte der Fluß wie das Blut des schlummernden Tals. Und Efix fühlte, wie der Tod durchs Land zog, wie er lautlos den Pfad heraufgeschlichen kam, begleitet von einer Schar ruheloser Geister, vom Geflüster der unschuldigen, in Blätter und Blumen verwandelten Kinderseelen ...

Eines Nachts schreckte er jäh aus dem Schlafe auf, als wenn ihn jemand wachgerüttelt hätte.

Ihm war, als stürzte sich ein gespenstisches Wesen auf ihn und wühlte ihm ein Messer in den Leib, als sprudelte all sein Blut aus dem zerfetzten Körper – über den Strohsack, über sein Haar, sein Gesicht, seine Hände ...

Er schrie laut auf, als wenn man ihn wirklich ermorden wollte, aber nur das Rauschen des Flusses antwortete aus der Nacht.

Da übermannte ihn die Angst, und er beschloß, ins Dorf zurückzukehren; aber stundenlang konnte er sich nicht rühren, schwach, wie vom Blutverlust erschöpft.

Im Morgengrauen richtete er sich endlich auf. Leb wohl, alte Hütte, leb wohl! Diesmal ging er für immer und brachte vorher alles in Ordnung. Die Ackergeräte kommen in den Hintergrund, der zusammengerollte Strohsack daneben, der Wasserkessel an den Holzpflock in der Wand, das Binsenbündel in die Ecke, hinter den blankgefegten Herd. Ja, fein säuberlich geordnet hinterließ er alles, wie ein guter Knecht, der geht und Wert legt auf die Meinung seines Nachfolgers.

Den Sack nahm er mit, pflückte noch eine Jasminblüte von der Hecke und blickte sich noch einmal lange um.

Es war ganz still. Die Geister der Nacht hatten sich hinter den Morgennebel verzogen, und auch das Wasser rauschte leiser, wie um seinen Schritt um so lauter den Weg hinabtönen zu lassen. Nur die Blätter des Schilfrohrs bewegten sich am Hang, spitz und starr wie Schwerter, die gegen den metallenen Himmel klirrten.

Leb wohl, Efix, leb wohl ...

Er kehrte heim zu seinen Herrinnen und streckte sich auf den Strohsack.

"Gut, daß du hergekommen bist", sagte Fräulein Esther und deckte ihn mit einem Laken zu. Auch Noemi beugte sich über ihn, fühlte seinen Puls, packte ihn am Arm und versuchte ihn zu bewegen, aufzustehen und sich ins Bett zu legen.

"Lassen Sie mich hier liegen, liebes Fräulein Noemi", seufzte er und lächelte mit unsteten, schon vom Tod verschleierten Augen, fast wie der Blinde. "Hier gehöre ich her."

Später schüttelte ihn ein neuer Anfall, und während seine Herrinnen den Arzt holen ließen, begann er schon im Fieber zu reden.

Die Küche füllte sich mit Spukgestalten, das Schreckgespenst der Nacht, das unaufhörlich mit dem Messer auf ihn einstach, schrie ihm ins Ohr: Beichte! Beichte!

Auch Esther kniete sich zu ihm auf den Strohsack und flüsterte: "Efix, mein Guter, sollen wir Hochwürden Paskal holen? Er wird dir aus dem Evangelium vorlesen, und dir wird leichter werden ..."

Aber Efix starrte sie erschrocken an, mit verglasten Augen, die tief in dem dunklen, schweißbeperlten Gesicht lagen. Das Grauen vor dem Tode würgte ihn, er hatte Angst, daß seine Seele aus dem Leib entfliehen könnte, wie er damals aus dem Hause seiner Herrinnen entflohen war, daß sie, ausgestoßen aus dem Himmel der Gerechten, ruhelos und verdammt mit den Talgeistern umherirren, nie wieder Frieden finden könnte. Aber er wollte den Priester nicht. Stärker noch als das Grauen vor dem Tode und der ewigen Verdammnis war die Angst vor der Enthüllung seines Geheimnisses.

Da tritt Don Predu ein, setzt sich zu ihm auf den Strohsack und beginnt zu scherzen. Er ist guter Laune, ist wieder dicker geworden, die goldene Kette hängt nicht mehr ganz so tief auf seinen schwarzen Wams herab.

"Was tust du hier, Alter? Wäre es dir bei mir vielleicht schlecht gegangen? Aber du bist wie eine Katze, die immer wieder zu ihrem alten Herrn zurückläuft, auch wenn man sie im Sack fortträgt. Los, laß uns gehen, kannst dich in Stefanas Bett legen."

Auch Noemi, die sich mit einem dampfenden Teller in der Hand über ihn beugt und ihm den Schweiß vom Gesicht wischt, versuchte es ihrem beleibten Bräutigam gleichzutun.

"Komm, iß! Oder willst du als alter Hagedorn sterben?"

"Gut", sagte Efix, hob den Kopf und schob die Suppe von sich, "gehen wir in Gottes Namen ..."

"Was redest du da? Willst du schon wieder fortgehen? Sieh mal an, was für ein alter Herumtreiber ..."

"Na, wird's bald, Alter? Wir wollen doch zu Stefana gehen, sie hat auch einen schönen Apfel für dich ... Los, alter Junge!"

Aber Efix ließ den Kopf wieder sinken und schloß die Augen, nicht weil er sich verletzt fühlte durch die Späße seiner Herren – nein, weil er sich so fern von ihnen fühlte. Fern von allen, unendlich fern, mit einer schweren Bürde auf dem Rücken, einer gewaltigen Last, so daß er weder vor noch rückwärts konnte.

Endlich kam der Arzt. Er klopfte ihn gründlich ab, trommelte mit seinen Fingerknöcheln wie ein Tambour auf seinem harten Leib herum, drehte ihn hin und her und warf dann das Laken wieder über ihn, wie über ein in der Sonne gehendes Brot.

"Die Leber spielt dir übel mit. Du mußt dich ins Bett legen, Efix."

Der Kranke winkte mit dem Finger ab.

"Sterben muß ich doch. Lassen Sie mich ruhig als Knecht sterben."

"Vor Gott gibt es weder Knechte noch Herren", sagte Fräulein Esther, und Don Predu bückte sich und versuchte ihn mit seinen Armen aufzuheben.

"Still, Alter! Ganz still!"

Aber Efix begann zu stöhnen und sich schwach zu wehren wie ein verletztes Vöglein, das noch die Flügel regt.

"Ihr wollt mich wohl noch früher unter die Erde bringen ..."

Da gab der Arzt ihnen mit Hand und Kopf einen heimlichen Wink, die Augen vielsagend dem Himmel zugewandt, und Don Predu legte den Kranken wieder hin, deckte ihn zu und ließ seine Späße bleiben.

So ließen sie ihn liegen. Und die Stunden und Tage verrannen, und Efix träumte im Fieber, daß er mit den Blinden bergauf, bergab durch die Täler und Hochebenen wandere. Er träumte von den Festen und klingenden Münzen, die vor ihm niederfielen, träumte von den mitleidigen Frauen und schmucken jungen Burschen, die auf den weißscheckigen Berberhengsten am Berghang entlangtobten und ihm aus der Ferne Geld und spöttische Worte zuwarfen.

Aber hohe, verräucherte Wände mit kupferroten Flecken und einer Bank im Hintergrund versperrten ihm stets den Blick in die Weite. Über sie kam er nicht hinweg, und er mußte doch über sie hinweg, um sich zu befreien von seiner Last, um zu genesen von seinem Leiden.

Zweimal überraschte Noemi ihn, wie er aufgestanden war und gerade den Hof verlassen wollte. Da zogen sie den Schlüssel vom Tor ab.

Esther beugte sich zu ihm herab, schüttelte die Kissen auf, deckte ihn gut zu und fühlte seinen Puls.

"Efix, der Herr Pfarrer wird dich später besuchen."

Und wieder winkte er mit dem Finger ab und schloß die Augen.

In den ersten Tagen fragte hin und wieder jemand, ob er ihn besuchen dürfte; aber Noemi öffnete kaum das Tor und schickte alle fort. Er hörte es von drinnen. Und daß die Leute noch dachten an ihn, der schon so fern war, wie am Ende der Welt, überraschte und beunruhigte ihn.

"Wer hat sich vorhin nach mir erkundigt?" fragte er eines Morgens Fräulein Esther.

"Es wird wohl Zuannantò gewesen sein."

"Wenn er wiederkommt, liebe Herrin, dann lassen Sie ihn bitte herein. Es wird Zeit, Abschied zu nehmen ..."

"Was fällt dir ein, Efix! Warum diese Hirngespinste? Warum willst du nicht, daß der Pfarrer herkommt? Er würde dir aus dem Evangelium vorlesen, und dann hättest du keine Angst mehr vor dem Tode ..."

Er gab keine Antwort. Nein, sie konnten ihn nicht täuschen. Aber noch war seine Stunde nicht gekommen, noch klammerte er sich am Leben fest, nur weil er Angst hatte, seine schwere Last abzuladen im Hause seiner Herrinnen.

Um ihn her gewann das Leben ein neues Gesicht. Ein Hauch von Freude schien durch das Haus zu wehen, wenn Don Predu eintrat, und es hallte wider vom leisen Lachen Fräulein Esthers, von Auseinandersetzungen zwischen den Verlobten, von Plänen und Zukunftsträumen und lustigem Geplauder, nur dann und wann unterbrochen von plötzlichem Schweigen aus Rücksicht auf den Kranken.

Da fühlte er sich im Wege und sehnte den Tod herbei.

Eines Morgens stand Fräulein Esther, die im Zimmer nebenan schlief, um ihn zu pflegen, sehr zeitig auf, machte gründlich Ordnung und sprach dabei leise mit sich selbst, und als sie sich dann über ihn beugte, um ihm ein Täßchen warme Milch einzuflößen, sagte sie:

"Freu dich, Efix! Heute wird Predu den Hochzeitstag festsetzen. Freust du dich?"

Er nickte stumm. Dann zog er das Laken über den Kopf und hatte das Gefühl, er sei schon gestorben, freue sich aber trotzdem am Glück seiner Herrinnen.

Auch Noemi stand heute zeitig auf, zankte mit der Schwester und sagte hochmütig: "Warum soll er den Tag der Hochzeit bestimmen und nicht ich? Ich bin doch keine Bäuerin, die sich nach dem allgemeinen Brauch richten muß."

"Wie ungeduldig du bist. Aufgeboten seid ihr doch schon, und alles übrige werden wir heute besprechen."

Noemi war sehr aufgeregt, und Efix hörte, wie sie mit leisen, aber rastlosen Schritten im Hause hin und her ging. Endlich setzte sie sich an die Tür und nähte schweigend, und als Don Predu dann kam, raffte sie wohl das Linnen hoch, um ihn vorbeizulassen, hob aber kaum das Gesicht und erwiderte seinen Gruß nur mit einem flüchtigen Kopfnicken. Und da kam auch schon Fräulein Esther die Treppe herabgeeilt, im Gehen noch das Kopftuch zusammenbindend, bereit zu vermitteln zwischen den Brautleuten, zwischen denen sich häufig Mißverständnisse einschlichen, weil Noemi über jedes Wort beleidigt war und alles falsch auslegte, trotz Don Predus gutem Willen.

Der war gleich zu Efix geeilt und sah nun auf ihn herab.

"Na, wie geht's? Ganz gut, wie mir scheint. Los, aufgestanden!"

Efix hob die tiefliegenden, stumpfen Augen, und als Don Predu sich zu ihm herabbeugte, um ihn zu stützen, streckte er die Hand aus, wie um den gewaltigen Leib des anderen von sich zu schieben, der seinen schon der Auflösung entgegengehenden berührte.

"Gehen Sie, gehen Sie ..."

Und Don Predu ging auf seine Braut zu und setzte sich neben sie.

"Wie ist die Laune heute?"

"Laß das sein, Predu, ziehe nicht an dem Stoff, sonst steche ich mich ..."

"Das will ich ja gerade."

"Predu, laß mich los, du bist wie ein dummer Junge."

"Deine Schuld. Hättest mich eben nicht verwünschen, nicht kindisch machen sollen ..."

"Predu! Hör auf!"

"Weißt du, was die siebengescheite Stefana sagt? Sie sagt, du hättest den Fluch jetzt ins Gegenteil verwandelt. Erst hättest du mir die Schwindsucht an den Hals gewunschen und jetzt die Fettsucht ..."

"Alberne Späße, Predu. Aber deine Mägde haben eine lose Zunge."

"Aber es steht doch fest, daß ich immer dicker werde. Es gibt nur ein Mittel, den bösen Zauber zu brechen ..."

Fräulein Esther lehnte an Noemis Stuhl und sah den Vetter stumm und erwartungsvoll an. Und wirklich wandte er ihr das Gesicht zu, schlug sich auf die Knie und sagte: "Also, wann wollen wir diesen Bann endlich brechen?"

"Das mußt du bestimmen, Predu."

Noemi nähte noch immer. Aber auch sie hob das Gesicht, ihre Augen leuchteten auf, doch sie senkte sie gleich wieder und sagte kein Wort.

"Nun, Esther, ich möchte vorschlagen: noch vor Allerseelen."

"Gut. Vor Allerseelen also."

"Glaubst du, daß Mitte des Monats alles fertig ist?"

"Gewiß, Predu, bis dahin ist alles fertig."

"Ausgezeichnet."

Tiefe Stille. Noemi nähte, Fräulein Esther blickte über ihre Schulter. Schließlich fragte Don Predu fast schüchtern: "Und was sagst du dazu?"

"Wovon habt ihr denn gesprochen?"

"Noemi!" rief Esther vorwurfsvoll. Aber der Bräutigam winkte ihr zu, zu schweigen, und begann wieder das Linnen von Noemis Schoß zu ziehen.

"Von dem bösen Zauber haben wir gesprochen. Daß wir ihn brechen müssen, ehe ich zu dick werde. Auf welche Weise, fragst du? Nun, so! Wohl bekomm's allen Zuschauern!"

Und zwischen dem verlegenen Lachen Esthers und dem empörten Widerspruch Noemis, die er bei den Schultern gepackt hielt, hörte man einen lauten Kuß durch den Raum schallen.

Wie glücklich ich bin. Jetzt kann ich endlich sterben, dachte Efix unter dem Laken; aber ihm war, als könnte er noch nicht von dannen gehen, als könnte er den Bannkreis dieser Wände noch immer nicht verlassen.

Don Predu blieb den ganzen Tag da, die Basen hatten ihn zum Essen eingeladen. Er sprach, lachte, machte sich nun wieder lustig über alle anderen; aber von Zeit zu Zeit verstummte er, zumal Noemi ihn kaum zu beachten schien. Tiefes Schweigen umgab dann Efix, und er fühlte wieder, daß er im Wege war, daß er den Herrinnen und sogar Don Predu nur zur Last fiel, ihnen heimliches Grauen einflößte.

Es galt zu scheiden, galt die Brautleute zu befreien von seiner Gegenwart, damit sie sich lieben und scherzen konnten, ohne ständig das Bild des Todes vor Augen zu haben.

Und auf einmal glaubte er im Dunkeln, unter dem Laken, zu begreifen, warum er noch nicht scheiden konnte. Etwas hielt ihn noch fest im Hause seiner Herrinnen, etwas wie eine unbeglichene Schuld, die er vorher noch begleichen mußte.

Und als Fräulein Esther sich dann über ihn beugte, im Glauben, daß er schlafe, und den Saum des Lakens leicht zurückschlug, sah sie ihn mit weitgeöffneten Augen, mit rotem Gesicht und zuckenden Lippen auf dem Stroh liegen.

"Nun, Efix, was hast du?"

Er gab ihr mit den Lidern zu verstehen, daß sie sich noch tiefer zu ihm beugen sollte, und murmelte mit schwacher Stimme, ganz nah ihrem Gesicht: "Bitte, liebes Fräulein Esther, lassen Sie Hochwürden Paskal holen."

Nach der Beichte sprach er nicht mehr, klagte er nicht mehr. Mit verhülltem Haupt lag er da, und wenn Fräulein Esther das Laken zurückschlug, sah sie jedesmal, wie sein armes Gesicht immer kleiner wurde, bläulich und zusammengeschrumpft war wie eine gedörrte Pflaume. Eines Abends öffnete er die Augen, starrte sie mit seinen erschrockenen, tief ans Herz rührenden Blick an und murmelte dumpf: "Geduld, liebes Fräulein Esther! Es ist bald so weit ..."

"Was ist so weit, Efix?"

"Der Weg ... Er nimmt kein Ende."

Und wirklich glaubte er ständig zu wandern und zu wandern. Er stieg auf einen Berg, durchquerte eine Heide; aber an ihrem Rande tat sich ein anderer Berg auf, eine andere Heide, und dahinter das Meer.

Jetzt aber wanderte er ruhig seines Weges und war nur traurig, daß er nie ein Ende nahm, daß er das Haus seiner Herrinnen nicht erlösen konnte von seinem Leibe. Doch eines Tages oder Nachts – er wußte nicht mehr, welche Tageszeit es war – glaubte er vor der Mauer des Gutes, hoch über dem Schilfrohr am Hang, angelangt zu sein und ermattet auf die Steine zu sinken. Das Schilfrohr rauschte, neigte sich über ihn, streichelte ihn zärtlich mit seinen Blättern, die etwas Lebendiges hatten, wie Finger, wie Zungen. Und es sprach zu ihm, und ein Blatt kitzelte ihn am Ohr, damit er aufmerksamer lauschen sollte. Es war ein geheimnisvolles Flüstern und Raunen, in dem die Stimme des Flusses, der eintönige Gesang der Pilger, das Pochen der Mühle, der seufzende Klang von Zuannantòs Ziehharmonika nachzuklingen schienen. Er lauschte, flach auf der Mauer ausgestreckt, und sah auf der einen Seite die Küche seiner Herrinnen, auf der anderen ein unendliches Nebelmeer, wie damals vom Gipfel des Gonareberges.

Fräulein Esther kam aus dem Tal herauf, einen schwarzen Fittich vor dem Antlitz. Sie hob ihn, zeigte ihr düsteres, leidvergrämtes Gesicht und ihre vom Mitleid verschleierten Augen, wich aber erschrocken zurück von der Mauer, wie aus Angst, in die Tiefe zu stürzen. Und dort kamen noch mehr Gestalten den Hang herauf, jede einen schwarzen Fittich vor dem Gesicht. Auch sie traten, einer nach dem anderen, an die Mauer, wichen aber gleich wieder entsetzt zurück, wie aus Grauen vor dem Abgrund.

Efix erkannte sie alle wieder, hörte sie sprechen, fühlte, daß sie lebendig und wirklich waren. Aber er sah sie nur wie im Traum, es waren Traumgestalten des Lebens.

Da war der Priester, da war Milese und Zuannantò, da waren die Mägde Don Predus und Don Predu selbst und Noemi. Manchmal faßte sich einer von ihnen ein Herz und versuchte ihm zu helfen, ihn herabzuziehen von der Mauer – vergeblich ...

Er aber blickte sich nicht um. Erst als sich eines Tages eine Hand auf seine Schulter legte und eine Stimme ganz leise an seinem Ohr ihn rief, schreckte er auf.

Efix! Efix!

Giacintos Gesicht, seine sanften, mitleidig schimmernden Augen sahen wie aus weiter Ferne auf ihn herab. Zwischen all den toten Gestalten schien er der einzige lebendige zu sein, so lebendig, daß seine warmen Hände beinahe die Kraft hatten, ihn emporzuziehen und wieder aufzurichten in der Welt des Diesseits.

Doch ein kurzer Augenblick nur, dann verblaßte auch er, verlor an Kraft, verwandelte sich in einen gespenstischen Schatten, und Efix empfand tiefen Schmerz, als wenn Giacinto sterben müßte, nicht er.

"Aufgewacht, Efix! Was hast du denn? Hast du mir nichts zu sagen? Ich bin zu dir gekommen. Hörst du, ich bin hier. Sie wollten mich nicht hereinlassen, und so bin ich über die Mauer geklettert. Aufgewacht, sieh mich doch an!"

Er schaute ihn an, aber er sah seine Augen nicht mehr.

"Tante Noemi ist schleunigst fortgelaufen, als sie mich sah. Sie wird mir nie verzeihen. Sprich, was hat sie dir gesagt? Daß sie mich nicht mehr sehen will, daß sie sich geschworen hat, meinen Namen nicht mehr zu nennen? Ich weiß es, aber es macht nichts. Ich bin glücklich, daß sie heiratet. Weißt du schon, was geschehen ist, als ich zum letztenmal hier war? Ich sagte zu ihr: Heirate, Tante! Onkel Pietro ist reich, hat dich lieb, wird dich glücklich machen. – Da sah sie mich verächtlich an, und ich fühlte deutlich, daß sie sich nie dazu entschließen würde. Und dann, Efix, hör zu – wir wollen ganz leise sprechen, sie soll es nicht hören – dann fiel mir dein Rat ein. Ich sah ihr tief in die Augen und sagte: Tante, ich werde Grixenda heiraten. Nur Grixenda, arm wie ich, jung und einsam wie ich, vermag meine Lebensgefährtin zu werden. – Da wurde Noemi bleich wie eine Tote, ich erschrak und ging. Ich weinte – hat sie dir davon erzählt? Aufgewacht, Efix, du hörst mir überhaupt nicht zu. Aufgewacht! Da kommt Tante Esther. Nicht wahr, Tante, Efix stellt sich nur krank, damit er nicht zu meiner und zu Tante Noemis Hochzeit kommen und uns nichts schenken muß? Dabei heißt es, du hättest einen Sack voll Geld heimgebracht von deiner Reise ..."

Efix vernahm die Worte, und er verstand sie auch, aber sie waren ohne Klang, wie geschriebene Worte.

"Aufgewacht, sag mir wenigstens, was du hast! Du erzählst mir nicht einmal, wo du gewesen bist. Weißt du noch, wie du damals in die Mühle kamst und ich dich fragte, wohin du gingest? Und wie du mir zur Antwort gabst: in ein schönes Land. Weißt du nicht mehr? Öffne die Augen, sieh mich an. Wohin gingst du damals?"

Efix schlug einen Augenblick die Augen auf und schloß sie dann wieder, schwer schon vom Schlaf des Todes. Und die Worte Giacintos verloren sich hinter der Mauer, im Rauschen des Schilfrohrs, im Wehen des Windes.

Doch plötzlich schien er sich aufzuraffen und wieder lebendig zu werden. Im Laufe des Abends hatte ein heftiger Anfall seine letzten Kräfte aufgerieben, wie Salz im Mörser. Er war stumm und taub gewesen vor Schmerz und hatte doch gesehen, wie Don Predu mit bekümmerter Miene Noemi ansah. Denn die Hochzeit sollte morgen stattfinden, und wenn er starb, brachte er dem jungen Paar Unglück oder nötigte es, die Trauung zu verschieben. Da tauchte aus der Tiefe des Dunkels, das ihn schon umhüllte, ein ferner Schimmer auf: der Wille, anzukämpfen gegen den Tod.

Er deckte das Gesicht auf und sagte: "Fräulein Esther, ich fühle mich besser. Geben Sie mir zu trinken."

Beide Herrinnen eilten an sein Lager, und Noemi richtete sein Haupt auf und gab ihm zu trinken.

"Recht so, Efix! Weißt du, was heute stattfindet?"

Er nickte stumm beim Trinken.

"Du freust dich, nicht wahr, Efix? Wie hast du diesen Tag herbeigesehnt. Es muß wie ein Traum sein für dich."

Wieder nickte er. Ja, es war alles wie ein Traum gewesen, war immer noch ein Traum.

Dann ließen sie ihn allein, da Noemi sich ankleiden mußte. Er hob den Kopf und blickte sich fast verstohlen um und nickte immer wieder zum Zeichen seiner Zustimmung. Alles löste sich im Guten.

Die Hochzeitsfeier fand im Hause des Bräutigams statt, und hier störte nichts den gewohnten Frieden. Aus Rücksicht auf den Kranken hatte Noemi nicht einmal die Küche ausfegen lassen, wie es sonst Brauch ist bei einer Hochzeit. Still, wie ausgestorben ruhten Haus und Hof in der Sonne, der Kater kauerte unbeweglich auf der Bank, schwarz, mit grünen Augen, ein Sinnbild der Einsamkeit. In der Stille hörte man das wurmstichige Gebälk der Veranda knistern, und als Efix den Kopf nun noch etwas höher hob, erblickte er zum letztenmal die zerfallene Kirchhofsmauer und das schimmernde Totengebein.

Da tauchte plötzlich eine fremde Gestalt in der Tür auf. Groß, schlank, in einem engen, schwarzgeblümten, granatroten Gewand, einen Rosenkranz im Haar. Und da und dort blitzte und funkelte etwas in ihrem Gesicht, auf ihrer Brust, an ihren Füßen: die Augen, das Geschmeide, die zierlichen Schuhe ...

Er öffnete weit die Augen und erkannte Noemi. Esther aber, die hinter ihr stand, die Rosen in ihrem Haar und die Falten an ihrem Gewand ordnend, Esther mit den schwarzen Fittichen des über den Schultern sich bauschenden Tuchs, Esther erschien ihm wie der Schatten der Braut.

"Sehe ich nicht gut aus?" fragte Noemi, die stolz aufgerichtet vor ihm stand und an den Aufschlägen ihrer Ärmel zupfte. "Aber findest du das Gewand nicht etwas eng? Man geht jetzt so. Und schau, wie hübsch das ist. Es ist Don Predus Hochzeitsgeschenk."

Trotz des engen Gewandes beugte sie sich herab und zeigte ihm den Rosenkranz aus Perlmutter, mit einem großen goldenen Kreuz daran.

"Siehst du? Das Kreuz stammt von einem alten Bischof, es gehörte Predus Großmutter, die später ja auch unsere Großmutter war. Und so bleibt es nun in der Familie. Es ist schön, nicht wahr? Sieh den Christus an, er scheint zu lächeln, während Blut und Tränen über seine Wangen rinnen ... Und dahinter, siehst du ..."

Stumm und regungslos, mit schwarzen, dürren Händen den Saum des Lakens umklammernd, sah Efix vor sich hin. Und er schien sich, ein Leichnam schon, noch einmal aufzurichten aus der Welt des Jenseits, um einen letzten Blick zu werfen auf das Glück seiner Herrin. Da beugte sie sich noch tiefer herab, mit zitternden Knien, so daß ihr Gesicht das seine fast berührte, und sagte: "Sieh doch, welch ein seltsames Geschenk, Efix!"

Und sie sah noch blasser aus in ihrem granatroten Gewand, mit ihren düsteren, feucht schimmernden Augen.

Aber darüber war Efix nicht traurig.

"Wir sind zum Leiden geboren wie er", hauchte er.

Und das war sein einziger Hochzeitswunsch.

Von dieser Stunde an sprach er nicht mehr. Ihm war, als klammerte er sich krampfhaft fest am Saum des Lakens, um nicht in die Tiefen des Jenseits hinabzustürzen, und sähe hoch von der Mauer die Welt zu seinen Füßen liegen.

Und dann kommen Don Predu und die Verwandten, um die Braut abzuholen. Sie treten ein, verteilen sich in der Küche wie Traumgestalten, unklar und verschwommen, aber mit seltsam hervortretenden Einzelheiten.

Don Predu ist schwarz gekleidet, in ein neues, knapp anliegendes Gewand, das ihm den Atem nimmt. Sein Gesicht kann Efix nicht klar erkennen, während er den hämischen, schmalen, lautlos lachenden Mund des Milese deutlich sieht, und auch den schweren Leib einer Verwandten seiner Damen, die die Braut zur Kirche geleiten soll, und auch zwei rotbebänderte Kerzen in zwei blassen Kinderhändchen.

Und alle sind ernst und feierlich, als wenn sie ihn, den Toten, holen kämen, nicht die Braut, und gehen leise umher, wie um ihn nicht zu stören.

Esther mit dem über die Schultern herabwallenden Tuch stellt den Hochzeitszug auf: an die Spitze die Kinder mit den hohen Kerzen in der Hand, dann die Braut mit der Verwandten, dann den Bräutigam mit den Trauzeugen, dann die wenigen Hochzeitsgäste und zuletzt Milese, der sich heimlich lustig zu machen scheint über alle.

Nun lassen sie mich allein, denkt Efix mit leichter Bitterkeit. Ganz allein. Und ich habe doch alles vollbracht. An der Tür drehte sich Noemi noch einmal um und winkte ihm mit dem goldenen Kreuz zum Abschied zu. Leb wohl! Und wie schon vorhin, bei Giacinto, hatte er das Gefühl, daß sie sterben müßte, nicht er.

Dann gingen sie alle hinaus und fort. Nur Esther beugte sich noch über ihn und schien ihn zu begraben unter ihren schwarzen Fittichen.

"Ich komme bald wieder, sobald ich sie in die Kirche gebracht habe. Ich muß schon mitgehen. Bleib hübsch still liegen."

Ja, ganz still blieb er auf seinem Lager liegen: unbeweglich und allein. In der Ferne hörte man die Weisen der Ziehharmonika, die Zuannantò zu Ehren des Brautpaares ertönen ließ, und so viele Dinge kamen ihm wieder in den Sinn: Das Stampfen der Mühle in Nuoro, die Wolken über dem Gonareberg, das Rauschen des Schilfrohrs am Hang ... Weißt du noch, Efix, weißt du noch ...

Wie groß die Küche auf einmal ist! Düster und warm, mit fernen Wänden, voll geheimnisvoller Tiefen wie eine nächtliche Höhle. Die Nachtigall schluchzt, der Blinde erzählt seine Mär vom goldenen Palast des Königs Salomo.

...alles war dort aus Gold, wie im Himmelreich. Alles war hell und strahlend. Goldene Äpfel, goldene Schüsseln, goldene Matten ...

Und er sah Don Predus Haus mit den fruchtbeladenen Granatapfelbäumen, den Palmen, den Schilfmatten, überhäuft von Trauben und goldenen Kürbissen.

Noemi wird es gut gehen dort. Sie wird in Hülle und Fülle zu essen und zu trinken haben, wird aufblühen, wird Fräulein Esther Geld zum Ausbessern der Veranda geben. Ja, es wird ihr gut gehen dort – gut wie der Königin Saba. Aber auch die Königin Saba war nicht zufrieden ... Auch Noemi wird ihres goldenen Kreuzes überdrüssig werden und in die Ferne ziehen wollen wie die Königin Saba, wie Lia, wie wir alle ...

Aber das wunderte ihn nun nicht mehr. Einmal müssen wir ja alle in die Ferne ziehen, in andere Gefilde, wo es erhabenere Dinge gibt als hier.

Und so rüstete er sich zum Scheiden.

Er schloß die Augen und zog das Laken über das Haupt. Und wieder befand er sich auf der Mauer über dem Gut. Das Schilfrohr rauschte, Lia und Giacinto lagerten schweigend vor der Hütte und schauten nach dem Meer in der Ferne.

Da war ihm, als schlummerte er friedlich ein. Doch plötzlich schreckte er zusammen, hatte das Gefühl, zu fallen – endlos zu fallen ...

Er war in die Tiefe gestürzt, in das Tal des Todes.

Fräulein Esther fand ihn stumm und regungslos unter dem Laken vor: ganz, ganz still.

Sie schüttelte ihn, sie rief ihn, und als sie sah, daß er tot war, daß sie ihn ganz allein hatten sterben lassen, brach sie in Tränen aus, in ein heiseres Schluchzen, vor dem sie selbst erschrak. Sie versuchte sich zu beruhigen, aber es gelang ihr nicht. Es war, als schluchzte eine fremde Seele verzweifelt in ihr weiter. Da ging sie in den Hof und schloß das Tor, damit niemand sie stören sollte in ihrem Kummer über den Tod des Knechts, damit die Leute nicht merken sollten, daß sie ihn ganz allein hatten sterben lassen in ihrer Freude, in ihrem Glück. Und um die bitteren Stunden zu verwinden, richtete sie den Leichnam auf, der dürr und leicht war wie der eines Kindes, wusch ihn, kleidete ihn an und erzählte ihm unter Gebeten, wie die Trauung verlaufen war: daß Noemi weinte beim Betreten ihres reichen neuen Heims – ja, vor Glück weinte –, daß das Haus voller Geschenke war, daß die Menge Ähren und Blumen in den Hof der Neuvermählten warf, um ihnen Glück zu wünschen, daß kurzum alle froh und glücklich waren.

"Und du hast uns das angetan – hast dich heimlich von dannen gestohlen – ohne ein Wort – genau wie damals ... Ach, Efix, das hättest du uns nicht antun sollen ... Heute, gerade heute ..."

Er schien zu lauschen, mit verglasten, halb geöffneten Augen, still und ruhig, doch fest entschlossen, kein Wort zu erwidern als ein guter, ein treuergebener Knecht. Fräulein Esther; die sich erinnerte, daß er Blumen geliebt hatte, pflückte eine Geranie vom Brunnen und legte sie zwischen seine Hände, auf das Kruzifix. Und schließlich breitete sie noch eine grünseidene Decke, die sie zur Hochzeit herausgenommen hatten, über den Leichnam. Aber die Decke war zu kurz, seine Füße blieben unbedeckt, nach altem Brauche der Tür zugewandt. Und es schien, als ruhte der Knecht ein letztes Mal aus in dem alten Adelshause, ehe er sich rüstete zum weiten Wege in die Ewigkeit.